A Letra
L

Editora Appris Ltda.
1.ª Edição - Copyright© 2025 dos autores
Direitos de Edição Reservados à Editora Appris Ltda.

Nenhuma parte desta obra poderá ser utilizada indevidamente, sem estar de acordo com a Lei nº 9.610/98. Se incorreções forem encontradas, serão de exclusiva responsabilidade de seus organizadores. Foi realizado o Depósito Legal na Fundação Biblioteca Nacional, de acordo com as Leis nos 10.994, de 14/12/2004, e 12.192, de 14/01/2010.

Catalogação na Fonte
Elaborado por: Dayanne Leal Souza
Bibliotecária CRB 9/2162

	Carvalho, Roberto de
C331l	A letra L / Roberto de Carvalho. – 1. ed. – Curitiba: Appris, 2025.
2025	239 p. ; 23 cm.
	ISBN 978-65-250-7131-2
	1. Acontecimentos históricos. 2. Família. 3. Luta. 4. Literatura. I. Carvalho, Roberto de. II. Título.
	CDD – 800

Appris editorial

Editora e Livraria Appris Ltda.
Av. Manoel Ribas, 2265 – Mercês
Curitiba/PR – CEP: 80810-002
Tel. (41) 3156 - 4731
www.editoraappris.com.br

Printed in Brazil
Impresso no Brasil

ROBERTO DE CARVALHO

A Letra
L

CURITIBA, PR
2025

FICHA TÉCNICA

EDITORIAL	Augusto V. de A. Coelho
	Sara C. de Andrade Coelho
COMITÊ EDITORIAL	Marli Caetano
	Andréa Barbosa Gouveia (UFPR)
	Edmeire C. Pereira (UFPR)
	Iraneide da Silva (UFC)
	Jacques de Lima Ferreira (UP)
SUPERVISORA EDITORIAL	Renata C. Lopes
PRODUÇÃO EDITORIAL	Maria Eduarda Paiz
REVISÃO	Andrea Bassoto
DIAGRAMAÇÃO	Amélia Lopes
CAPA	Mariana Brito
REVISÃO DE PROVA	Ana Castro

A consciência é o lugar da ilusão.

S. Freud

AGRADECIMENTOS

Ao Rodrigo S. de Carvalho, que durante anos insistiu para que eu publicasse este romance.

A Luciana Goiana, que desceu de seu doutorado e digitou todo este texto, de um xerox de má qualidade, com 230 páginas.

I

No ano de 1917 nasce Luiz Cláudio Leão Donada, filho de Cláudia Leão com Luiz Estêvão Donada, na cidade de Rio da Graça, divisa dos estados de Minas Gerais e São Paulo. Seu pai foi deslocado para a divisa, após conseguir seu primeiro emprego como funcionário do fisco estadual. Ele e sua mulher provinham – das zonas de colonização europeia, italiana e portuguesa, que se fixaram nos estados de São Paulo e Rio de Janeiro nos anos anteriores. A cidade, embora sem expressão, era rota de passagem da produção rural de Minas para São Paulo e do abastecimento industrial de importados, basicamente tecidos e implementos agrícolas, no sentido inverso. Nesse entreposto atuavam funcionários de ambos os estados, cada grupo instalado na extremidade respectiva da ponte sobre o rio que dava nome ao lugarejo, por onde atravessavam o trem de ferro e as mulas dos tropeiros e mascates. Mas a vila mesmo ficava do lado mineiro do rio, onde todos moravam, tendo os paulistas que atravessar a ponte para trabalhar. E, embora fosse muito perto, gostavam de ir a cavalo, talvez para marcar a superioridade de seus vencimentos sobre o dos mineiros, ou para minimizar a inferioridade por terem que atravessar a ponte. Talvez por ambos os motivos. Afora isso, no entanto, havia uma ótima camaradagem entre as equipes. As diferenças não justificavam mais do que aquela pequena vaidade, além de que, gostassem ou não, as famílias dos paulistas residiam do lado mineiro do rio. Ali as mães batizavam seus filhos, confessavam e comungavam. Sorte que o padre era italiano e alheio às ciumeiras locais, que o irritavam e o tornavam muito impaciente. Só ele poderia explicar, se alguém ousasse perguntar, por que caminhos tinha vindo parar ali, mas estava convencido de que isso fazia parte das provações a que Deus, meio sadicamente, o submetia. Aldeias e mesquinhez rural ele já conhecia bem, e não cansava de se admirar da mesmice e repetição incessante de sentimentos, manhas e dissimulações, surpreendentemente iguais às que via em sua terra. Mas o que lhe demonstrava a determinação de pô-lo à prova, era terem-no enviado para um buraco sem seminários ou conventos, que teriam seus coros e solistas, que seriam, certamente, uma escola e uma fonte de música e que tornariam sua vida menos miserável. Na verdade, era pior do que isso, pois nas cercanias da cidadezinha havia um seminário francês, com um órgão elétrico que o fazia sonhar e acordar sentindo-se frustrado e em culpa pelo pecado da inveja. Quando, logo após sua chegada, procurou os irmãos da ordem para um intercâmbio social e musical, foi sumariamente esnobado pelo provincianismo dos franceses, que viram nele um mediterrâneo mais digno de pena, que de amizade. Sua matriz, apesar de enorme, fruto de um fausto há muito encerrado e esquecido, não tinha mais do que um harmônio de fole todo perfurado de cupim. O sapateiro, um negro alforriado em 88, quando ainda menino, conhecera os foles que seu pai consertava na fazenda e, assim, mantinha os da igreja em ordem. Era como o padre conseguia aplacar sua nostalgia, e até compor, como se acabou vendo.

Quando o menino Luiz Cláudio fez 10 anos, foi incorporado ao primeiro coro infantil, que o pároco acabou formando com os alunos do Grupo Escolar, a quem ensinava História Sagrada e Catecismo. Desse modo, ensaiou e estreou a primeira audição mundial de sua Missa, irônica homenagem ao protestante J. S. Bach; agora havia uma, de autor católico, na mesma tonalidade, si menor, que faria o mestre alemão curvar-se diante da Itália. E ficava rindo da perplexidade de

Bach diante daquela peça; como não tinha com quem partilhar seu humor, camuflava-o atrás de um sorriso encabulado.

Entre outras esquisitices, o garoto se apaixonou pela música do Pe. Aníbal e vivia para os ensaios, entregue à fantasia de se tornar padre e músico. Felizmente para seu pai, que odiava a ideia, apaixonou-se também pela filha do Dr. Leopoldo, que passava as férias no sítio que tinha na cidade. Esse doutor era advogado da Secretaria da Fazenda de Minas Gerais e superior, portanto, dos colegas de Luiz Estevão. Não tinha sobre este ascendência formal. Talvez por isso mesmo gozava da imensa admiração da família Donada, que sentia orgulho da intimidade que ele e sua esposa concediam. D. Laura aproveitava a passagem por Rio da Graça pra refazer o guarda-roupa com a mãe do menino; e elogiava muito seu trabalho. Acabava levando também suas duas filhas para a casa deles e lá passavam muitas tardes, entre provas e prosas. O garoto parou de sonhar com a batina, mas não com a música. Em seu devaneio, começou a solar a missa com a filha mais velha de D. Laura, uma menina magrinha, muito morena, de cabelos crespos e longos, chamada Letícia. O Pe. Aníbal, percebendo o garoto, disse-lhe que Letícia significava alegria, em latim, o que pareceu mais que natural ao menino. Mas essa alegria trazia também um gosto amargo, que ele levaria ainda muitos anos para poder nomear. Não era somente o medo de perdê-la, quando ela se fosse; ele cresceria e iria cantar na matriz de Belo Horizonte, junto a ela. Nem se dava conta das dificuldades da fantasia. Do mesmo modo como se vira rezando a missa, via-se agora cantando com ela ao lado do órgão, na cidade grande. Desse modo, enganava o medo de vê-la ir-se no começo das aulas e de ficar sozinho em sua vila. A amarga inquietação que se instalou nele, porém, não cedia com esse expediente. Não tinha nome; nem texto; só aquele mal-estar subindo do peito para a garganta. Hesitava em confessar-se com o pároco por não saber o que dizer, embora se julgasse meio culpado, sem saber de quê. O padre acabou escutando uma fala entrecortada e confusa, em que o pecador confessava ter descoberto que ele, seu pai, sua mãe, o Dr. Leopoldo e a mulher, todos tinham o nome ou o sobrenome começando com a mesma letra de Letícia; e de Leda, sua irmãzinha de 8 anos, que assombrava a todos com sua beleza extraordinária. O padre, ainda sem entender a falta confessada ouviu, como uma explicação, que o menino sentia que havia um pecado feio em continuar pensando na garota, agora que tinha descoberto a coincidência das letras. Mas assumia, corajosamente seu desejo de continuar estudando para merecê-la e cantar a missa com ela, quando grande, desde que o padre pudesse absolvê-lo e tranquilizá-lo. O homem sentiu naquele instante, que o menino lhe mostrava algo novo, que nenhum adulto do lugar lhe ensinaria. Ele foi sendo tomado por uma espécie de exaltação, em que se descobria, não um sacerdote oficiando um sacramento, mas um humano tão especial quanto o médico austríaco, que ouvindo seus clientes descobriu que eles tinham um inferno particular escondido por detrás das falas, dos comportamentos estranhos e dos sonhos. Todos, como esse menino agora, ignoravam o sentido, mas sentiam-se pecando. Nesse estado de excitação intelectual e moral, sentiu também gratidão pelo pequeno pecador, que o brindava com aquele clarão, no meio do sombrio isolamento espiritual em que vivia. E teve tempo para discernir também que o unia ao menino uma compaixão por seu estado de confusão e sofrimento. De algum modo sentiu-se identificado com seu pequeno crente. Quantas vezes se sentia ele também culpado sem poder dizer o porquê? Deu-lhe uma penitência simbólica para que ele respeitasse o ato, mas não resistiu e, saindo do confessionário, pôs-lhe a mão no ombro e levou-o até a porta do templo, num silêncio confuso e emocionado.

Três anos mais tarde, o advogado Leopoldo, aposentado por tuberculose, retirou-se com a família para Rio da Graça e quando a menina Letícia chegou do internato para as férias, foi convidada pelo Pe. Aníbal para ensaiar no coro. Começou a cantar e a encontrar seu primeiro namorado, com quem sentava de mãos dadas na Praça da Matriz. O menino Luiz Cláudio sentiu-se disputando em altura com as palmeiras imperiais que dividiam o jardim central e levavam à escadaria de pedras da velha igreja do século XVIII.

Agora ele também chegava para as férias, vindo do ginásio em que seus pais o haviam internado e que pertencia à Diocese vizinha. Isso abriu para ele um mundo novo, que ele logo aprendeu a admirar. Conseguiu da mãe que obtivesse permissão e dinheiro do pai para aulas de música, desde que suas notas fossem bastante boas. Isso lhe custava pouco e no segundo semestre começou a estudar piano com o organista da catedral. Muito mais duro que as aulas foi aguentar[1] a gozação dos colegas, mas encarou o desafio, não tanto por segurança própria, mas por certeza quanto ao seu desejo. Ele também se achava diferente dos outros meninos. Isso o deixava inquieto, mas não o bastante para fazê-lo aderir ao modelo comum. Ele não podia fazê-lo e não conseguia interessar-se muito por isso. Sem saber, consultava o olhar de seu pai e acabava se tranquilizando. O futuro estava longe demais. Para tornar-se homem faltava muito e ele acabaria descobrindo o caminho. Ignorava também que essa era a segurança maior que alguém de sua idade poderia pretender. E que poucos, em seu redor, poderiam exibir.

O professor era uma espécie de padre, usava batina, mas chamavam-no irmão Giovani. Ele não celebrava, apenas tocava e dava aulas de canto orfeônico no ginásio. Magro e calado, inspirava curiosidade e respeito. Luiz Cláudio superou a timidez que sentia, porque confiava em que ele o tornaria o músico que sonhava. Não o encarava como um professor, mas como um guia que o tiraria do deserto.

---

[1] Todos os **ü** foram substituídos por **u**, em todo o livro.

Quando terminou o curso ginasial, três anos e meio depois, já substituía o professor nos ofícios menores da catedral. Este o deixava tocar o harmônio nas missas das seis e das oito horas, nos domingos. Na das dez, o aluno se comprazia, virando a partitura para o mestre. Sabia que um dia também chegaria lá. O rapaz levantava às cinco horas e ia à pé até a matriz, debaixo de neblina e garoa fria. Mas o pulso acelerado o mantinha aquecido e feliz.

O passado ano de 1935 foi definitivo na vida de Luiz Cláudio. E na de muitos outros brasileiros. O que a historiografia oficial denominou de Intentona Comunista cindiu o que restava da mítica unidade nacional. Os 'traidores' paulistas, da "rebelião de 1932", rapidamente readmitidos ao seio da família brasileira ajudaram a execrar os novos traidores, esses muito mais perniciosos, pois atacavam a um só tempo, Deus e o sagrado direito à propriedade. O terrorismo ideológico ocupou desde então, por muitos decênios o imaginário social, habilidosamente manipulado pelas matrizes econômico-culturais da nova Sodoma. O que restava da lógica do viver com dignidade foi definitivamente banido pela do viver com propriedade. O Olimpo foi mais uma vez invocado para presidir a autofagia que iria imperar, soberana, por dez anos consecutivos, começando na Itália, Espanha e Abissínia, e terminando em 9 de agosto de 1945, com o genocídio que incinerou as cidades de Hiroshima e Nagasaki a milhares de graus centígrados, inaugurando uma 'trégua', que ganhou o curioso título de Guerra Fria. Que iria durar 50 anos e, novamente daria a vitória aos 'Do Bem'.

Um ano duro aquele! Já tinha sido pior, mas ninguém ali percebia qualquer mudança. As quebras das bolsas, a economia mundial em estado de choque, em Rio da Graça, com exceção da pobreza, tudo parecia distante. Wall Street e Mussolini eram abstrações impensáveis, mas a crise do café era concreta e palpável. Nessa região, dizer sem café era dizer sem nada. O gado, o leite e outras culturas eram mera subsistência. Todos se viravam com o que tinham ou podiam trocar: costura por galinhas, consultas médicas por serviços, etc. E assim prosseguia a vida para a maior parte das pessoas. Os governos estaduais pagavam com atrasos crescentes e ninguém sabia quando e se receberia. Ninguém protestava – por total falta de alternativas. Na depressão geral da economia as depressões pessoais escoavam pelos ralos sempre disponíveis dos hospitais e manicômios, ou para a marginalidade e a indiferença.

Luiz Estevão e sua família aguentaram os anos ruins, sem suspeitar que aquilo ainda ia piorar. A rebelião dos paulistas, nobremente intitulada Revolução Constitucionalista contra o governo federal revolucionário já clivara a população geral em Brasileiros Patriotas e paulistas separatistas. A manipulação da opinião política tomou proporções ainda desconhecidas. O rádio mantinha a adesão da maioria ao governo central e, mais sutilmente, a minoria em silêncio. Agora, com a guerra na Europa, seriam ambas unificadas – ou quase – sob o mito patriótico-militar de defesa do país. Como em todos os grandes eventos históricos, uma verdade serviu de pilar mestre para a ereção de uma farsa gigantesca, construída de centenas de pequenas e grandes mentiras. Mas isso ainda estava para se mostrar por inteiro. O mundo civilizado ainda não enterrara todos os seus monstros. O fascismo ainda estava firmemente ancorado e vitorioso na Espanha e em Portugal. No Japão, já tinha sido incinerado em 1945, pelas B-29 americanas.

Durante a guerra, Luiz Estevão conseguiu com a Diocese um contrato para fornecimento de uniformes para alunos do internato. Os padres forneciam o tecido e os aviamentos. D. Cláudia, a irmã solteira que veio para Rio da Graça e a mãe de outro interno do colégio formaram a oficina de costura que realizava o trabalho. Eram centenas de calças e túnicas de brim cáqui que os alunos compravam todos os anos, na secretaria do colégio. Assim, apesar dos atrasos no pagamento dos funcionários, que às vezes chegavam a seis meses, o rapaz continuou seus estudos, incluindo aí os de música, que ele já começava a pagar com serviços prestados em casamentos e missas encomendadas. Conseguia, também, algum colega que lhe pedia umas aulas particulares de reforço, em português, latim ou matemática. Eram quantias quase ridículas, mas naquele tempo essa escala estava tão alterada que qualquer moeda já era uma possibilidade a mais na vida das pessoas.

A colônia humana aprendeu com o Olimpo a autofagia e males menores, como a traição, o incesto e o genocídio. Mas, pelo menos desde Prometeu, nunca cessou de criar também os antídotos que ainda a mantêm viva. O ciclo da autodestruição-autopreservação se reproduz, incessante, desde então.

Na vila de Rio da Graça esta regra se efetivava como em qualquer parte. A miséria engendra a grandeza, em escala mais ou menos proporcional. Os otimistas apostam num saldo positivo, apoiados num humanismo duvidoso. Os céticos apostam na entropia. Para o âmbito desta narrativa, porém, os períodos são demasiado curtos para autorizarem uma observação mais conclusiva. Seu povo, como outros, regulou normas novas e mais adequadas àquela situação. Estabeleceu, por exemplo, que os habitantes paulistas da localidade, apesar de adversários políticos e suspeitos de espionagem e traição, deviam ser tolerados – e controlados – em suas moradias e atividades. Bem ou mal, faziam girar a roda daquela pequena economia. E, assim, o povo da região, como o das demais, sobreviveu. Mesmo à custa de um ônus pesadíssimo, embora imponderável: mortalidade infantil, poliverminose, malária, doença de Chagas, tuberculose, depressão nervosa, suicídio. Morria-se de tudo. Morria-se, enfim, de fome e pobreza. Isso não era, contudo, indiferenciado. A desgraça é tão seletiva e pouco democrática quanto a riqueza. Os funcionários estaduais constituíam uma camada entre média e alta, naquela sociedade. Com recursos próprios não ascenderiam a nada melhor, mas gozavam de uma relativa estabilidade e segurança, que a elite fazendeira, muito mais vulnerável à crise mundial, logo começou a cobiçar para seus descendentes.

Os pais de Luiz Cláudio, de espírito mais alargado por sua origem nas zonas mais urbanizadas de São Paulo, convenceram-se de que era vital lançar seus filhos para fora dali, pela porta não muito larga da educação. A oficina de D. Cláudia costurava tempo integral. Eram três jovens a manter bem alimentados e sadios. Isso valia também para ela e o marido. Essa era a única prevenção conhecida à tuberculose que dizimava a região. Só a partir de 34, uma vacina começou a ser utilizada nos Estados Unidos, mas o 'BCG' ainda levaria muitos anos para se generalizar. A família que morava ao lado dos Donada, gente pobre e prolífica, perdeu a mãe depois que esta enterrou seis de seus nove filhos já crescidos. As estações de rádio educativo ensinavam os métodos de evitar o contágio e a disseminação da doença, mas o povo não confiava, nem estava habituado a pensar em contaminação por micro-organismos. Morria-se de pobreza e de seu corolário, a ignorância. O quintal de D. Cláudia, porém, era todo horta e galinheiro. O jardim lateral também foi dividido e incluído na economia doméstica. Nos sábados, pela manhã, todo excedente dessa produção era enviado à 'barraca do padre', que a matriz mantinha no mercado, para os necessitados.

O pai, Luiz Estevão, começou a pensar numa colocação para o rapaz, em alguma secretaria de governo. Mesmo no de Minas que pagava mal, quando pagava. Luiz Cláudio tentou, em vão, convencê-lo de que faria carreira musical e acabaria tocando nas rádios da capital. Estas exibiam uma atividade admirável, com suas orquestras, arranjadores e cantores, muitas vezes exclusivos da emissora. Eles mesmos, seus pais, tinham se esforçado muito para conseguirem o rádio 'Pilot' e a vitrola RCA, onde repetiam, orgulhosos e sem cansaço, seus poucos 78 r.p.m. Foi nesses belos selos vermelhos e grenás que Luiz Cláudio viu, pela primeira vez o nome de Johann Strauss Jr. e Emannuel Chabrier. Guardou-os na memória como um bem precioso, de que poderia necessitar um dia. Se alguém podia viver dos Bosques de Viena e da Espanha, transformados em valsas e, por cima, viver na fama... por que não ele? Seu pai não se dava ao trabalho de responder aos argumentos que ele alinhava. Seu enigmático silêncio sugeria que ele sequer ouvia o filho. Luiz Cláudio levou muitos anos para chegar a uma aproximação dos motivos do pai que, naquele momento, lhe parecia autoritário, egoísta. Ainda assim, nunca pôde dizer que conseguira compreendê-lo bem. Já adulto, e ainda se debatendo com um ressentimento subterrâneo, dispôs-se enfim, a perdoá-lo. Passou até a agradecer-lhe os cuidados, completamente cabíveis. Quando Luiz Estevão morreu, achou que tinha com seu filho uma aliança irrestrita. Este fez todo o necessário para garantir esse resultado. Mas ele mesmo nunca teve certeza disso.

Em todo caso, ingressar no serviço público era uma campanha e tanto! Praticamente todos que lá estavam cobiçavam as vagas que os governos iam oferecendo em número crescente, para seus afilhados. Era, basicamente, um concurso de prestígio dos padrinhos. O Dr. Leopoldo recomendou o namorado de sua filha, entre outras coisas porque admirava sua inteligência e sua originalidade dentro daquela comunidade. Havendo casamento, seria conveniente ter um genro colocado. Mas estava aposentado e com sua influência muito diminuída. Foi o que salvou o rapaz de seguir os passos do pai na Fazenda Estadual.

Tratava-se, portanto, para ele, de agarrar sua única chance: continuar a estudar na Diocese aquilo que veio a se chamar Curso Científico, preparando-se para um futuro bacharelado. De resto, não tinha idade para assumir cargo público, embora as certidões de idade da época fossem facilmente fraudadas.

Tratava-se, pois, de fazer render a economia familiar, com um bom aproveitamento escolar. Sua irmã estava em situação idêntica, embora isso fosse menos claro para todos. Ninguém podia, nessa época, prever o retorno do investimento na educação feminina. Excetuando as escolas públicas, ninguém pensava em contratar uma mulher diplomada. Isso ameaçava, inclusive, os casamentos. Mas para isso deve ter servido o sobrenome Leão, da mãe. A menina Leda seguiu os passos do irmão e internou-se no mesmo colégio de freiras em que estudava sua futura cunhada, Letícia. Era mais caro e muito mais distante da cidadezinha, mas era o que havia.

Nesses anos posteriores ao ginásio, Luiz Cláudio e Letícia continuaram a se ver e a namorar, nos períodos de férias escolares e de visitas à família, mas o caráter do namoro foi mudando sensivelmente. E isso não lhes escapava. Deixava-os inquietos, confusos e intimidados. Eram tempos de decisões e casamentos precoces. Eram tempos das certezas que nenhum deles possuía. Ambos, cada um a seu modo, inquiriam-se, sem se entenderem, mas também, sem se mentirem. Essa firmeza do caráter, que ele não percebia em si mesmo, era o que mais Luiz Cláudio identificava na namorada. Sua incompetência para a dissimulação – tida como natural e aceitável nas mulheres – e sua franqueza espontânea – natural dos homens, causava-lhe grande admiração. Mais do que isso, sentia-se grato à moça e, também, confuso por esse sentimento que ele não podia compreender. Seriam essas coisas meras armadilhas do amor? E este, que mais seria? Não lhe devia respostas mais confiáveis e inteligíveis, como as que parecia fornecer aos demais? Mas, possuidor das mesmas qualidades da namorada, não se apaziguava facilmente. Sentia-se capturado por um programa, em que Amor implicava uma sequência rígida: namoro –noivado breve – casamento indissolúvel. Isso significava uma família para a eternidade. Isso os assolava. Calavam suas inseguranças e se dividiam entre ceticismo e inveja dos outros casais, que pareciam cursar esse programa sem vacilações, confiantes e sorridentes. Havia, contudo, um sentimento que parecia ser só dele: achava-se em culpa por não expor lealmente suas questões para ela. Mas se tentasse fazê-lo, sentia que não seria compreendido. Isso o confundia ainda mais, mas acabava decidindo por não correr o risco. E calava. Parecia-lhe, no entanto, que algo no semblante dela, mesmo ofuscado por fantasias próprias, falava de uma sensibilidade, de uma inteligência que era estrangeira para o mundo masculino, mas não para ele. Provocava-lhe, ao invés, uma admiração tão sensual quanto o moreno acentuado de sua pele.

Os padrões, os costumes, as ordens eclesiásticas nem sempre foram suficientes para aplacar as dúvidas, nem para enclausurar o desejo de maneira eficiente, a ponto de conter tudo o que não deve ser revelado. Boas antenas, no entanto, guiaram-nos nesses tempos tão precários em meios de comunicação. Irônico serem as guerras, o que melhoram tais possibilidades de contato, justamente quando se persegue um inimigo, com quem não se quer falar, mas eliminar. Estranha dialética: destruição e progresso.

Para Letícia ainda era prematuro reconhecer, e mais ainda comunicar que sua dúvida atravessava, precisamente, o mais assegurado desejo natural atribuído às mulheres: a maternidade. Quanto ao casamento – não suspeitava – sabia por todos os manuais de puericultura da época, como gerar e cuidar de uma prole sadia, como investir no progresso e em sua relativa ordem. A contribuição feminina concentrava-se, quase unicamente na preservação e no cuidado da família. Dessa maneira, acreditava-se assegurar a construção de uma sociedade com boa genética, saudável, livre das doenças degenerativas do corpo e da moral. Mas sentia que essa informação não lhe bastava e mantinha reserva, mesmo em relação a seus pais.

Também Luiz Cláudio prosseguia calado. O que lhe parecia mais incompreensível era a contradição enorme que ele observava na cultura sexual subjacente, uma cultura que, ao mesmo tempo que supervalorizava seu objeto, tratava de tamponar toda expressão direta e todo interesse subjetivo do tema. Isso era o clímax do desconforto que ele sentia, quando confrontava seu mundo interno, incompreensível e ameaçador, com a 'pax higienista-cristã', que parecia aplacar a todos, incluindo seus pais. Havia, porém, uma estranheza ainda maior: sua falta de desejo sexual pela namorada, e por quaisquer outros objetos presentes nas fantasias de seus contemporâneos do colégio. Tentou acreditar que isso era questão de idade. Que amadureceria a tempo de se habilitar a cumprir, como os demais, seu papel no mundo, antes que começassem a notá-lo. Mas quando tratava de explicitar o sujeito desse 'começassem a notá-lo' encontrava-o totalmente impessoal. Tentava personificá-lo, mas não encontrava as pessoas adequadas em seu mundo. Seus amigos de colégio – com duas exceções – e os poucos que tinha no lugar eram, não incompreensíveis quanto ele, mas insondáveis e definitivamente alheios às suas questões. Se os consultasse apesar de tudo, como algumas vezes tentou, só encontrava perplexidade e suspeita. Temia que esse sujeito pudesse ser seu pai, mas nunca conseguiu encaixá-lo no lugar. Isso o desconcertava ainda mais, pois sendo ele, poderia ao menos esperar que lhe abrisse o caminho e lhe resolvesse a angústia. Sentia, no entanto, alívio e gratidão por não o encontrar no papel. Tampouco sua mãe. Por fim, achou um certo conforto numa ideia tão estranha quando enigmática: parecia haver um consenso de fundo, de que ele era mesmo diferente. Isso, porém, parecia benigno. Mesmo seu futuro sogro demonstrava confiança nele. Começou, então, sua mais remota descoberta a cerca de si mesmo: o papel de Ulisses, que sua família, acompanhada de toda aquela comunidade lhe outorgava. Antes, porém, muito teria que percorrer, em aprendizagem e autoconstrução, para que, ao longo dos anos subsequentes fosse se credenciando àquela delegação que, estranha e nebulosa como era para todos soava, contudo, como um bom presságio. Embora nenhuma dessas ideias pudesse ser enunciada por nenhum deles, eram pressentidas, de um modo obscuro e eficiente por todos os que participavam desses acontecimentos.

Retornando, porém, àqueles dias, Luiz Cláudio foi enfrentando suas vicissitudes, tal e como elas se apresentavam. Mas foi elaborando, cada vez mais deliberadamente, um projeto que o afastaria em definitivo, de sua comunidade e de suas origens sociais. Nesse período se apropriou de algumas ferramentas importantes: aprendeu tudo que pôde – química, física, biologia – mas, principalmente inglês e francês, que ele sentia abrir as portas do futuro para todo viajante.

Sua primeira decisão de peso, que lhe custou meses de sofrida negociação interna, foi o término do namoro com Letícia. Não podia mais iludir-se, nem conseguiria continuar representando. Seu olhar só voltaria a encarar o dela, após esse fato ser assumido honestamente. Do que lhe aconteceria após isso, ele não fazia qualquer ideia, mas soube que estava liberado para encarar esse futuro, fosse qual fosse. Para tanto teve que pensar em coisas muito desconfortáveis, que diziam respeito às singularidades de sua personalidade. Não bastava reconhecer-se diferente dos demais. Faltava qualificar, pelo menos sumariamente, algumas dessas diferenças em assuntos essenciais. Por exemplo: por que, ao contrário de todos, ele se emocionava com uma música, em todos os sentidos estrangeira, enquanto sentia um incompreensível constrangimento diante da música nacional que o rádio difundia e que agradava tanto a todos? Sentia-se inferiorizado – e culpado – como brasileiro, um povo que fazia e apreciava uma música visivelmente inferior. Para agravar as coisas, quando ele, aliviado, reconhecia um músico nacional de valor, este caía logo na maior indiferença do público. Se ele citava a peça e seu autor, encontrava sempre o desinteresse e, às vezes, um olhar de surpresa. Um dia, porém, o médico que veraneava na localidade trouxe consigo sua mãe, uma senhora muito diferente das que via no local, e mesmo das que encontrava na Diocese, durante as aulas. Ele não soube expressar essas diferenças, mas confiou em seu faro para coisas que ele julgava de qualidade. Ela se sentava na praça e passava a manhã lendo concentradamente seu livro de capa dura. Um dia, sentindo-se observada, ela o chamou e mostrou-lhe o que estava lendo: um poema em francês. Ele se sentiu como catapultado para seu mundo verdadeiro, desconhecido, ameaçador e fascinante. Conseguiu uma tosca e fragmentária tradução de alguns versos e isso lhe valeu como ingresso para a casa e o universo daquela gente tão distante da sua. D. Marisa abriu-lhe um número pequeno de informações, mas que ele sabia preciosas. Lembrou-se para sempre de Paul Valéry e de Chopin, cuja história amorosa com uma mulher desafiadoramente diferente de seu tempo, lhe pareceu uma espécie de augúrio, que de algum lugar era enviado diretamente, para orientá-lo em sua busca. Por enquanto, contudo, era suficiente saber que esse outro mundo, desconhecido e mítico, existia de fato. A velha e bela senhora não deixava mais lugar para as suas dúvidas.

Havia ainda outra questão, menor, mas que o intrigava. Era a defasagem entre as linguagens familiar e pública. Desde pequeno se perguntava que sentido aquilo poderia ter: as mulheres não falavam nomes feios. Os homens, em casa, só entre dentes. Na rua, ao contrário, pareciam obrigados a exibir-se com um repertório de grosserias que lhes garantia o respeito dos outros homens. Meninas não ousavam xingar, mas os meninos, apesar de castigados pelas mães, eram perdoados pelos pais. Quando chegou ao internato, ele se deparou com uma situação que o deixou alerta. Sabia que a linguagem que usava era avaliada pelos colegas. Decidiu manter-se fiel à sua escolha – não falar palavrão. Estranharam-no. E ele ficou, durante muitos anos, secretamente chocado com a fala chula que seus colegas usavam com visível prazer. Felizmente para ele, a educação oficial e religiosa lhe fornecia um álibi. Mas ele, apesar de decidido a não renunciar à sua escolha, achava-a uma esquisitice e um desconforto a mais para administrar.

A outra questão que começou a ocupar mais de seu tempo, foi o velho leitmotiv sexual. Quando começaria a sentir-se mais semelhante àquilo que todos esperavam, mais 'normal'? Aqui, ele não ousava sentir-se seguro, destinado a um futuro melhor que o das pessoas comuns. Inquiria-se, mas só se reconhecia interessado, quando apaixonado por imagens completamente inconfessáveis, como, por exemplo, D. Laura, pessoa que desde o começo, o manteve seduzido e magnetizado pela elegância e a graça incomum, que a tornavam linda. Embora óbvio, só muitos anos depois ele formulou a ideia de que esteve, de fato interessado, não em Letícia, mas em sua encantadora mãe. Outro acontecimento dessa ordem foi o estado de excitação que o assolou, quando conheceu uma sobrinha de sua mãe, de nome Silvia, e que tinha a pele do mesmo tom moreno da sua ex-namorada. Ela ia casar-se logo, mas isso não o incomodou. Pelo contrário, o aliviou. Mas acabou se perguntando que papel enigmático aquela cor de pele desempenhava em sua mente. Seria apenas isso que despertaria nele a sensualidade? Mas ninguém projetaria um casamento, um futuro definitivo com outro, apenas por isso. Letícia tinha outras qualidades que também o fizeram admirá-la. Se conhecesse melhor a história, talvez a associasse à romancista George Sand que, além do nome, se caracterizava de homem, para conseguir ser publicada e respeitada. Mais estranho do que isso ele não conhecia nada. À medida que foi reconhecendo os pontos que atraíam seu interesse, foi também descobrindo o inevitável: a maior parte do que todos achavam invejável e belo, não exercia atração sobre ele. Não só a música do rádio. Também aquilo que se considerava lindo nas mulheres não despertava sua admiração. Em geral acabava confessando que se sentia desinteressado e estranho, por não conseguir identificar o que agradava aos demais. Logo começou a notar outro complemento desse caráter: foi-se percebendo crescentemente atraído por belezas que, embora o encantassem, percebia como bizarras, capazes de despertar muita estranheza. Anos mais tarde, esse Ulisses, já no repouso de Ítaca, conversando com uma amiga psiquiatra sobre esses episódios, comentou que ainda se percebia estranho, atraído por moças míopes, ou estrábicas. Ela lhe perguntou: "você não gosta também de aparelho nos dentes? Claro, como você adivinhou? E ela, rindo muito, lhe disse: É uma síndrome"...

Nesses anos e nos que se seguiram, Luiz Cláudio encarou-se, sem trégua, em cada uma de suas diferenças do modelo sancionado. Era-lhe penoso e angustiante, pois não tinha a menor ideia de por quanto tempo, ainda teria de percorrer seu labirinto. E, menos ainda, certeza de que conseguiria vencer seu Minotauro. Apaixonava-se por fotos de atrizes, ou por alguma moça de fora entrevista na fila da comunhão, enquanto ele tocava seu harmônio, na matriz. Passava os meses seguintes completamente à mercê da voragem de sua fantasia, sem reagir, e até gostando de seu delírio e do sofrimento em que este o lançava.

Um dia, depois do jantarado de domingo, seu pai lhe perguntou pouco casualmente, se ele tinha uma namorada. E, após sua negação, vislumbrou um ar preocupado em seu pai. O silêncio posterior e a constatação de seu próprio constrangimento frente àquela inquirição detonaram uma crise ainda sem precedente em sua vida. Quando comunicou aos pais que necessitava mudar-se para São Paulo para continuar seus estudos, encontrou neles uma quase apressada aquiescência. E soube, naquele momento que, por mais incompreensível que ele lhes parecesse, seus pais, embora angustiados, preferiam continuar apostando nele. Era partir, ou partir.

Luiz Cláudio havia se tornado simpático a um amigo do Dr. Leopoldo, um diplomata italiano exonerado pelo fascismo e que, durante a guerra preferiu o asilo, ao repatriamento. Era, além de democrata sincero, homossexual, o que lhe garantiria o exílio interno imposto pelo governo italiano a seus adversários, nos confins mais miseráveis do país. E com certeza, uma vaga nos futuros trens de deportação de "não eugênicos", basicamente judeus, comunistas, homossexuais, além de minorias menos públicas, como os ciganos, e pequenas seitas religiosas ou políticas.

Esse ex-secretário de embaixada, Ludovico Bonfiglioli era um cultivado filho da aristocracia do *Risorgimento* e havia ascendido na diplomacia por mérito de suas muitas competências intelectuais e heráldicas. Amava música e dedilhava, ainda que mal, o virginal que herdou da bisavó, e que trouxe da Itália, quando chegou ao Rio de Janeiro.

A grande atração que esse currículo exerceu no rapaz acabou de encantar o italiano, que não cansava de se admirar de uma ocorrência tão inesperada naquele grotão. Seu espírito, de refinada sensibilidade, julgou reconhecer uma alma irmã, que ele se encarregaria de resgatar para seu universo social e artístico. Felizmente para Luiz Cláudio, esse apadrinhamento podia manter-se no âmbito restrito das duas famílias, sem lhe criar maiores embaraços entre os de sua geração. Teve dúvidas de que seu pai aceitaria essa proteção, mas quando este acabou por ceder aos argumentos de sua mãe, Luiz Cláudio, intuiu que ali se passara um jogo. Sutil, provavelmente nebuloso para seus atores, mas um jogo. Também, que esse era o modo curioso e hermético com que eles apostavam em Ulisses. Não sem medo, mas do único modo possível: correndo os riscos.

Bonfiglioli conseguiu de seus amigos no Rio uma vaga no internato que o Governo Federal havia, há muito, criado para a formação dos filhos das elites da capital e das províncias. O rapaz prestou um exame de admissão e ingressou no segundo ano científico do Colégio Pedro II. E, assim, foi instalado na geografia de seu novo mundo. Sua Tróia e sua Helena, ele ainda teria que ir instaurando com o tempo. Ele próprio era quem menos podia antever esses episódios da guerra que o esperava. Mas sabia que devia voltar vitorioso. E, de momento, isso bastava.

Estudou com fervor. Não desperdiçou nada de uma ventura, que ele sabia irrepetível. Era esta sua única chance. Iria fazê-la valer, sem vacilações. Assim mesmo arranjou tempo, nos fins de semana, para conhecer o bonde e seu trajeto para Copacabana, pelo túnel da rua Real Grandeza, no bairro de Botafogo. Viu, com um encanto deslumbrado, o mar. Sentiu, com seu cheiro inusitado, uma excitação inusitada. Entregou-se a um êxtase sensorial equivalente de toda a vivência sexual que lhe faltava. Sentiu que, um dia, precisaria falar disso, mas não o intentaria, por enquanto. Ele saberia reconhecer quando chegasse a hora de compor um texto tão cabal quanto estava sendo sua experiência. Disse a si mesmo que essa era uma conquista para um futuro ainda distante. Antes disso, faltava-lhe algo que, se ele soubesse nomear chamaria legitimidade. Ou, ainda melhor, cidadania. Era um admitido provisório. Não, ainda, um cidadão daquela sociedade.

No Rio de Janeiro tinha dois amigos, além de duas famílias a quem levara cartas de recomendação. Os amigos eram seu padrinho diplomata, que abriu um negócio de venda de instrumentos musicais, principalmente pianos, e Renato Vieira, ex-companheiro de internato que residia no Largo dos Leões, no final da aristocrática rua São Clemente.

Esse Renato tinha, desde sua chegada ao colégio da Diocese, chamado sua atenção por dois motivos: o primeiro deles é que tinha invariavelmente um livro à mão, qualquer que fosse o local ou momento que o encontrasse. Isso era mais que intrigante para ele, que não sabia onde ele achava tantos livros. Bibliotecas, no interior do país, ainda eram coisa privada e inacessível para as pessoas comuns. O segundo era muito mais desconcertante. O menino era completamente afeminado. Cheio de maneirismos, parecia inteiramente alheio à impiedosa gozação dos colegas e desinteressado de qualquer manifestação de respeito ou amizade. Às vezes reagia e saía cantarolando, em falsete, uma música (uma ária) que ninguém ali conhecia e escandalizando o grupo que, para disfarçar seu desconcerto, caía na galhofa. Era sua vitória... de Pirro.

Quando Luiz Cláudio, munido de coragem, se dirigiu a ele para saber que livro estava lendo, o rapaz gaguejou e acabou lhe estendendo o volume, sem entender bem o que se passava. Mas, aliviado de sua solidão, creditou ao colega novo amizade e contas a ajustar com o coletivo masculino do internato. Luiz Cláudio mais uma vez sentiu-se, embora muito inquieto, cumprindo uma lealdade de fundo com algo que não sabia nomear. Sua sina? E no fundo de sua inquietação residia uma questão muito mais difícil, que era: essa lealdade não seria mesmo, como os demais colegas do colégio queriam, uma traição? E sendo, a quê? Mas, a esse grupo ele pôde tranquilizar, após algum tempo. Sendo assim, por que continuava a se sentir culpado?

Renato havia terminado o curso ginasial, após o que saiu do internato para estudar canto no Rio de Janeiro. Luiz Cláudio ficou sabendo, por carta quando, já no final do primeiro ano na capital, ele ingressou no coro do Theatro Municipal. Agora, o nome Renato Vieira começava a aparecer nos cartazes afixados nas paredes externas do teatro. Saía do coro e ingressava no elenco secundário das temporadas líricas que se realizavam anualmente, até que a guerra as tornou inviáveis. Não era pouco, se se considerar que fazia apenas dois anos que ele voltara para o Rio. Continuava ostensivo em seu modo de ser, e tinha agora um ar seguro e meio cínico, que não escapou ao amigo. Mas para este, reservava um respeito cerimonioso, que facilitava muito o convívio. Graças a ele, Luiz Cláudio conheceu os bastidores, e até o palco daquela Meca do *grand monde*, a que ele jamais imaginara ascender – episódio que teve muita significação no destino que iria assumir, a partir de sua ida para a capital. Até então, com exceção do Pe. Aníbal, a música que ele apreciava parecia coisa de afeminados. Seus dois amigos o eram. Quando entrou com Renato pelos fundos do teatro encontrou, no grupo de cantores e bailarinos que chegavam para o ensaio, uma bizarria que o assustou bastante. Achou que teria que afastar-se do amigo, para não se contaminar. As brincadeiras de que foi objeto o deixaram constrangidíssimo, mas Renato ria, benévolo, e o tranquilizava. Em sua confusão porém, embora repudiando aquele meio extravagante e debochado, não sentiu mais que uma reserva moral pelas pessoas. E também timidez diante delas. Mas nenhum tipo de antipatia ou desrespeito. Registrou essa ausência, como parte de suas diferenças. Nesses momentos, pensava sempre naquilo que seu pai diria se o observasse por detrás dos pilares. E o imaginava sempre cheio de espanto e orgulho pelas conquistas do filho, mas também preocupado com aquelas companhias. Ele então, tranquilizava seu pai que, por fim, o aprovava. Esse exercício o encorajava a seguir seus impulsos, que só poderiam ser criticados por excesso de ambição. Ele se achava, com certeza, pretensioso e isso era feio, mas indispensável para alguém que chegava até ali, com tão pouca bagagem. Seus colegas de Pedro II tinham um verniz de boa educação que ele invejou, até perceber que também eles não o pouparam de gozação quando ele revelou que fugiria à noite, do internato para a récita do Barbeiro de Sevilha. Esperava adquirir prestígio no meio, mas acabou bastante decepcionado. Na semana seguinte manteve-se calado e solitário, sem ter com quem dividir seu entusiasmo pelo que havia vivido e pela vibrante beleza do espetáculo. E cantarolava baixinho, o *"Largo al factotum della città"*. Mas sua vingança melhor foi silenciar para aqueles rapazes, sua descoberta: eles poderiam, como ele, assistir também àquela maravilha, sem qualquer risco para suas virilidades. Com exceção de uns três ou quatro senhores afetados e ostensivos, não encontrou na plateia do Municipal a fauna de homossexuais exibicionistas que esperava. Ao contrário, pareceu-lhe muito envaidecedor dividir aquele espaço faustoso, com homens tão decentes e elegantes, sem que ninguém estranhasse sua presença. Nos intervalos, desceu do balcão e circulou, quase imponderável, entre aqueles que acabava de eleger como futuros pares. Agora, devolvia o agravo dos internos, recusando-se a partilhar com eles todo o seu deslumbramento. E lamentou não poder mostrar ao pai, que imaginou todo o tempo a seu lado, seu amigo Renato figurando como músico na cavatina do Conde, no primeiro ato e, depois, no papel de Oficial, com sua voz bela e grave.

Esse ano letivo seria também decisivo em seu futuro. Teria que escolher uma profissão que o lançasse, em definitivo, na boa sociedade urbana. Medicina era logo descartada, por falta total de interesse. Engenharia parecia ter certos atrativos, mas não bastante convincentes; restava o Bacharelado em Direito; afinal, o Dr. Leopoldo devia, pensava ele, seu prestígio e sucesso a seu título de advogado. De resto, não era para isso que toda a elite mandava seus filhos estudarem em Coimbra, desde os tempos do Imperador? Não se via atuando nos fóruns, mas circulando pelos salões do Rio e de São Paulo portando uma credencial própria. E legítima.

Para os padrões comuns, Luiz Cláudio tinha um senso bem razoável das mudanças que iam, aos poucos, reconfigurando sua vida, nesta passagem ao mundo adulto. As transformações ambientais eram por demais visíveis, para não serem consideradas. Havia, contudo, algo muito pouco evidente, pelo menos para ele próprio, como sujeito dessas mudanças. Eram transformações sutis que se davam numa esfera obscura, constituída da mistura de material orgânico – neurônios e hormônios – com ideias em permanente ebulição, tudo envolto numa musculatura em expansão. Sua barba cerrou e agora conferia um certo traço ao seu olhar, cada dia mais grave e reflexivo. Suas atitudes começaram a sofrer uma censura prévia ou, se faltava tempo, uma avaliação subsequente, quase sempre formulada com ideias e conceitos recém adquiridos, conflitantes, excessivos, cuja inconsistência se traía pela demasiada certeza com que eram enunciados. Ele não poupava nada de seu espírito crítico – professores, aulas, autoridades do colégio, atitudes dos colegas e até do governo. Mas não era uma crítica invejosa ou mesquinha; parecia mais um exercício para assegurar-se de que saía da inocência e da alienação narcísica. Para todos, no entanto, tinha uma postura final benevolente e generosa. Isso produzia, paradoxalmente, um reforço aos efeitos da crítica, pois angariava respeito para seu autor, que se eximia dos rancores e antipatias que poderia despertar. Para uso próprio, contudo, mostrava-se, mesmo publicamente, muito menos indulgente com erros de avaliação ou de postura. Era sincero no autorreproche e esquecia com dificuldade as bobagens inevitáveis daquelas circunstâncias. Luiz Cláudio foi-se tornando, aos poucos, loquaz e reservado, controvertido e discreto, polêmico e sereno. Pelo começo do segundo semestre já despontava como uma liderança incontestada e pouco disputada. O coletivo de rapazes foi, de bom grado, encampando aquela ascendência de alguém que se dispunha a uma reflexão cada vez mais arguta e articulada, muitas vezes penosa, que os poupava o trabalho, ao mesmo tempo que lhes brindava um olhar brando e tranquilizador. Ao final do curso, foi escolhido como orador da cerimônia de encerramento. Tornara-se uma espécie de consultor da turma para os assuntos mais diversos. Todos os seus colegas tinham confiança em seu discernimento e em seu caráter leal e benigno. Tudo isso, porém, não foi planejado nem pressentido. Foi-se instalando naturalmente, sem esforço ou desejo.

Entre todas as mudanças contudo, a mais visível se deu na linguagem. Luiz Cláudio acabou desistindo do empenho que fazia para não usar o que chamava de língua suja. Foi, aos poucos, relaxando a censura e sentindo-se aliviado e mais próximo de seus colegas. Ao final do curso, já tinha completa espontaneidade no jargão do grupo, que se credenciava a ingressar no mundo dos homens de respeito e de futuro.

Com barba e ar de homem feito, Luiz Cláudio ainda era virgem. Não apenas por não conhecer mulher. Era virgem de todo o conjunto de fenômenos que formam a sexualidade jovem. Desconhecia o repertório mais corrente de ideias sobre o tema; não parecia curioso a respeito, alheava-se dos colegas quando esses exibiam seus conhecimentos no assunto. Os nortistas pareciam fazer um grupo de que ele se afastava ainda mais, dada a inverossímil intimidade que revelavam com questões de prostituição e pornografia.

Em setembro, depois desse ascetismo espontâneo e prolongado deu-se, afinal, a mudança. Até então, ele quase não pensava, não sabia e não falava em sexo. Supunha-se meio anormal, mas isso não o angustiava como suas demais deficiências. Em algum recanto de sua mente devia estar assegurado de que isso acabaria emergindo de um limbo inerte, mas não morto. Desde seu namoro com Letícia, habituara-se a esperar seu dia, mas sem pressa. Se ele pudesse se colocar e analisar em perspectiva, perceberia que esta era sua característica mais vantajosa, aquela que, em última instância, o tornava Ulisses entre os demais. Entre todas suas estranhezas, a maior era esta: possuía o bem mais raro que poderia almejar: certeza de que o futuro era apenas o tempo que devia aguardar para realizar seus projetos. Por isso, podia ser paciente e benévolo.

Quando, enfim, se pôs a examinar a literatura erótica que circulava sob as carteiras dos colegas, percebeu que nisso também ele ingressaria por uma via própria que teria que inventar. Assim como na linguagem ele iria, sem o saber ainda, manter sua reserva de respeito pessoal o mais preservada possível. Seu acesso à linguagem livre de seu grupo causou-lhe um certo bem-estar, que tinha relação com seu sentimento de identidade e pertencimento. Isso teve mais importância na sua integração à turma do que eles perceberam. Mas em momento algum, ignorou os limites que ele próprio impôs nesse exercício de sociabilidade. Sua língua recusou-se, para além de qualquer intenção, a adotar uma fala que chocasse pela grosseria dos termos e das imagens. Sua sensibilidade excluiu o chulo antes de qualquer deliberação de ordem moral. E quando se sentiu secretamente orgulhoso disso, julgou-se pedante e falso com seus amigos. Mas, ainda assim, preferiu o pecado da soberba.

Assim Luiz Cláudio distinguiu cedo, a qual ideia de sexo ia aderir. A sensualidade aflorou nele como crise. Teve receio da força dos impulsos que o premiam. Assombrou-se com a intensidade das fantasias que o assaltaram e do poder que tinham de subjugá-lo. A religião católica do passado ficou definitivamente arquivada, por não ter ajuda alguma a lhe oferecer. Soube-se avassalado, mas aceitou o fato de bom grado. O que iria fazer disso, ele ainda não sabia, mas sim, que essa era sua tarefa atual. E que ele a dominaria e a incluiria em sua bagagem como uma força, quando estivesse pronto.

A barreira da virgindade existia e pedia solução. Dirigiu-se, num sábado à tarde, à casa da Rua do Senado que seus colegas citavam. Esperava encontrar o lugar vazio e evitar embaraços. Sentou-se, pediu cerveja e aceitou a companhia das moças que sentaram em sua mesa. Conversou bobagens, ganhou tempo e calou a enorme vontade que sentiu de saber delas, porque estavam ali. Que é possível acontecer na vida de uma moça de vinte e poucos anos, que a atire naquele pardieiro físico e moral? Chocou-se com a urgência que elas lhe cobraram: com qual delas ia entrar? Chocou-se com a pobreza das falas, todas repetidas maquinalmente. Frustrou-se com a ausência de pudor naquelas falas. Ali não havia fuga; o sexo era um misto de banalidade e obscenidade; Um cão evacuando na calçada lhe pareava. Saiu vexado, sentindo-se frágil e talvez impotente.

Na semana que seguiu, andou reservado e triste. Acabou escrevendo uma carta ao amigo do internato, Eduardo Japinha, onde abriu a alma numa longa catilinária contra a vulgaridade e a pouca autoestima que regulam as relações sexuais. Dizia não compreender o que fazia com que as pessoas, pobres ou ricas, aceitassem o sexo como uma mera fisiologia de descarga, apenas temperado em uma fraseologia estereotipada e falsa. Sentia-se fraudado. Confessou-se derrotado, sem nenhum constrangimento. Queria reinventar o sexo, antes de ingressar nele.

O desabafo foi oportuno. Antes de receber a resposta e de se arrepender de sua franqueza juvenil e romântica, voltou à casa de Vera, foi recebido com ironia, aguardou o que ainda não sabia. Quando, afinal, viu sair um rapaz bem-vestido e bem mais velho que ele, disse para si: essa moça é a melhor opção da casa. Foi o único critério que conseguiu. Evitou conversa e entrou. Ela o consultou, enquanto se lavava em uma bacia no chão: Vai querer que tire toda a roupa? Aceitou a camisolinha curta levantada até o seio, porque não soube o que dizer. Subiu sobre o corpo branco e roliço sem olhá-lo, e copulou como um galo no terreiro. Dez ou quinze minutos após, agradeceu e saiu sem olhar à volta.

Quando, no dia seguinte se perguntou o que achara, não teve resposta. Quando perguntou como se sentia, tampouco. Somente deu-se conta de que tinha, desse modo bem pobre, comemorado sua maioridade. Mas decidiu que não aceitaria essa pobreza em questões tão cruciais.

Quando o Japinha acabou respondendo ao amigo, procurou termos evasivos, evitando uma controvérsia inútil. Mas alertou-o de que ele se arriscava demasiado, enfiando tudo e todos no mesmo saco. Ele mesmo tinha uma boa amiga que visitava toda sexta-feira, numa casa da cidade. E o convidou para conhecer a moça e a fazenda dos pais, na Vereda da Onça, em Minas. Luiz Cláudio lembrou-se, só então, de uma menina que fora visitar esse Eduardo com a mãe. Era mais velha que eles, muito bonita, como todos notaram, mas o que mais chamou sua atenção foi o olhar franco e introspectivo que observou nela. Aceitou ir logo no início de janeiro, a tempo de voltar e inscrever-se na Faculdade de Direito. Sentiu urgência de rever a moça que arquivara na memória de forma tão inadvertida. Pareceu-lhe que, mesmo sem perceber, pensava nela desde então. E lembrou-se de algo que ainda não pensara: ela tinha olhos muito grandes; e não a vira sorrir uma só vez. Isso, agora, lhe produzia uma palpitação expectante e promissora!

Seu pai, sua mãe e a irmã Ledinha vieram para a formatura do Pedro II. A moça, que desde criança encantava pela beleza, fez um sucesso buliçoso no salão do colégio. Ele, que já era o orador, tornou-se logo o 'cunhado' da turma. Infelizmente para ele, ela acabou aceitando a corte de um colega bem pouco estimado do grupo. Era muito rico, tinha vivido e estudado na Europa, era pernóstico com os colegas e servil com os superiores. Todos achavam que ele alcaguetava os colegas para os inspetores de disciplina. Nunca se provou, mas tampouco se exigiu a prova. Era magro, branco e muito alto. A vingança veio no apelido: Lombriga.

Quando, no entanto, esse rapaz desembarcou em Rio da Graça para o réveillon de 1936, Luiz Cláudio o aguardava com Ledinha na estação da ferrovia, saudou-o com a maior civilidade e ajudou a carregar a bagagem excessiva que ele trouxera. Achou que devia essa cortesia à irmã, que ele via tão pouco e de quem se sentia cada vez mais afastado. Não sabia dizer o porquê e temia que fosse irreversível. Desejou que ela percebesse logo o engano mas, dessa vez o enganado foi ele. A moça encantou-se com o charme europeu, meio caricato do Lombriga ou, quem sabe, com seu ostentado sobrenome. Luiz Cláudio se sentiu afortunado por ter resistido aos impulsos de alertar sua irmã. Ela casou com Luiz Filipe e, dois anos depois paria o primeiro 'Prado de Albuquerque', de uma série de sete. Ele nunca chegou a saber se ela era feliz, ou apenas rica. Seus pais mantiveram uma discrição, ou uma ignorância semelhante a dele. Só mencionavam os netos; nunca a filha.

Já se tinham passado três meses desde que a blitzkrieg contra a Polônia dera ciência ao mundo do quanto o III Reich respeitava as ameaças das potências ocidentais, quando, em dezembro de 1939, os Donada receberam a notícia da morte do segundo neto, por difteria.

Já se passara quase uma semana. D. Cláudia embarcou às pressas e contra a opinião do marido, para estar ao lado da filha durante o luto, mas voltou logo, com a sensação de não ter conseguido lhe fazer companhia. Em julho de 1940 ela própria foi operada de emergência no Hospital Diocesano, mas só consentiu que avisassem a filha depois que a cirurgia foi realizada e retirado o tumor que tinha no intestino.

Tempos antes, Luiz Cláudio desembarcara em Juiz de Fora logo no início de janeiro, onde o aguardava seu amigo Eduardo, ao volante de um pequeno caminhão com latões de leite, conhecido como Fubica do Japa.

Muito se especulou sobre a chegada do Sr. Shimizu à Vereda da Onça, pelos idos de 1915. Ele muito sorriu e nada explicou, mas três ou quatro meses depois que adquiriu a propriedade, todos já sabiam que o delegado Amadeo, de Juiz de Fora, era seu amigo e frequentava a sede da fazenda. Na mesma época casara-se com uma viúva muito clara e rica, D. Martha, chegada de Moçambique. Tampouco se soube por que fora ela parar em Minas Gerais. Em todo caso, a regra geral – todo rico é bem-vindo – aplicou-se também nesse caso, como o demonstrava a amizade com a autoridade policial. Eles transformaram as instalações e terras abandonadas na primeira fazenda moderna da região. Quando nasceu sua primeira filha, em 1916, deram-lhe o nome curioso de Carmen, que não era nem oriental, nem português. E logo virou Carmencita, numa obscura, mas não impossível homenagem à personagem de Mérimée-Bizet. Em 1918, quando nasceu o Japinha, já tinham um laticínio e uma plantação que seu Shimizu se orgulhava de ser dos primeiros a implantar no país. Ninguém jamais ouvira falar no tal de sorgo, nem para o que servia. Mas ele sabia, e bem: fabricava farinha, alimentava seu rebanho e despachava o resto para São Paulo. Ainda fabricava, para o uso doméstico, um vinho que os visitantes costumavam elogiar. Isso funcionou assim, até que em 1940 a família embarcou de súbito em Santos, com destino à Lisboa. Meses depois, o ataque à frota americana em Pearl Harbour, no Pacífico, lembrou à população da região, a família do Japa e D. Martha. Jamais, porém, se voltou a saber deles.

Luiz Cláudio teve muitas surpresas na fazenda do amigo. Nunca ouvira falar de nada tão asseado e moderno. No laticínio, todos os empregados usavam luvas e botas de borracha americanas. Os campos do cereal o encantaram com sua ondulação, que o fazia sentir uma espécie de vertigem. E ele não sabia dizer se era isso ou o olhar grave de Carmencita que o inebriava.

Quando esses elementos se apresentaram juntos em seus passeios pela plantação em direção ao açude, ele descobriu o que seu amigo quisera dizer com enfiar tudo no mesmo saco. Ele se sentiu seguro e confiante desde o primeiro gesto: apertar-lhe a mão até que ela gemesse. Cingi-la contra o peito e sugar-lhe a boca, sem uma palavra de sedução ou compromisso desvirginou-o, enfim, como ele esperava e sabia.

Na fazenda todos trabalhavam duro. A família se encontrava para as refeições. Aí não se falava em trabalho; eram assuntos casuais e amenos. Luiz Cláudio pensou que era algum ritual, mas não ousou consultar os dois irmãos. Japinha passava o tempo a levar carga de um lado a outro no fordeco, e ali não falava senão de trabalho. Pouco perguntava do amigo. O pai, ao contrário, muito loquaz e polido, induzia Luiz Cláudio a descrever, com detalhes, sua vida no Rio de Janeiro e a de sua família em Rio da Graça. D. Martha administrava com mão de ferro a casa da fazenda, seus empregados e ajudava nos livros da contabilidade.

A moça Carmen, agora com 20 anos, terminava o Liceu de Artes e estudava piano no conservatório. Quanto a Luiz Cláudio, isso foi decisivo. Recusava o convite do Japinha para conhecer sua amiga ou simplesmente para sair no caminhão, e passava longas horas da tarde tirando, com sua irmã músicas de autores espanhóis e franceses, seus desconhecidos. Há muito trocara o piano pelos harmônios das igrejas, mas logo conseguiu tocar uma dança de Brahms a quatro mãos com ela. Uma tarde, após a aula na cidade, ela lhe disse que tinha uma surpresa para ele. E tocou sem erro todo o *Claire de Lune,* da suíte de Ravel. Mas ela também foi surpreendida: quando terminou, Luiz Cláudio já desistira de segurar as lágrimas. Ela, de pé junto ao piano, abraçou-o e ele chorou, encabulado, em seu ombro. Não saberia dizer seus motivos, mas sentia a forte emoção, matizada do sentimento de gratidão que ela produzia nele, cujo sentido lhe escapava.

Em fevereiro ele precisava inscrever-se na Escola de Direito. Sabia que não poderia esticar indefinidamente sua estada na fazenda, embora os Shimizu o tranquilizassem. Carmencita nunca o convidou a ficar ou a retornar. Passou as aulas de piano para a manhã e estudava com ele à tarde, sem falarem em sua partida. Somente começaram a ir mais vezes ao açude pelos campos de sorgo. Ali, naquela imensa e sussurrante solidão, entregavam-se, sem palavras e sem restrições, ao amor que sentiam um pelo outro. Um único limite, da parte dele: impediu-se de desvirginar a moça, pois isso não era concebível naqueles anos. Embora sem pensar, lembrou-se certamente da filha mais velha dos Abud, que se matou com formicida em sua cidadezinha. E todos disseram que o noivo 'lhe fizera mal'. Durante os anos subsequentes, ele buscou, sem sucesso, descobrir no olhar daquele pai o semblante daquela dor. Seu Jorge reabriu a loja e nunca falou do assunto com ninguém. D. Sheila, entretanto, branqueou subitamente os cabelos, curvou-se, adoeceu e morreu antes de um ano do suicídio de sua Samira, deixando os demais oito filhos à conta do pai.

No colégio, a grande curiosidade que a prostituição despertava em todos era aplacada com uma única explicação convincente: a moça começava sempre se perdendo antes do casamento. Expulsa de casa, acabava sem nenhuma alternativa, na zona do baixo meretrício. O homem que a fazia perder-se, quando era conhecido, desaparecia ou era morto pelos parentes da moça. A desonra da família era, assim, purgada pela desgraça dos infratores. Não era a lei de Deus, nem a do Cão. Era a lei dos homens, e Luiz Cláudio não a desafiaria. Nem formularia a pergunta que se insinuava nele: havia então um meretrício menos baixo, talvez meritório, de prestígio? Onde? Quem o povoaria?

Soube, no entanto, junto a Carmen, tudo que é dado a Ulisses aprender com Penélope, antes de poder partir. Soube a plenitude. Nada dela, com exceção do hímen, lhe ficou alheio. Ela era uma mistura de nada menos que duas imigrações. Não se encaixava em nenhum dos estereótipos sancionados. Não se reconhecia numa fórmula, nem na inversa. Jamais se vira numa situação como a que Luiz Cláudio lhe oferecia e quando esta adveio, respondeu de forma espontânea. Não sabia conter-se, nem censurar-se. Era uma expressão simples de seu sangue oriental-mediterrâneo. Tampouco provocou seu desvirginamento. Ateve-se ao que despontava entre ela e seu amado, sem nada perguntar, pois tinha tudo a desfrutar. Luiz Cláudio viu, pela primeira vez, um corpo de mulher. Um corpo inteiro, que o submergiu numa espécie de vertigem, pois o fez rememorar a brutal emoção da primeira nudez, que muitos anos antes entreviu em seu passeio de bicicleta pelo bosque do seminário. A imagem antiga, sacralizada por todos esses anos ganhava, subitamente, vida e calor. Tinha que aceitar perdê-la, para integrá-la a este momento de sua vida. Destotemizá-la. Encorpou-se; sentiu-lhe a maciez, os sabores, a vibração, os cheiros, as texturas. Auscultou-lhe cada frêmito e cada espasmo. Quando voltou a Rio da Graça, era um homem sexualmente maduro.

Carmen não sentiu necessidade de lhe responder as cartas. Enviou-lhe partituras de Albéniz, Ravel e Debussy que possuía, fechou o piano e só voltou a reabri-lo nas ocasiões em que ele voltou à Vereda.

Quando seu pai, sigilosamente passou a fazenda para seu sócio de São Paulo, ela também em segredo, despachou seu piano com a ajuda de Eduardo, que numa madrugada o levou encaixotado até Juiz de Fora e o colocou no trem. Quando meses depois o piano desembarcou em Graça, Luiz Cláudio sabia apenas que suas cartas não tinham resposta, mas continuou a escrevê-las, até que começaram a retornar, violadas pela polícia de Vargas. Os Shimizu já haviam partido, mas ele sabia que a memória dela seria para sempre. Carmen foi, num sentido muito especial, sua primeira mulher e, como tal, seu paradigma. Todas as companheiras que teve em sua vida tiveram, pelo menos, essa qualidade, que as fazia excêntricas ou segregadas: não se inscreviam no código moral dominante, nem aceitavam o expurgo de que eram ameaçadas. Eram autônomas em sua sexualidade. E muito solitárias, quando fora de seu pequeno círculo de pares. Mas eram respeitadas ou temidas.

Luiz Cláudio despediu-se de seus amigos cariocas, Bonfiglioli e Renato, que já sentiam que suas vidas os afastavam. Ele não soube responder por que preferia o Largo de São Francisco, mas sentia-se menos estrangeiro em São Paulo. O Rio era muito mais cosmopolita, abria muito mais horizontes, mas ali ele se sentia provisório e percebido como de fora. Em seu novo endereço, na Ladeira da Memória, ia inaugurar o futuro.

Luiz Cláudio passa dos 19 aos 23 anos na Faculdade de Direito, incorporada à recém-criada Universidade de São Paulo, período interrompido apenas pelo treinamento militar a que teve que se submeter, para fazer jus ao certificado de alistamento. Nesses anos, esta era uma preocupação real. Faltavam apenas dois anos para a invasão da Tchecoslováquia e três, da Polônia. A guerra era uma possibilidade, e ninguém mais o ignorava. Seus donos eram bem conhecidos. Já de qual lado acabaríamos ficando, ninguém ousava prever. Este fato é o melhor indicador da indefinição de fundo a que o mundo periférico estava submetido. O paradoxo de que o inimigo parecia surgir, não do campo adversário do socialismo, apresentado desde seu surgimento como o apocalipse, mas do cerne mesmo das potências capitalistas, supostamente o baluarte da vida democrática trazia uma enorme confusão, não apenas ao nível da ideologia individual ou de classe, mas também ali onde ela se fazia representar como governo. As elites nacionais, entre a cruz do fascismo e a caldeira do comunismo, viam claras vantagens na primeira. Tirar partido de uma neutralidade hipócrita e negocista foi a solução tentada por esta e outras periferias. Solução manhosa e um tanto ingênua que não podia durar muito tempo, como se acabou verificando. A geopolítica fez valer seus princípios e todas as contradições ideológicas ou macroeconômicas foram administradas de acordo. O Brasil acabou perfilado com seu aliado 'natural', os Estados Unidos da América (já que todos os demais, ali, eram bastante desunidos). E acabou indo à guerra do mesmo lado do demônio soviético, o que ilustra a tese marxista, de que nem sempre a contradição principal coincide com a fundamental, ou seja, se um rebelde novo irrompe ameaçando a paz do Olimpo, nada impede que o Senhor se alie a Lúcifer, para afastar o perigo mais imediato. Depois se vê como devolver os dois ao *Hades*, que é o único reino apropriado para o internamento de todos os inconformados.

Dr. Leopoldo encaminhou cartas de recomendação para alguns escritórios de advocacia de São Paulo, onde Luiz Cláudio começou a trabalhar, já na quarta série da faculdade Para seus objetivos mais claros isso quase bastava, já que lhe conferia uma identidade social de prestígio. Ele sabia, porém, que ali, como na música, ele teria que conquistar respeito pela sinceridade de sua dedicação. Isso nunca lhe custou muito e, aos poucos, tornou-se bastante hábil em Direito Tributário, o que o livraria das questões mais árduas e inglórias do Direito Comercial, em que os emolumentos eram muito mais polpudos e, por isso mesmo muito mais disputados. Esse desinteresse estranho não escapou à atenção de seus padrinhos que, logo que ele se diplomou começaram a lhe encaminhar as questões que exigiam mais pesquisa e que retribuíam menos. Eles não imaginaram que esses clientes, porque disputavam quase sempre com o Estado, cujo emaranhado de legislações confusas e contraditórias o tornava um adversário vulnerável iriam ver na aplicação de seu advogado, e na sua obstinação pela coerência – que advinha de sua admiração pelo contraponto – sinais de talento excepcional. O próprio governo estadual, na figura de seus Secretários de Fazenda, acabou se apercebendo de que a assinatura L. C. Donada firmava muitos processos em que se via derrotado. Quando desistiram de curvá-lo com ameaças e devassas, passaram a lhe oferecer coletorias rendosas do interior do Estado. Santos, Sorocaba e Ribeirão Preto começaram a povoar o imaginário do advogado, que ainda não percebera claramente a tática do poder. Nesse período ele, que não era ambicioso de patrimônio, mas sim de status, imaginou-se próspero e feliz, casado com – aqui tinha dificuldades em colocar nomes, porque Carmen, ou Carmencita como ele desejou chamar sem conseguir, não comparecia mais com a mesma facilidade do passado. Ele lamentou esse fato por muito tempo, mesmo depois de que tudo parecia não fazer mais sentido. Ele se conformou em perdê-la; nunca em esquecê--la. – Esse patrimônio pertencia vitaliciamente à sua formação como sujeito. Sem isso ele voltaria ao desamparo vivido na Rua do Senado: a um tempo anterior à mulher, em sua vida adulta.

Quando afinal, em 1942 o governo Vargas curvou-se à guerra contra o Eixo, Luiz Cláudio já pertencia a um estrato da classe média que não seria ameaçado muito fortemente pela convocação militar. A Força Expedicionária Brasileira não carecia de bacharéis, mas de gente disciplinada e confiante. Com exceção dos oficiais, a grande massa dos convocados provinha das capas mais modestas da sociedade brasileira.

As demais classes não dispunham de quadros para correr tanto risco. Era preciso preservá-los, para o futuro imprevisível.

As agências de notícia ocidentais, não podendo simplesmente confundir a opinião pública identificando seus aliados comunistas com seus adversários fascistas, adotaram a técnica de que "o que não se fala não existe". A Frente Leste era minimizada, ou simplesmente omitida. E -secretamente – aguardavam para o bote duplo, que mandaria os dois demônios, de uma só vez para o inferno. Quando isso falhou, quando a derrota alemã em Stalingrado e a resistência vitoriosa ao cerco de Leningrado impôs um desastre tenebroso ao cerco do exército alemão, e quando, finalmente, o Exército Vermelho avançou sobre a Europa Central, sobre a desolada Alemanha de Hitler e hasteou a bandeira soviética em Berlim, o vice recém empossado presidente americano, sequioso de se mostrar à altura do semideus morto que ele substituía, apressou-se em ultimar o secretíssimo programa nuclear de Los Alamos e, apesar de saber pelo seu serviço secreto que os japoneses só dispunham de cem dias para capitular por falta de abastecimento, em nome de *salvar vidas americanas* no Pacífico, pôs ponto final à guerra, com o *"Thin Boy"* (menino magrinho), sarcasmo perverso para apelidar a bomba de plutônio que acabou com todas as rechonchudas crianças de Hiroshima, apagou a cidade do mapa-múndi e deixou o saldo de 200.000 mortos, nos 10 anos seguintes de efeitos letais. Três dias depois, 9 de agosto de 1945, foi necessário continuar salvando vidas americanas e testar a outra bomba, desta vez de urânio, para que a União Soviética tivesse plena certeza de que essa também funcionava, apesar de muito gorda. Incompreensivelmente não a denominaram *"Fat Boy"*, mas ela explodiu perfeitamente sobre Nagasaki, eliminando do planeta outra cidadela do mal, com 100.000 mortos estimados, nos 10 anos seguintes.

Agosto, 1945: o genocídio que calcinou as cidades de Hiroshima e Nagasaki a milhares de graus centígrados, inaugurou uma 'trégua' que ganhou o curioso título de Guerra Fria. Que durou cinquenta anos e que, de novo, deu a vitória aos "do Bem".

Meses antes, o General comandante em chefe dos exércitos aliados na Europa, futuro presidente dos Estados Unidos, fizera questão de que seus soldados entrassem nos campos de concentração nazistas libertados na frente ocidental, para poderem acreditar no que viam, já que a mentalidade do soldado americano, segundo ele, "não estava preparada para compreender aquele horror". Nunca se soube se essas mentalidades puderam compreender, e como, a demonstração do poderio nuclear que seu governo fez, *eliminando toda a população – crianças, idosos, hospitalizados, mulheres e demais civis, de duas cidades de um inimigo já derrotado.*

Dia 14: o Japão pediu capitulação.

Quatro meses antes, abril de 1945, três donos da guerra haviam desaparecido: Roosevelt, Mussolini e Hitler. Oito de maio, capitulação da Alemanha. Total de mortos, desaparecidos e inválidos permanentes, civis e militares, de 30 de setembro de 1939, a 2 de outubro de 1945 – seis anos e dois dias: as estatísticas oficiais, todas de grande imprecisão falam de dezenas de milhões, mas só a União Soviética citava, então, 20 milhões de mortos. Custos diretos (estimados): *um trilhão e meio de dólares. Custos indiretos (basicamente, fome, perda da família, da casa, da terra, do trabalho, da dignidade e da esperança): nenhuma das partes propôs qualquer contabilidade.*

O formigueiro humano acabava de ser profundamente desmantelado pela escavadeira da guerra. Agora, com muita dor e pouco choro era reconstruí-lo, como há apenas 27 anos passados.

Em 1919 Freud estava chocado com a barbárie da guerra que recém terminara, em cujos objetivos ele próprio começara acreditando. Teve filhos alistados nos exércitos derrotados. Achava-se, além do mais, amargurado com o insistente retorno do sofrimento, em pacientes que ele já tivera como curados. A teoria psicanalítica, por mais fundamentada e criteriosamente reformulada pela observação clínica, esbarrava com um retorno ao sintoma, por mais doloroso que se mostrasse. Cético com relação a um humanismo sobredeterminante na cultura, e apoiado em uma biologia positiva e racionalizadora, formula sua última versão do dualismo psíquico primal: *o Homo sapiens é, filogeneticamente, aparelhado de um psiquismo acionado por duas forças antagônicas e em permanente embate – uma, agregadora, erótica, construtiva; outra, dissolutora, instauradora dos processos de morte no interior do organismo. A única vitória definitiva entre essas duas forças é, também, a final. Até este momento, a vida humana é a luta encarniçada e "inconsciente" entre essas duas pulsões: Eros X Tânatos.*

A insistência arquissecular em resolver os problemas sociais por meio da tirania, ou da eliminação em larga escala dos adversários, por essa visão, é uma inquestionável demonstração da presença da morte, como elemento "constitutivo" do humano.

Enquanto a guerra e o mundo seguiram seu destino, comandados desde cima pela lógica do bem e do mal, o Brasil continuou a vida, como cabia a um gigante periférico: desajeitado, precisando da eterna vigilância democrática. Nas cidades e no campo, a economia de guerra reforçada pela ideologia ufanista-nacionalista, acabou por mostrar reação e, até crescimento real. Luiz Cláudio firmou-se como profissional e acabou conhecido como tributarista de respeito, primeiro em São Paulo, depois no Rio e em Minas Gerais. Isso lhe custava caro. Passava tempo demais estudando e pesquisando um sem-número de códigos e decretos. Sua vida musical ficou reduzida a escassos exercícios nas missas do Mosteiro de São Bento e a todos os poucos concertos a que a cidade assistia. Até que, finalmente, pensando também em encerrar o retiro provinciano de sua família em Rio da Graça, mandou buscar o Pleyel que ganhara de Carmen, pagou a pesada conta de sua restauração e voltou a frequentar o Conservatório. Sua banca de advogado já podia correr esse risco, embora seu bolso se ressentisse. Mudou-se para uma casa no bairro de Higienópolis, cara porém espaçosa e confortável para hospedar os pais em São Paulo. E, claro, para estudar sua música.

Nas aulas de piano conheceu uma aluna chamada Suzana Toledo, que gostava dos modernos e estudava Ravel com entusiasmo e talento. Luiz Cláudio esteve durante todo o início dessa retomada da música sentindo-se estranho a si mesmo, inquirindo, sem resposta o que se passava com ele. Voltou a ter lembranças de Carmen, e essas o puseram em alerta pelo grau exagerado e deslocado de nostalgia que traziam. De algum modo percebia que seus motivos reais lhe escapavam. E que havia um desconhecido nele, que também era ele. E isso o inquietou bastante, pois não era a primeira vez que o constatava.

Nos anos 40 já havia no Brasil um número pequeno, mas impressionante de artistas, poetas, escritores e médicos que liam, discutiam e ironizavam ou aderiam às teses do médio judeu-austríaco Sigmund Freud, recém falecido em Londres, foragido do nazismo. Ele havia introduzido uma quarta e brutal derrota ao narcisismo humanocêntrico, descentrando a consciência do *lugar das causas,* nos acontecimentos pessoais e sociais. Desde suas investigações, publicadas em 1900, em *Análise dos Sonhos*, ficava irreversivelmente demonstrada a prevalência do *desejo inconsciente* no psiquismo humano, este sim, verdadeiramente responsável pelos atos aparentemente incompreensíveis da história individual e política dos homens.

Copérnico e Galileu já haviam tirado o planetinha Terra do centro do universo; Darwin, colocando cada macaco no seu galho, revelara qual o nosso, na escala evolutiva – bem distinto da imagem e semelhança de Deus; os heróis voluntaristas, como César, Colombo e Napoleão foram deslocados do lugar de inventores da história, para o lugar mais modesto de agentes necessários, ainda que geniais, do devir histórico, pela demonstração de Karl Marx. A História passou a ser tão parte da natureza, quanto a Geologia ou a Astronomia – uma natureza ampliada, para incluir o destino do gênero Homo, tal como ele o forja, coletiva e individualmente; ou seja, para incluir também a Psicologia. A consciência que cada indivíduo tem de si mesmo e de seu tempo, seja ele imperador ou funcionário, é sobredeterminada, "de fora", pela história de seu tempo e, "de dentro", pelo seu enredo pessoal no âmbito da família. Desde então, Darwin, Galileu, Marx ou Freud, gênios como Bach e Beethoven são, eles próprios, frutos 'necessários' do acontecer humano, bem como as ideias e 'inventos' que nos legaram. Só que, agora, isso não resultava na derrota do seu narcisismo pessoal, mas no resgate daquilo que, no homem, é verdadeiramente genial e grande: somos a única espécie animal conhecida, capaz de pensar e compreender a si mesma e a seu destino. Capaz de desejar e de intervir nele. Capaz finalmente, o mais difícil, de aceitar seus limites.

No Conservatório, Luiz Cláudio tinha aulas de técnica e interpretação e, principalmente, mantinha contato vivo com a comunidade musical da cidade. Sua amiga, Suzana, tinha muitas relações no meio e sempre que podia convidava seu colega para os saraus e recitais que a cidade se propiciava. Luiz Cláudio viu nesse interesse de Suzana uma oportunidade para se pôr à prova naqueles pontos obscuros de seu caráter, os assuntos sentimentais e sua complicada relação com o sexual. Sabia que não era um cafajeste aproveitador. Faltava descobrir o que era. A moça lhe parecia de difícil apreensão. Magra, muito clara, alta e de aspecto grave era, quando vista na intimidade, de uma brandura cativante. Seus olhos, de um verde muito aguado, nunca revelavam grandes efusões. Era jovem e tinha, no entanto, um aspecto amadurecido e sereno que a fazia parecer mais velha. Essa aura de quieta paz com a vida era sua beleza. E isso não foi indiferente a Luiz Cláudio que, ao contrário, sentiu-se perturbado e invejoso.

Encontrou-se muitas vezes entregue a uma longa especulação sobre os traços da personalidade de Suzana, que lhe causavam tanta admiração. Julgava-se muito canhestro perto dela e tentava disfarçar sua atenta curiosidade para não magoá-la. Temia que ela o amasse, muito antes que ele sequer soubesse que nome dar ao interesse que tinha por ela. Enquanto isso não avançava em sua mente, ganhava tempo, aparentando uma atitude solícita e ambígua, tentando não se comprometer, mas temendo deixar escapar uma oportunidade nova, desde sua experiência com Carmen. O principal produto dessa circunstância foi seu interesse crescente pelo repertório moderno de piano que chegava da Europa, ao qual dedicou o melhor esforço que seu escritório, que o ocupava sempre e mais, consentia. Se conseguisse formular sua estratégia frente à moça diria que quanto menos certeza ele tinha de estar enamorado dela, mais se apegava ao vínculo real que possuíam na música. Numa manhã de sábado apareceu no conservatório um oculista amigo de Suzana e convidou-a, cheio de entusiasmo, para irem naquela tarde à casa de um colega seu, Dr.Ória assistir a uma espécie de sarau musical, onde o médico e seus convidados ouviam as últimas gravações que conseguiam comprar, trazidas da Europa e dos Estados Unidos. Era uma reunião de amantes da música erudita, intelectuais, artistas e, principalmente, médicos, quase todos ligados às vanguardas culturais de São Paulo. Entre os últimos, havia diversos interessados na nova disciplina criada pelo Dr. Freud, estudando-a e aplicando-a em sua clínica, apesar do caráter polêmico que isso ainda tinha e da grande resistência que ainda encontrava na academia médica. Era o equivalente científico do escândalo musical que os russos Stravinski e Prokofieff ainda produziam e que, na pintura e na literatura nos havia dado, ali mesmo em São Paulo, o boom modernista de 1922.

Suzana e Luiz Cláudio passaram uma tarde de surpresas, e foram prontamente integrados ao pequeno e culto colégio. O único insatisfeito foi o amigo de Suzana, que havia ido ao conservatório somente para convidá-la. Esta, mesmo percebendo o interesse do rapaz, pediu licença para levar Luiz Cláudio, pois esperava melhorar seu estado de espírito, que ela intuitivamente sentia como que em baixa. Achava-o arredio, sem no entanto relacionar isso com sua pessoa.

Uma tarde, no outono de 1945, Suzana disse a Luiz Cláudio que começara a estudar o concerto para piano, que Ravel havia composto para um amigo pianista mutilado na guerra anterior, em que as potências capitalistas tinham estabelecido a última partilha de colônias e mercados do planeta. A crise daquela primeira acomodação do expansionismo imperialista acabou gerando a última, e ainda atual catástrofe. Tudo o que foi possível salvar ou reconstruir dos escombros da primeira, fora e/ou estava sendo cientificamente devastado nesta segunda, sem falar dos muitos milhões de vidas jovens e produtivas ceifadas lá e, novamente agora, sob a civilizada lógica do patriotismo. Lógica aparente em todos os discursos da história humana – justiça, liberdade, nacionalismo, eugenia, catequese, civilização, etc, etc. – e destinada a racionalizar uma outra, invisível, inscrita no código genético do "sapiens": *a da barbárie.*

Nos meses seguintes, impressionado e sem conseguir desligar-se da história de tristeza, amizade e coragem representada pelo Concerto para Mão Esquerda, ele ingressou num estado de espírito confuso. Foi, aos poucos, invadido por um sentimento de desvalorização frente a pessoas tão nobres e capturado por uma ideia absurda e patética, de que isso era um 'recado' que ela lhe enviava e que queria dizer: estou aguardando a sua mão direita para tocarmos juntos. E esse 'tocarmos juntos' começou a soar para ele como 'tocarmos juntos a vida'. Sentiu-se irritado, desafiado e passou a evitar olhar a moça de frente, ao mesmo tempo que se sentia injusto e mentalmente perturbado. Sonhava que esperavam dele a partitura para a mão direita que, como ele percebia bem, apresentava dificuldades insuperáveis, mas que ele, no entanto, tinha o dever de completar. A angústia o acordava no meio do sonho sentindo-se em falta com Ravel e com seus pais que, sem saber por que, dependiam de que ele terminasse o concerto, para escaparem de uma ameaça que os afligia. Terminava essas noites em estado de profunda amargura, dividido entre os sentimentos de culpa presentes no sonho e de medo de um desequilíbrio emocional exagerado e... aqui interrompia seus pensamentos, pois não se sentia com coragem de completá-los. Queria ver seu pai, com quem ele sentia que recobraria forças para recuperar o bom senso.

Esse estado de confusão e sofrimento se acentuou nas semanas seguintes e ele foi perdendo a capacidade de se concentrar no emaranhado de processos que tinha em seu escritório. Emagreceu, criou olheiras e se sentia muito envergonhado quando alguém comentava o fato, como o fez o zelador do prédio. Temia que Suzana lhe perguntasse algo, mas por alguma razão ela nunca tocou no assunto.

Havia na Faculdade de Medicina de São Paulo um professor de neurologia muito conhecido e respeitado por seus conhecimentos do que se produzia de mais moderno em sua área. Luiz Cláudio já o vira nas reuniões de sábado à tarde, onde tinha um lugar de respeitosa ascendência sobre os médicos mais jovens. Decidiu marcar consulta em seu consultório, depois que perdeu a última esperança de que sua crise cedesse espontaneamente. Não tinha mais coragem de continuar arriscando, ainda que lhe fosse penoso expor-se assim, tão absurdo diante de um quase estranho. Mas essa estranheza lhe dava coragem ou, pelo menos, lhe parecia menos constrangedora do que seria, se consultasse um médico de sua intimidade.

Este, depois de ouvi-lo bastante, lhe disse francamente que não podia ajudá-lo, pois, em sua opinião, seu conflito tinha uma clara referência à sexualidade e que ele poderia ser melhor atendido por um colega seu, especialista na área. E preveniu-o de que tudo dependeria de sua coragem de ser completamente franco com o médico, além de que precisaria de paciência, pois o tratamento, nesses casos, costumava ser longo e dispendioso.

Embora frustrado, Luiz Cláudio procurou aquele que veio a ser, para sua surpresa um tanto cética e um tanto esperançosa, seu psicanalista. Mas o alívio que sentiu, desde o primeiro encontro, por ser escutado com respeito e interesse por poder, enfim, falar das coisas que o desconcertavam tanto, sem produzir qualquer reação moralista ou diretiva, começou a reverter lentamente seu estado de dor e confusão. Mas o que mais o aliviou, foi descobrir que todos aqueles absurdos de mão esquerda, mão direita, ameaças e culpas, etc. não só nada tinham de absurdo, como carregavam, quando bem compreendidos, os significados verdadeiros de toda a problemática sexual com que ele já se embatia desde menino. O analista, depois das primeiras entrevistas, disse-lhe que ele pedia ajuda para completar, não um concerto, mas um conserto e que talvez a culpa diante do pai-Ravel tivesse a ver com o uso da mão direita, que lhe parecia tão difícil reconhecer. "Talvez seja necessário falarmos disso, para ver como incluir essa mão no que você quer consertar". O longo silêncio de Luiz Cláudio fez seu analista pensar que andara certo em sua interpretação. Para ele mesmo, no entanto, foi uma experiência eloquente, cheia de espanto. Como pudera o doutor chegar tão rapidamente à questão que lhe custava tanto admitir, que o deixava, a tantos anos, tão incomodado e inseguro? Como confessar a esse desconhecido que ainda se masturbava e que preferia isso, a procurar uma prostituta, que lhe parecia outra masturbação mascarada pelo pagamento? Sentiu-se profundamente envergonhado e não ousou qualquer dissimulação. Felizmente o doutor nada mais disse até o final da sessão e encerrou-a com um simples "Até amanhã", que ele entendeu como: o senhor fale como, quando e se puder. Aqui ninguém o obriga a nada. Esse fato deixou nele uma impressão de que podia confiar no médico. E mais: de que só assim conseguiria abordar esse assunto com esperança de resolvê-lo e de entender as diferenças que sempre o distinguiram dos demais homens que conheceu. O analista talvez imaginasse que ele fosse homossexual ou outro tipo transviado, mas estava decidido a arriscar também isso, desde que descobrisse que anjo ou demônio possuía dentro de si. Passara todos aqueles anos tentando encarar-se de frente, mas agora percebia que sozinho não conseguiria ir muito longe. Tinha premência e paciência bastantes. E uma enorme esperança de, enfim, tomar posse de quem era. E essa esperança fez retornar sua alegria e seu gosto pela vida. Decidiu, ainda sem saber como, que sairia de sua indefinição frente à sua amiga Suzana e que esta tinha todo o direito de saber o que ele desejava dela. Assim que ele próprio o descobrisse.

Em 1945 o mundo começou a sair do fio da navalha dos últimos seis anos. O destino prometia, aos vitoriosos, glória, liberdade e poder quase ilimitados. Aos derrotados, o horror sem nenhum limite.

Os brasileiros estavam entre os vitoriosos. Periférico é, há muitos anos, o eufemismo predileto para 'satélite', que é coisa de comunistas. Em todo caso era muito melhor ser um vitorioso, que um derrotado periférico.

Fim da guerra. Fim da ditadura Vargas, que não fica bem para vencedores exibirem governos não eleitos. Melhor eleger um militar afinado com a democracia. Elegeu-se um general. Ele fechou os cassinos.

Começo da guerra fria. O Brasil, desta vez, não esperou nada. Entrou desde o primeiro minuto, ao lado de seu aliado natural, os Estados Unidos da América; os demais por aqui continuavam bastante desunidos. Durante seu mandato, o general presidente fechou o Partido Comunista e cassou seus parlamentares eleitos, porque estes "queriam entregar o país aos soviéticos, que haviam ganhado a guerra contra o fascismo ao nosso lado. Guerra é guerra!".

Luiz Cláudio Donada, que já tinha problemas bastantes com sua cabeça e com o que ela arranjava para o corpo administrar, começou a perceber que muita coisa que se passava ao seu redor parecia estranho, confuso ou contraditório mesmo. Por exemplo: como é que uma ditadura civil pode ser substituída por uma democracia militar? Como é que um governo democrático cassa partidos e parlamentares eleitos livremente?

Aonde pôde manifestar sua estranheza, encontrou estranheza. Entre seus colegas de profissão, quando os sondou em busca de alguma conversa esclarecedora, enfrentou uma complacência simpática, muito profissional mas evitativa, que o fez sentir-se juvenil e ingênuo.

Uma tarde, quando atravessava a Praça da Sé em direção ao escritório, encontrou um aglomerado de manifestantes portando faixas e cartazes de sindicatos diversos, que protestavam contra as última medidas do governo federal, que já tendo colocado fora da lei agremiações políticas da oposição, cassavam agora os mandatos que haviam obtido nas urnas. Isso dizia respeito às questões que tinham começado a incomodá-lo, ultimamente; parou e pôs-se a ouvir os oradores. Chocou-se com a lista de arbitrariedades e a violência que a polícia vinha impondo aos sindicatos, imprensa e partidos socialistas legalmente constituídos. Aguardou, pacientemente, que depois dos relatos viessem explicações que tornassem compreensíveis aqueles desvios da retórica democrática oficial. A repetida e irada denúncia das muitas ameaças sofridas não devia bastar para angariar apoio da população geral e ainda corria o risco de intimidá-la, fazendo o trabalho da repressão.

Quando Luiz Cláudio chegou, no final da tarde ao escritório, sentia-se frustrado e invadido do sentimento amargo de impotência e um misto de raiva e solidariedade por aquela gente tão aguerrida e corajosa mas, a seu ver, tão longe de compreender sua situação quanto ele próprio. Sabia que havia uma lógica por trás do absurdo aparente dos fatos. Não poderia dizer de onde extraía essa convicção, e nem pensava nisso. Apenas estava convencido de que as vidas social e política seguiam regras muito herméticas que, segundo parecia, os poderosos políticos conheciam e manejavam bem. Nunca soube quando, nem porque isso começou a preocupá-lo. Agora, como caída do céu, lhe vinha essa necessidade imperativa de entender o funcionamento social em sua racionalidade, oculta mas efetiva. Era, ainda, sua adesão à métrica barroca do contraponto, reforçada por todo o positivismo filosófico e científico, ainda em grande voga.

Falou com ênfase crescente, nas sessões de análise, de seu desconforto, tentando encontrar nessa emergência nova, sua inexplicável angústia política, um nexo qualquer, enigmático mas provável, com sua descoberta da psicanálise. Ao fim de algumas sessões, tudo o que Dr. M. pôde dizer é que seu cliente parecia esperar que ele o iniciasse nos enigmas que ele, o analista, dominava. Luiz Cláudio não entendeu o que isso tinha a ver com o que ele trazia. Será que ele não via, ou não acreditava na sinceridade de sua aflição? Será que o achava infantil demais? Como não recebesse explicações, acabou admitindo que o que ele dissera parecia plausível, mas não viu ali nada que o ajudasse. Se aquilo fosse verdade, em que poderia servi-lo? Mas, sobretudo, se ele dominava enigmas, por que não partilhá-los, ao invés de ampliá-los com mais enigmas? A sessão foi encerrada sem respostas. E isso o estimulou a desafiar seu terapeuta com mais energia, sem desconfiar que, desse modo, atestava uma confiança crescente nele e em seu método.

Na semana seguinte à da manifestação sindical, recebeu em seu escritório um telefonema do advogado Clodomiro Antunes que desejava conhecê-lo e conversar sobre interesses comuns. No dia seguinte, o bacharel Antunes lhe disse que o havia visto por longo tempo na manifestação da Sé. Soube seu telefone por colegas do fórum e ali estava para consultar sua opinião acerca daquelas denúncias e da prisão de sindicalistas militantes. E antes que Luiz Cláudio manifestasse o que lhe ocorria naquele momento, seu colega mostrou-lhe documentos pessoais e profissionais que demonstravam sua vinculação como advogado de dois sindicatos operários, da indústria de tecelagem e dos alfaiates.

Luiz Cláudio sentiu-se aliviado de encontrar, finalmente, a interlocução que buscava e esperou que o colega terminasse sua apresentação, para expor suas questões. Mas surpreendeu-se, pois o visitante falou ininterruptamente, por quase uma hora, sem parecer lembrar-se de que tinha vindo consultá-lo. Repetiu-lhe grande parte do que ele já ouvira na praça e, talvez sem saber, parecia querer contagiá-lo com sua indignação. Quando Luiz Cláudio já se dispunha a encerrar a entrevista, desgostoso por sentir-se entediado, o colega se levantou, pediu desculpas por ter ocupado tanto de seu tempo e disse, finalmente, a que vinha. O Partido estava procurando auxílio junto a advogados de prestígio, para os recursos judiciais que impetrara contra o governo e as cassações. Luiz Cláudio, pego de surpresa, disse que ia pensar no assunto, mas que havia muita coisa que gostaria de entender mais, antes de pensar em oferecer ajuda. O bacharel lhe disse que sua preocupação era justa, mas achava melhor que ele conversasse com uma pessoa mais informada que ele. Que voltaria a procurá-lo em breve. Despediu-se, deixando a impressão de sair decepcionado.

Luiz Cláudio não conseguiu mais trabalhar naquela tarde. Ficou parado, olhando sem ver, pela janela presa de uma palpitação estranha. Ora se sentia animado pela visita, e pelo que ela lhe prometia, ora se percebia preocupado e meio triste, sem saber o porquê. Achou que na sessão de análise poderia esclarecer melhor seu estado de espírito, mas inexplicavelmente nada citou da entrevista, vagueou por generalidades, e pela primeira vez saiu da sala com visível sensação de ter jogado fora seu tempo e seu dinheiro. E, pior que isso: saiu em culpa, em falta com o Dr. M. Lembrou-se das vezes que saía do confessionário pior do que entrara, por não ter dito toda a verdade

Com a música, as coisas não andaram melhores. Ficava em alternância, entre um entusiasmo excitado, com fantasias de tornar-se um concertista famoso, e a mesma indefinível tristeza que o abatera depois do encontro com o advogado Antunes. Nesses momentos achava, ao contrário, que não atingiria nenhum desempenho de nota no piano, que não era bom ou aplicado bastante para atingir isso. E estendia esse estado para seus demais compromissos, principalmente o de se esclarecer com a amiga Suzana, a quem se sentia devendo explicações. A alegria que o início da análise lhe devolvera, cedia, igualmente, a esse estado ligeiramente depressivo. Tendia a achar-se medíocre e sem capacidade para muitas expansões. Seu analista, nesses momentos, lhe dizia coisas desconcertantes, do tipo: "talvez você queira me dizer que se sente impotente, com o pênis danificado pela masturbação". Ou, então, "você está com inveja de mim porque imagina que eu posso fazer tudo o que você não pode". Mas, apesar de achar essas falas completamente inusitadas, não as classificava como disparates. Acreditava em um sentido hermético que lhe escapava, mas que teriam sua eficácia demonstrada em algum momento. E apenas esse estado de expectativa já melhorava seu humor oscilante.

Voltou a estudar com regularidade, surpreendendo-se com a ideia absurda que de vez em quando flagrava em seu devaneio, de que em algum momento a ideia musical correspondente à mão direita do concerto de Ravel lhe surgiria, inesperadamente, pondo fim à sua angustiosa espera. Quando disse ao analista que isso acontecia, este lhe respondeu que o que gerava esse fato não estava suficientemente analisado, pois ele continuava ali, tentando fazê-lo sentir-se também impotente. O Dr. M não lhe comunicou que isso o deixava incomodado frente a um desmentido à vitória que julgava ter obtido, desde sua primeira interpretação do complexo. De que se trataria essa recorrência decepcionante? Ou ele errara o tiro, ou a bala era pouca. Levaria o caso para uma comunicação aos colegas, nas reuniões da

Sociedade, depois que o discutisse bem com sua supervisora. Esta acabou sugerindo que ele estava, sim, sentindo-se impotente como o paciente; que este podia estar partilhando sua dificuldade com o analista, um movimento chamado "identificação projetiva".

Numa tarde de sábado, após a tertúlia musical na casa dos Ória, Suzana convidou-o para jantar em sua casa, onde os aguardava uma sopa de queijo que ela aprendera com uma amiga de sua mãe. Ele aceitou feliz o convite, mas não deixou de pensar que isso representava uma ocasião de ser apresentado aos pais da colega. Talvez fosse mesmo uma estratégia feminina para envolvê-lo, bom partido que sabia ser.

Confirmou sua suspeita, quando entrou no casarão de Suzana. Não a do envolvimento, mas a de que ela era mesmo rica. Na alameda só havia casas de gente endinheirada, provavelmente fazendeiros no interior com a família instalada na cidade. A sopa, o salmão e o vinho branco italiano não o surpreenderam tanto quanto o resto daquele sarau que mudaria sua vida, de uma forma insuspeitada. Não havia pais ou apresentações. Estiveram sós, à grande mesa do jantar. Suzana falou discreta e entusiasmadamente de Flaubert, Virginia Wolf e Wilde, mas aguardou o café no jardim de inverno, para iniciar uma conversa que aguardava, há muito, a sua hora. Disse-lhe que, apesar de não ter ainda infringido qualquer código da moralidade vigente, estava firmemente convencida de que o faria, em breve, tão logo tivesse ocasião. Falou-lhe de muitas leituras que a haviam cativado e que não poderia mais, depois disso, continuar pactuando com toda a hipocrisia que governava a sociedade, começando pela moral religiosa da virgindade e do matrimônio. Que a pior imoralidade, a seu ver, era ter filhos em casamentos de conveniência, sem amor bastante para justificar a vinda de uma criança ao mundo. Esse filho seria sempre um desajustado produzido pelo egoísmo dos pais, e acabaria tão hipócrita e tão imoral quanto aqueles. Luiz Cláudio pensou estar com febre. Seria o vinho, com que tinha pouca familiaridade? Estaria mesmo diante desse monumento de clareza, coragem e dignidade? Ou seria tudo aquilo parte da estratégia que ele temia, e ainda mais sofisticada? Sentiu-se péssimo com essa ideia, execrou-se, e pensou que devia livrar sua amiga de uma pessoa tão mesquinha; que ele conspurcava, com sua maldade, uma beleza tão cristalina. Apaixonou-se. E não conseguiu dizer nada, dentre suas muitas concordâncias, além da exaltação que aquela descoberta ia, paulatinamente, introduzindo em seu espírito. Sentiu-se emocionado e perigosamente próximo a algo anterior em sua vida. Mas, o quê? Custou a navegar pela memória turbilhonada pelas muitas surpresas, pelo ambiente e pelo vinho. Acabou se deparando com o ombro de Carmencita, após o Clair de Lune, e com seu choro descontrolado e aliviador. Enquanto Suzana citava a literatura que a apaixonava, ao mesmo tempo exaltada e serena, ele pensou em pedir-lhe que tocasse Debussy, para ligar esses dois momentos tão especiais. Mas durou pouco sua esperança, despedaçada com a ideia seguinte, que o acusava de uma traição a seu amor antigo, agravado por ser também, traição a Suzana. Devia ter uma expressão algo patética, que a fez perguntar-lhe o que tinha, se desejava tomar um digestivo. Corou, gaguejou, pediu desculpas, e acabou declarando-se perturbado por tanta surpresa. E, perdendo qualquer prudência, lhe disse que passara a vida toda imaginando alguém a quem pudesse, ele próprio, dizer todas as coisas que ela lhe revelara. Que já vinha perdendo a esperança de encontrá-la e que, agora, não sabia como reagir. Parecia tão irreal quanto o gênio da garrafa a lhe satisfazer os sonhos. No entanto, ali estava ela. Ele sabia que aquilo era real, porém inacreditável.

Essa reação excessiva do rapaz convenceu a moça da sinceridade da mesma. Ninguém, distante da verdade, seria tão simples. E, apesar de reprovar a ideia do que lhe acontecia, apaixonou-se por Luiz Cláudio. Ou melhor, tomou conhecimento do que já vinha acontecendo há tempos. Desse momento em diante perdeu a fluência, corava e distraía-se ao ouvi-lo. Pensou que o vinho a afetava, mas sabia que isso não costumava acontecer com ela. Luiz Cláudio, ao contrário, tornou-se loquaz com o embaraço crescente de Suzana. Sentiu-se impelido a barrar um silêncio constrangedor que viesse anunciar, ainda, qualquer nova surpresa. Devia proteger aquela beleza em sua virgindade. Mas essa palavra soou surpreendente. De que falava?

Calou-se. Enfrentaram por longos minutos o silêncio interno que os submetia. Por fim, Luiz Cláudio, sem se entender nem se questionar, abriu o Stein meia cauda da sala, sentou-se e, sem consciência alguma do que fazia, tocou o Clair de Lune. Depois levantou-se, beijou-a em silêncio e saiu.

Quando voltou a encontrar Clodomiro Antunes, este lhe pareceu modificado de um modo que ele não pôde precisar. Estava acompanhado de um senhor mais velho, aspecto distinto apesar de não trajar o terno habitual em seu meio. Eles o aguardavam na portaria do prédio e o acompanharam na subida. Antunes apresentou-lhe o camarada Lisboa, que podia conversar e tentar esclarecer o colega sobre os assuntos que este desejasse. Parecia menos falante e seu olhar já não o encarava de frente mas, ao contrário, parecia fixado em algum ponto do assoalho. Pediu licença e retirou-se.

Luiz Cláudio, que observava sem entender, preferiu aguardar que o senhor Lisboa começasse. Este, inversamente ao seu colega começou perguntando-lhe de onde era e, informado, mostrou conhecer a região e algumas famílias que viviam nela. Não encontraram conhecidos comuns, mas o clima distendeu-se. Lisboa parecia além de afável, sincero em sua curiosidade acerca da vida de Luiz Cláudio. Mas pareceu mais impressionado quando soube que ele era, além de advogado, pianista. E contou-lhe que tinha assistido em Moscou, a uma apresentação que o tinha deixado impressionadíssimo pela modernidade e pela habilidade do autor, a quem foi apresentado ao final do concerto por um pianista carioca ali residente. Quando disse o nome de Sergei Prokofieff, Luiz Cláudio teve um vislumbre de que algo novo lhe acontecia. E como já estivesse aturdido com os fatos da semana anterior, pensou que não conseguiria dar conta de todas as mudanças que o atingiam. E desejou estar enganado, mas a simpatia, a mansidão no olhar de seu interlocutor já o haviam cativado. Mas ainda tinha um trunfo: que sabia aquele senhor, que pudesse ajudá-lo a compreender o emaranhado confuso da política nacional e internacional?

Lisboa, em sua simplicidade espontânea, era um mestre. Claro, sereno, paciente, dominava o assunto com uma velha familiaridade que tornava sua análise, além de acessível, convincente em sua lógica poderosa e complexa.

Luiz Cláudio teve outras surpresas. A explicação, há tanto esperada, e que ele sabia existir em algum lugar era uma longa análise da situação político-econômica internacional, que demonstrava que *a guerra contra a exploração dos trabalhadores pelo capital não se encerrara com a derrota do fascismo, mas que continuava agora, no interior das nações capitalistas;* essa 'guerra' contava com a solidariedade da União Soviética e de outros governos e partidos verdadeiramente democráticos. Nesse contexto, o governo do nosso presidente militar, como já se esperava, seguia as linhas da política americana e reprimia as forças da esquerda socialista, acusando-as de antidemocráticas e de serviços ao governo comunista da Rússia. E não só: enviava nossos militares para serem treinados no Panamá, pelo Pentágono, que fornecia suprimento e armamento novo para seus aliados latino-americanos. Dividiam o mundo em países democráticos (capitalistas), defensores das liberdades públicas, e em ditaduras comunistas escravizantes do homem. Defender a liberdade, para esse grupo é, necessariamente, defender a livre iniciativa, a livre concorrência, eleições livres e, principalmente, combater os comunistas, infiltrados em todas as partes, denunciando-os e os isolando aonde aparecessem. Nos países desenvolvidos da Europa, os partidos comunistas disputavam acirradamente as eleições e elegiam grandes bancadas, pois eles tinham lutado contra o fascismo na Espanha e liderado muitas organizações de resistência durante a ocupação alemã da Itália e do resto da Europa invadida pelo III Reich. Ali não dava para se descartar do antigo aliado. Mas no resto do mundo, países econômica e ideologicamente frágeis, não se podia correr tais riscos. As potências ocidentais não tinham derrotado o Eixo para entregar os mercados de matérias primas e de manufaturados aos trabalhadores mas, ao contrário, para expandir e aprimorar sua dominação sobre eles, crendo e fazendo-os crer que os defendia da tirania.

Luiz Cláudio estava encantado com a coerência e aparente consistência daquela exposição. Ela vinha colocar no lugar muita coisa dispersa que ele já percebia, sem conseguir articulá-las numa visão global. Faltava entender muita coisa, como por exemplo, o que tinha feito acontecer a aliança de 'deus com o demônio socialista'. Quem era Lúcifer, nessa história? Mas agora, ele já sabia o que lhe importava mais: havia mesmo, como ele esperava, um pensamento capaz de ordenar logicamente os fatos, explicá-los e que permitia antever certos desdobramentos futuros. Lisboa assegurou-lhe que sim e que o desenvolvimento do armamento e da bomba soviética poriam fim ao terrorismo nuclear americano e veríamos um novo tempo na história. A vitória do socialismo sobre o desumano e decadente imperialismo estava cientificamente assegurada pelas descobertas de Marx.

Luiz Cláudio estava feliz como quem acorda numa manhã e percebe que a febre cedeu. Brilhava um sol límpido de outono em seu dia. Aceitou, entusiasmado, o livro que Lisboa lhe ofereceu emprestar, e aproveitou para combinar um novo encontro para jantarem em sua casa. Lisboa aceitou o convite, mas pediu que fosse em outro local, um restaurante que ele indicou. Mas queria também, ouvi-lo tocar, em alguma oportunidade.

Agora a vida parecia não caber mais dentro dos dias. Transbordava por todo lado e fazia Luiz Cláudio sentir-se paralisado pela ansiedade e uma quase euforia por tudo de bom que lhe atropelava a existência. Para agravar esses fatos, tinha trabalho como nunca antes.

Conseguiu dois estagiários bacharelandos e acabou convidando alguns colegas para dividirem o escritório, o que acabou acontecendo, embora com muita demora para seu desejo. Associou-se a outro tributarista que começava a aparecer no Fórum para assistir suas audiências. Era mais inexperiente, mas foi o que aceitou o oferecimento. O escritório passou a se chamar "Donada e Caldeira Brant". Mas a mudança significou, pelo menos de início, uma grande carga de trabalho adicional. Luiz Cláudio foi acordado mais de uma vez pelo Dr. M., ao final da sessão. O que não era mal, pois todos descansavam, já que, quando acordado, seu paciente o afogava em relatos diversos, complexos e acumulados, deixando muito pouco espaço para a associação livre e para a reflexão analítica. Sua técnica da "atenção flutuante" literalmente naufragava. Decidiu-se por controlar sua própria necessidade de intervenção aguardando, quase sempre em silêncio, que a enxurrada desaguasse por si mesma. No aluvião surgiriam, certamente, muitos escolhos significativos. Mas precisavam aguardar sua hora e vez.

Da decisão à consecução, Dr. M. encontrou mais dificuldades do que previa. Seu paciente nem acabara de alterar sua vida profissional com a nova sociedade comunicou-lhe que, nas circunstâncias em que ele se encontrava, havia decidido casar-se. O problema era que não havia uma noiva, mas uma amante rebelde àquela convenção ridícula. Ele até concordava com o raciocínio da moça, mas não conseguia imaginar-se amasiado e, por cima, com uma pessoa do nível e posição social dela. O pior é que ela parecia aguardar dele uma iniciativa sexual pertinente, e ele não ousava. Terminava essas sessões suado e decepcionado por não receber nenhuma orientação que 'o encorajasse'. Diante disso, Dr. M. perguntou-lhe se ele necessitava encorajamento ou autorização. Luiz Cláudio emudeceu por dois dias até conseguir discriminar os sentimentos que o atingiram, e seus nomes: humilhação, desdém por si próprio e, por último, uma imensa raiva do analista pretensioso e prepotente que ele arranjara. Era arrogante e sem nenhuma sensibilidade para o sofrimento do cliente. Disse-lhe que o achava interessado unicamente em mantê-lo dependente e em seu dinheiro. Ia interromper a análise e continuar a vida sem sua ajuda. Dr. M. despediu-se dizendo que o aguardava na próxima sessão.

As semanas seguintes foram decisivas. Luiz Cláudio convidou Suzana para fazerem uma estação de águas em Caxambu, onde sozinhos e afastados do trabalho poderiam decidir sem pressa, suas vidas juntos. Suzana respirou, aliviada das dúvidas que já se insinuavam. Sentiu-se grata e encorajada pelo convite. Tinha, afinal, conseguido um parceiro à altura de seus ideais. E marcou, apressadamente, consulta com um ginecologista conhecido de amigas de sua mãe. Mas quando pensou em informar a seu companheiro de que tinha sido liberada para as 'núpcias', contentou-se em rir sozinha dos escrúpulos do médico, que não queria examiná-la sem a presença da mãe ou do noivo. Foi atendida, mas decidiu deixar para relatar isso em outra ocasião. Intuiu que não devia adiantar possíveis ansiedades.

Viajaram num carro de praça que fazia ponto perto do escritório e que socorria Luiz Cláudio em seus atrasos. Um belo Chevrolet recém adquirido de um fazendeiro endividado, que se matou, ao descobrir-se traído pela esposa e seu sobrinho, *possibilitando, dessa forma, a Fedra e a Hipólito, a felicidade que eles mereciam*[2]. Luiz Cláudio, embora se sentindo meio ridículo, recomendou ao chofeur que não comentasse essa história durante a viagem, e que também mantivesse total reserva sobre o serviço que lhe prestava.

---

[2] *Fedra, tragédia grega (Eurípedes e outros).*

No belo e antigo casarão do Hotel Caxambu alugaram um quarto para casal. Sentiam-se aquecidos, apesar do frio da Mantiqueira. Luiz Cláudio regressou à portaria para pagar e acertar a volta com seu motorista, a quem convidou para um copo de vinho no simples e elegante restaurante do hotel. Num impulso imprevidente confessou a este que estava trêmulo, pois essa era sua viagem de núpcias e se sentia nervoso. O taxista surpreendeu-o com um abraço inesperado e caloroso e assegurou-lhe que, com aquela senhora ele não encontraria nenhuma dificuldade. Mas tornou a encher os copos. "Não para dar coragem, mas para dar sorte, doutor".

Quando voltou ao quarto depois de se despedir e agradecer aquela solidariedade inusitada, teve outra surpresa. Suzana estava encostada à parede, um joelho dobrado, a cabeça tombada sobre o ombro esquerdo, desembaraçando as pontas dos cabelos molhados. Nua.

Dessa vez ele abriu mão de pensar no que acontecia e aceitou deixar-se arrastar pela corrente que os levava.

Só depois do regresso a São Paulo, rememorando esses fatos durante a análise, 'lembrou-se' de algo que ficou submerso, na inconsciência do momento. Logo após possuírem-se, ele voltou à lembrança do pranto que o dominara na Vereda da Onça, abraçado à menina Carmen. Não chorou, mas sentiu-se igualmente emocionado. De novo se reconhecia *agradecido*. Ficou se perguntando como aquilo podia ter-se mantido apagado, até aquele momento em que começara a relatar o atordoamento de suas vivências naqueles dias. Reconhecia que, ainda agora, estava ali falando e falando, e descobrindo coisas. Parecia mágica ou sonho. Por que não vira antes, e só se reencontrava naquela cena crucial, no divã? Havia, logicamente, a surpresa de ver juntos, associados, dois momentos tão distantes em sua vida. E nem era a primeira vez que isso ocorria junto a Suzana. O que quereria isso dizer? Mas, neste momento, interessava-se primeiro por entender por que aquilo só voltara à sua mente ali na sessão. Por que sentira urgência de reatar a análise? Por que o Dr. M. continuava lá, aguardando-o em seu horário?

Quando saiu e chegou ao elevador, deu-se conta de ter dito 'menina Carmen'. Agora, enquanto descia rememorava a gratidão. Ela lhe parecia muito antiga. Mas verificou que algo havia acabado: a vontade de chorar. E o lamentou ainda, por vários dias, como se estivesse abandonando a menina. Por fim esqueceu.

Suzana recusou não só o casamento. Também a proposta de viverem juntos. Disse que não tinha feito amor com Luiz Cláudio para caçar um marido. Queria algo diferente. E novo. Viver juntos até poderia ser, mas não ainda. Queria viver em sua liberdade recém conquistada. Não na gaiola dourada da monogamia burguesa. Não aceitava disfarces e se irritava com o bom-mocismo do amante. Achava-o acomodado e queria um companheiro radical.

Luiz Cláudio não se continha de admiração. Pensava se era mesmo acomodado ou se se mostrava assim para ver até onde ia a coragem e a integridade da companheira. Acabou descobrindo que eram as duas coisas. Percebeu que ela ia bem à frente dele na crítica às convenções. Sempre se embatera com elas, mas faltava-lhe uma formulação própria. Ficava numa insatisfação vaga e pouco explícita. Suzana, ao contrário, tinha pleno domínio de suas ideias. Sua fala era fluente e elegante. O que ela tinha, além disso, eram ideias positivas sobre como queria viver sua vida. Ele, por enquanto, ficara na negação do que era aprovado, mas não tinha clareza do que colocar no lugar. E sabia, igualmente, que sua vida mudava de rumo; ainda não compreendia de que modo, mas sabia que Suzana vinha compor um cenário mais amplo que o envolvia naquele momento. Que não só a namorada, mas também Lisboa estava nisso. Para não falar no Dr. M, que assistia essas mudanças e fosse, talvez, responsável por sua coragem de aceitá-las. Pelo menos fazia-lhe uma companhia solícita e asseguradora. Mas gostaria de saber mais suas opiniões acerca dele, pois muitas vezes ele lhe parecia reticente e preocupado. Mas nunca conseguiu fazê-lo responder diretamente a essas questões. Talvez ele fosse, como toda a elite social, um anticomunista reacionário e aproveitador. Talvez não; apenas ingênuo politicamente. Mas não havia mais lugar para ingenuidades, no rumo que as coisas tomavam. O ingênuo, como disse Lisboa, acabava conivente. Suzana adorou esse raciocínio que, para ela se aplicava bem à sua família e a todo o seu círculo social: gente muitas vezes honesta e bem-intencionada mas, no fundo, conivente com tudo que lhes trazia vantagens. Quando Lisboa argumentou que nem sempre era assim, que no comando político havia plena consciência dos interesses em jogo e, portanto, má-fé ela custou a aceitar, pois sabia que seu pai era limpo de consciência e generoso de coração. Até se candidatara à prefeitura de sua cidade. Mas perdera a eleição, numa apuração completamente manipulada. Desgostoso, não aceitou mais qualquer vinculação partidária. Mas ela sabia que ele votaria no Partido Social Democrata, pelo retorno de Vargas. Lisboa evitou uma polêmica com a moça e admitiu que mesmo entre profissionais da política havia gente decente, capaz de grandes sacrifícios pessoais, como a maioria dos militantes socialistas e comunistas.

Quando Luiz Cláudio lhe perguntou sobre o que pensava da psicanálise, teve a decepção de ver seu mestre político tergiversar e escapar ao tema. Mas até percebê-lo com clareza, pressionou-o para saber mesmo sua opinião. Lisboa riu e disse, bem-humorado que, como dissera o *"Rei da Vela"*, de Oswald de Andrade, Freud era *"o último grande romancista da burguesia"*. Suzana riu muito. Luiz Cláudio ficou confuso, sem entender se se tratava de um humor fora de seu alcance,

A LETRA L

ou de um sarcasmo tacanho, que não tinha razão para estar na boca de um marxista. Disse-o com cuidado, para não cometer nenhuma indelicadeza, mas deixou claro que pedia uma explicação. Lisboa não se livrou do constrangimento; confessou que ignorava muito do assunto e que ia procurar algum texto mais específico sobre o tema. Ele não podia explicar mais que isso: sabia que seu partido reprovava aquela ciência voltada para as mazelas individuais e que nada tinha a acrescentar à luta pela libertação da classe trabalhadora em todo o mundo. Luiz Cláudio, pensando em retribuir o muito que aprendia com Lisboa, argumentou que os dentistas também tratavam de indivíduos e não da classe trabalhadora como um todo. Suzana, que se mantinha calada e pensativa, perguntou a Lisboa se ele impediria que um psicanalista tentasse evitar que Iessiênin e Maiakovski se suicidassem em plena juventude, no auge de sua produção. Lisboa, que muito ouvira de Maiakovski e nada de Iessiênin, respondeu, contrafeito, que não podia responder àquelas perguntas, pois não era um teórico, mas um simples quadro do partido. Mas que consultaria seu colega encarregado de dar assistência ao pessoal da "Agit-Prop". Desse momento em diante, Luiz Cláudio nada mais conseguiu esclarecer. Encontrou o mestre evasivo, tratando de se despedir. Mas não antes de adverti-los de que a prática da intelectualidade pequeno-burguesa afasta muitos deles da compreensão justa da Revolução. Que só a militância num partido marxista, dirigido pela classe operária, possibilitaria que os intelectuais tivessem uma visão correta da história e de seu futuro. E afastou-se, mas sem a efusividade habitual. Disfarçava mal o desagrado que sentira, perante uma argumentação a que ele não pudera responder do modo cabal a que estava acostumado. E colocou em julgamento, se não estava a perder tempo com aquela gente tão inteligente e culta, mas irreversivelmente individualista. Às vezes o trabalho político lhe parecia excessivamente cansativo. E, no entanto, alguém precisava levá-lo adiante, para angariar aliados junto às demais classes. Até mesmo junto à burguesia progressista. E reconfortou-se com seu fardo.

Suzana, para evitar constrangimentos com sua família, alugara uma mansarda muito graciosa numa pracinha arborizada, quase ao lado da casa de Luiz Cláudio. Chamava-a de *Studio*, pois o prédio era no estilo mediterrâneo francês e a pracinha lembrava um recanto qualquer de Paris. Mobiliou a pequena peça com um luxo discreto e alugou um Essenfelder de armário, de uma colega do conservatório. Disse aos pais que precisava de recolhimento para conseguir concentração que um intérprete necessita em seu trabalho. Mas não arranjou nenhuma desculpa para recusar o telefone que sua mãe insistiu em mandar instalar, para que pudessem se falar, caso houvesse uma necessidade. Acabou dizendo que a odiava, e sabia que aquilo era pura fachada de um interesse que ela, egocêntrica como era, de fato não tinha por ninguém; nem pela filha, nem pelo marido. O telefone, caro como era, não era para ajudá-la, mas para ser exibido às amigas, como demonstração do cuidado maternal.

Assim Suzana e Luiz Cláudio tinham onde ficar juntos sem provocar escândalo entre seus familiares. Isso não evitou comentários maldosos da vizinhança, mas ela, e depois ele, passaram a rir da estreiteza provinciana daquela gente, que achava tudo imoral, porque tinha a imoralidade em suas cabeças.

Muita coisa havia mudado: a vida de Luiz Cláudio; a vida de Suzana; a vida no Brasil; no mundo. Até a vida de Lisboa sofrera mudanças: agora se via obrigado a pensar naquilo que julgava já estar resolvido: como ficava a questão dos médicos e dos dentistas, que de fato tratavam de pessoas, indivíduos, e não de classes? Se era legítima, por que não a psicanálise, pelo menos nos casos como o de Maiakovski? Quando pensou que tinha uma resposta, afirmando que a psicanálise era reacionária porque olhava para o passado infantil do sujeito e não para o futuro, ficou paralisado diante da pergunta que lhe fizeram: mas não é mesmo isso que o marxismo postula – estudar a história, o passado da humanidade, para poder planejar seu futuro? E ele estava muito velho, tanto para enfrentar situações intelectualmente adversas, quanto para ser comparado com uma 'mula de presépio'.

A vida de Luiz Cláudio mudara muito. A de Suzana também. Já não podiam mais argumentar com a inocência, com a ingenuidade. Sentiam, no entanto, que ignoravam quase tanto quanto antes. Liam muito, não só os clássicos do marxismo, que os abastecia de método analítico, informação histórica e instrumental filosófico. Liam toda a literatura de vanguarda que lhes chegava às mãos – Gide, Jorge Amado – além dos clássicos universais, como Heródoto e Virgílio. Luiz Cláudio logo se ressentiu das mudanças. Emagreceu muito, sentia-se pesado nos processos que estudava. Por fim, começou a dormir no escritório, durante o trabalho. Caldeira brincava com o amigo: o parceiro anda trabalhando muito de noite. Mas isso podia muito bem ser uma advertência dissimulada. Ficou envergonhado e perdeu a naturalidade com o sócio. Mas teve que confessar a si mesmo que nem tudo mudara para melhor. Seu desempenho no trabalho, mas também o piano, que ele quase já não abria, as muitas sessões de análise que ele perdia para não abandonar o escritório e, finalmente, acabou pensando, suas horas com Suzana, que segundo vinha notando, já não eram tão harmônicas. Mesmo o forte entre eles, que era o relacionamento sexual parecia meio amortecido. Suzana muitas vezes estava reticente ou abertamente indisposta. E acabou responsabilizando-o por não ajudá-la a superar este estado, abandonando-a, em vez de conquistá-la com carinho e compreensão. Luiz Cláudio ficou perplexo com essa acusação. Achava-se o mais responsável e solidário dos amantes, perdia noites seguidas a ler, conversar e namorar com ela, ficava em falta com suas obrigações profissionais, em culpa com o piano, e agora era acusado de omisso na relação amorosa. Falava compulsivamente, nas sessões, de toda essa situação, desconcertante de início, e abertamente angustiante no presente, sem quase dar tempo a qualquer intervenção do analista. Era uma operação meramente excretória, uma intoxicação da qual esperava livrar-se falando incessantemente. Um dia Dr. M. perguntou--lhe como ele esperava que ele o ajudasse. "Dizendo-me se sou eu o incompetente ou se ela está sendo injusta e egoísta". "Você me põe como conselheiro matrimonial em sua vida. E quem fará sua análise? Quem lhe perguntará, já que você faz o melhor que pode, de que se sente realmente culpado?"

Era sempre assim: ia para a análise cheio de questões complicadas e aparentemente insolúveis, pedindo soluções práticas e acabava descobrindo um outro ângulo da questão que não lhe havia ocorrido e que mudava toda a abordagem do problema. Começou a perceber que, fossem quais fossem os fatos, ele estava sempre disposto a verificar sua responsabilidade nos acontecimentos de sua vida. Tinha uma mulher tão admirável, tão íntegra e competente que só podia ser ele o responsável pelos desentendimentos da dupla. Por que, no entanto, se sentia tão magoado quando ela cobrava dele atitudes que ele nunca compreendia bem? Por que ela parecia, tantas vezes, ignorar todos os seus argumentos, todos os seus esforços para estarem bem? Ela via que ele dormia quando chegava ao *studio*. Não via que ele estava exausto e abatido. Ela via que ele estava calado. Não via que ele estava triste e preocupado com o que fazer para resgatar a alegria que eles estavam perdendo. Ela se sentia insatisfeita e achava que ele devia fazer alguma coisa; mas não sabia o quê.

Nessa ocasião circularam boatos e depois uma pública polêmica acerca de novas taxas que o governo federal pretendia fazer incidir sobre as exportações. Os cafeicultores acorreram à sua associação para embargarem preventivamente quaisquer medidas que reduzissem seus lucros. O escritório de Donada e Caldeira Brant ingressou num período de trabalho intensivo, que não deixava mais quase tempo algum reservado à vida privada de seus mentores. Durante os debates no congresso e as audiências nas varas públicas, os sócios se revezavam entre São Paulo e Rio, acompanhando seus clientes e preparando suas defesas, muitas vezes durante as noites que passavam trabalhando.

Uma noite de sábado Luiz Cláudio entrou no studio de Suzana e o encontrou florido e iluminado a velas. Custou a dar-se conta de que era o aniversário dela. Quando quis abraçá-la foi rechaçado com frieza. Ela lhe disse que tinha tido uma briga feia com a mãe, que não a perdoava por não ir jantar com seu pai e com ela, que a esperavam com amigos da família. Ele propôs levá-la de táxi, pois ainda havia tempo. Ela se ofendeu ainda mais. Chamou-o de mercantilista grosso, de insensível e, finalmente, pequeno-burguês. Luiz Cláudio, que nunca vira a moça transtornada daquele jeito ficou, por seu lado, paralisado com a violência do ataque. Há muito notara que a doçura e a serenidade dos dias de conservatório haviam cedido a uma silenciosa reticência que, só então se revelava como o que era: hostilidade. Pensou diversos recursos para desmanchar o clima horroroso que se instalara e voltar a festejar o aniversário, as flores, o vinho. Teria que fazer um esforço absurdo para esquecer a ofensa – pequeno-burguês grosso. Bebeu e lutou em silêncio para inaugurar a festa, sem conseguir livrar-se da mágoa. Suzana, vendo-o debater-se, acabou aplacando sua revolta.

Quando o vinho, nele e a culpa, nela fizeram seu trabalho, abraçaram-se chorando e se amaram sofregamente, para se compensarem de toda a frustração. Luiz Cláudio no estado semietílico em que estava, fantasiou uma família feliz, cheia de harmonia e ânimo de luta, completada pela alegria de um bebê. Menino ou menina, para ele seria a mesma felicidade. Mas não ousou, mesmo no estado, a desmontar aquele reencontro provisório, aquele festejo quase abortado com um assunto que poderia pôr tudo a perder. Ela o acusaria, sabe deus de quê. E não haveria perdão.

Nas semanas que seguiram, o clima apaixonado cedeu irreversivelmente ao distanciamento e ao silêncio. Suzana acabou tomando a iniciativa e disse que precisava estudar em paz e pediu para que ele esperasse para ela poder colocar a cabeça em ordem e ver o que queria fazer da vida. Sabia que não estava sendo justa com ele, mas não tinha o que colocar no lugar. Ela estava pensando em procurar análise para ela também. E pediu que ele conseguisse uma indicação com o Dr. M.

Luiz Cláudio saiu sentindo os músculos dos braços e pernas trêmulos e dormentes. Estava pálido e sem reação. Desceu a pé até a avenida São João e andou, automático, até o Mosteiro São Bento. Dali se dirigiu à Praça da Sé, onde o espaço aberto o fez perceber-se atônito e anestesiado. Estava frio e ele não sentia. Tomou um conhaque e, não sabendo o que resolver, voltou ao São Bento e, de novo pela avenida, até a esquina de sua rua. Começou a sentir o cansaço quando entrou em sua casa. Deitou-se na sala e dormiu profundo.

Naquela madrugada ele foi acordado por algo novo: o horror. Não sabia de quê. Não era por Suzana, tinha certeza. Isso o deixava com uma tristeza enorme. Mas ele sentia algo muito pior: o pânico. De quê? Por quê? Não suportaria viver sem ela? Achava que sim, mesmo desejando-a. Foi sentado na sala, descorçoado, cinzento como a madrugada que o envolvia que acabou contatando com o texto de seu horror: "que ele esperasse, para ela pôr a cabeça em ordem e ver o que queria fazer da vida". Não tendo mais como sentir, entregou-se a um choro manso e contido que acabou em pranto aberto, convulsivo. Ouvia-se soluçar e se abandonava, sem pudor. Sabia que retomava algo seu muito antigo, e por isso respeitou-se.

De manhã, esgotado, percebeu que não conseguiria trabalhar. Ligou para o sócio, disse que estava com febre e que ia para fora da cidade, sem saber que dia voltar. Caldeira Brant viu sua oportunidade profissional se ampliar e aceitou o desafio. Luiz Cláudio viajou esta mesma tarde para a cidade de seus pais, sem avisar Suzana, sem saber o que dizer lá para eles ou para si mesmo. Pensou que devia estar parecendo um zumbi assustador. E essa imagem de si mesmo o aliviou. Tudo o que conseguia desejar era andar sozinho pelas redondezas, até o Seminário, o bosque, sem ter que falar. E, se necessitasse, poderia chorar o quanto quisesse, sem ter que se esconder. Ou então podia andar com seu pai pelo mesmo caminho em que este o levava de bicicleta. E ele não lhe perguntaria nada; ficaria em silêncio, como o Dr. M. Não sabia o que aguardava, nem quando, nem que aspecto teria, mas tinha certeza de que chegaria.

Luiz Cláudio não pôde deixar de observar as marcas do tempo sobre seus pais. Cabelos, rugas e mesmo a alegria por recebê-lo era marcada por olhos menos vivos. Também a felicidade envelhece, pelo visto. Mas provocou mais surpresa do que teve. Estava mesmo próximo a um zumbi. Cláudia e Luiz Estevão não tiveram tempo de disfarçar o espanto que o filho lhes produziu. Metralharam-no com um interrogatório sumário, com receio de algo grave, irremediável. Diante da reação, ele decidiu ser franco: estava abalado com o fim de seu namoro com Suzana que, para ele era completamente inesperado e incompreensível. Não havia nada que pudesse soar como uma explicação para ele. Estava decepcionado e queria passar uns tempos sozinho para se habituar com a ideia de perder a moça. Mas a saúde estava boa, tentou tranquilizá-los. A surpresa cedeu ao constrangimento e este, ao silêncio. Luiz Cláudio agradeceu a isso, mais que a todo o resto. Era só do que necessitava.

Encontrou dificuldades à mesa, pois sua mãe começou uma dieta de fortalecimento que ele tentava ingerir, sem sucesso. Pensar em comida lhe era muito penoso. Cláudia Leão não desistiu e acabou descobrindo que o filho aceitava frutas com menor resistência. Quando soube que ela mandara buscá-las no seminário, ficou contente por ter um motivo para ir àquele lugar que lhe trazia lembranças tão boas.

Luiz Estevão observava o filho sem pressioná-lo. Falava de coisas locais, novas ou sabidas e das generalidades que não podiam ser confundidas com um interrogatório. Havia muita coisa do trabalho do filho que ele desejava conhecer. E aproveitava a ocasião. Luiz Cláudio ficou grato aos pais por o deixarem a sós com sua dor. Mas não lhe escapava nem o olhar preocupado da mãe, que discretamente vigiava se ele comera o lanche, nem a tristeza mal disfarçada no olhar de seu pai. Começou a ir toda manhã ao seminário. Uma angústia atroz o acordava toda madrugada e ele tinha que aguardar o dia clarear, para escapar do pânico denso e sem texto que o aterrava. Fazia, então, a pé o longo percurso. Esse tempo dilatado de solidão e mais o cansaço iam, aos poucos, apaziguando-o. Ele via sua angústia matinal como uma tela em branco, sem sentido ou imagens. Percebia claramente, que era esse conteúdo, o que lhe faltava para enfrentar o pânico e estava convencido de que ele lhe adviria à mente, se tivesse coragem e paciência suficientes para aguardar o tempo necessário. Achava que quanto mais sozinho ficasse, quanto menos tentasse controlar a irracionalidade patética do choro, mais rapidamente resolveria seu enigma, Sua palavra soou-lhe como advertência: *seu*, portanto dele e não de outro qualquer. Suzana, por mais próxima da cena, não passava de estopim; não era a crise, nem mesmo sua causa. Isso era somente dele – Seu Enigma – a lhe exigir decifração. A pouca alegria que conseguia consistia em poder pensar na vida sem qualquer compromisso de horário. Quando terminava a estrada de terra e iniciava a descida pelo bosque seu bem-estar aumentava, pelo recolhimento do sítio, a brisa fresca que aliviava o calor e, mais que tudo, pelo sussurro contínuo de folhas e pássaros que o envolviam, no que parecia um silêncio qualificado, destinado a lhe fazer companhia. Nas primeiras vezes, após comprar os figos e caquis que ele conseguia comer, voltava pelo bosque com lentidão, investigando um local onde pudesse parar sem ser visto por algum passante. Quando o encontrava, deitava-se na relva e deixava-se ficar até que lhe vinha o choro; aberto, despudorado como aquele em casa, após a separação de Suzana. Sua mente ficava claramente dividida entre a convulsão emocional e uma ideia crítica de que aquilo tudo era um exagero absurdo, desproporcional e, provavelmente, pouco viril. De novo reencontrava sua velha questão. Desta vez, porém, sabia que, viril ou não, ele não acessaria seu mundo interno e os significados daquele sofrimento tentando manter o pudor. Ao contrário, começou a achar que viril era, em última instância, a coragem de se encarar sem dignidade e amor-próprio. A maior coragem, ele já sabia, era a de sentir medo. Se essa fosse sua última e mais interna verdade, de que lhe adiantaria impedir-se de conhecê-la? Que outro modo poderia pretender para reparar essa falta em seu caráter? De que lhe adiantaria analisar-se, se não ousasse ir ao fundo do poço?

Paradoxal como parecia, esse foi o primeiro sinal, nele, de recuperação da autoestima. Mesmo confuso, voltou a se sentir como antigamente: quando tudo parecia diferente nele, aí acabava reconhecendo um valor que o fazia singular, e de um modo nada pejorativo. Muitos dias se passaram desse mesmo modo: angústia e a tela branca de seu horror, pela madrugada. Às vezes queria chorar ali mesmo, mas sabia que seria ouvido. Guardava, então, quase calculadamente seu pranto para sua hora de liberdade no bosque. Mas agora, havia esta novidade: sentia admiração por sua coragem em desnudar-se tão completamente. Era sua força. E passou a ser, também, cada vez mais sua esperança. Depois desses momentos já queria voltar para casa e descansar da caminhada. Namorava há muitos anos, abandonado na estante, o velho volume da *Divina Comédia*, que seu pai herdara do avô. Começava a sentir-se encorajado pelo desafio e protelava seu prazer. Foi salvo do calhamaço, pela visita que o surpreendeu de diversos modos. E também a Cláudia e ao marido.

Este já temia ver esgotado o repertório de questões que podia conversar sem reservas, com o filho. Sabia já, praticamente tudo de seu mundo profissional. Tentou os assuntos da política, em grande efervescência, mas encontrou o parceiro sinuoso, quase enigmático, com ideias pouco compreensíveis. Preocupou-se, e preferiu abandonar o campo, para não piorar o que já estava ruim. E, segundo lhe parecia, bem ruim. As esquisitices desse filho lhe eram familiares, desde o ato mesmo do nascimento, protelado até o último instante. No entanto, sempre sentira orgulho dele e confiava em seu caráter. Nunca tivera nada que reprovar no rapaz, mesmo quando não compreendia todos os seus motivos. No fim, suas decisões acabavam corretas. Mas agora, via-o diferente: abalado, sem forças para reagir, sem energia e... (e não ousava concluir). E afinal, por quê? Não era casado. Não tinha filhos. Era jovem e bem-posicionado. O que poderia abatê-lo tão fundamente? Perdera a dignidade por uma mulher? Apaixonara-se por alguma desqualificada? Por que nunca a trouxera para conhecer sua família?

Luiz Estevão não conseguia livrar-se do desconforto que o filho lhe provocava. Depois de duas semanas de forçada discrição, convidou-o, num fim de tarde, para irem até a velha estação de trem, que era ainda seu passeio predileto. E o único que conseguia fazer a pé. Passada a última rua da vila, já no poeirento caminho quase abandonado, falou-lhe, o mais delicadamente que conseguiu, o quanto estranhava vê-lo naquele estado. Luiz Cláudio, que também se estranhava tanto, e que até começava a redescobrir-se dentro da nebulosa angústia que o abatia, percebeu de chofre o significado da melancolia que, desde sua chegada enxergava no olhar do velho. E na pena carinhosa que sentiu pelo pai decidiu falar abertamente do que lhe passava. Foi selecionando aspectos e termos mais aceitáveis, mas cumpriu a decisão de abrir sua intimidade e sua dor, pois intuiu que, partilhando-a, ele o aliviaria. E era o que desejava. Corria o risco que não quis correr com algo menos importante, que era sua posição política, muito distante do conservadorismo ingênuo do parceiro. Isso não lhe interessava nesse momento. Já, falar de si mesmo, começava a fazer falta. E aliviaria a ambos. E narrou: o conservatório, o piano, a colega Suzana, os saraus de sábado, o enamoramento pela personalidade invulgar da moça. Arriscou esclarecer que tipo de moralidade presidia suas relações com ela, adiantando que essa era uma escolha irrevogável dela, mas que ele aprovava e admirava em todos os sentidos. Não a trouxera para conhecê-los porque Suzana recusava misturar sua vida amorosa com família. Ele também desconhecia os pais dela, gente rica, de café e de prestígio. Luiz Estevão em meio às surpresas e ainda sem tempo para pensar, julgou natural que o desfecho que 'Luca' assistia fosse aquele, dada a escolha tão abstrusa que fizera.

O que parecia ao filho mais difícil de relatar era seu sentimento consistente, ainda que indemonstrável, de que sua crise não se devia à moça. Nem poderia dever-se a ela, ou a qualquer outra. Era uma crise essencialmente sua, cujo sentido ainda lhe escapava, mas que sabia que seria resolvida, com muitos benefícios para ele. Depois disso – pensava sem dizer – seria uma nova pessoa, do mesmo modo que se tornara homem com uma mulher que ele não tornara a ver. Julgou descobrir aí, uma constante sua. Era sempre 'parido' por mulheres. E, sem dar-se conta do cabal que havia nisso, completou: mulheres que se perdem para mim. E este profundo acerto continha também, o seu engano, como ele logo perceberia.

Treinado pela vida de interior rural a não duvidar de nada e a estranhar muito pouca coisa, Luiz Estevão saiu da conversa enorme-mente aliviado, porque convencido de que esquisito seu filho conti-nuava, e muito, mas não sem integridade. E menos ainda, começou a acreditar, derrotado por uma afronta feminina. Quase novamente feliz, abraçou seu 'Luca', cheio de pena, mas também de esperança. Isso lhe bastava completamente. Compreender as razões do filho, suas labirínticas motivações agora lhe era desnecessário. E descobriu, em si também, essa novidade: ficou cheio de curiosidade por essa nora tão inusitada. Sondou o filho quanto a uma reaproximação, mas ouviram ambos uma resposta inesperada: era caso encerrado. Luiz Cláudio compreendeu, naquele momento, algo que já o intrigava: quando se deixava tomar pelo pranto, percebia que uma parte de sua consciência se mantinha preservada; cumpria, subliminarmente, sua função de mantê-lo alerta para a perda de limites. Essa parte sua insistia na ideia de que Suzana pouco ou nada tinha a ver com o que ele passava. Ele não acabara de reafirmá-lo a seu pai? Então se perguntava: "por que estou eu chorando desse jeito? Estou sendo excessivo, teatral?! Não será hora de parar com esse recurso passivo e começar a lutar ativamente? Mas, lutar para quê? Para recuperar a relação?" A que era sempre surpreendido com uma ideia, que parecia já assentada, sem que ele compreendesse o porquê: não voltaria a procurar a moça. Só sabia, com certeza, que iria até o fundo do abismo. Corria o risco do exagero, mas não de interromper suas descobertas por um pudor hipócrita. Achava, sem poder expressá-lo, que ao fim do seu choro, como num arco-íris encontraria uma peça de ouro: a chave que explicaria suas escolhas, suas preferências, seus amores. *Ele mesmo*, enfim. E deixava passar o tempo. Esperava; alguma coisa o traria de volta, não importava o quê; nem o aspecto que isso assumiria.

Quando chegaram de volta, Cláudia parecia animada, a mesa do jantar posta, esperando por seus homens. Nada perguntou, aguardando que a surpresa fizesse efeito. Quando Luca voltou do quarto para mesa trazia o volume que ela deixara sobre a cama: uma brochura seminova que suscitava uma explicação. A mãe, algo enigmática, disse que uma visita deixara o livro, pois tinha certeza de que ele o apreciaria muito. Luiz Cláudio lembrou-se do que ouvira em São Paulo sobre outro livro do mesmo autor, *A fonte*, bastante elogiado. Agora conheceria Charles Morgan e seu "Sparkenbroke". "De quem é? O recado é para que você leia e adivinhe quem o trouxe".

Foi um jantar diferente, pelo clima distendido que desfrutaram pela primeira vez, desde sua chegada. Luiz Cláudio desejou experimentar um pouco da sopa de legumes e gostou. Agora sabia que leria de novo. Queria descobrir quem julgava conhecê-lo para levar-lhe o autor inglês, e o que teria este a lhe dizer. Pensou no Pe. Aníbal, mas este já voltara, velho e aposentado para a Itália: queria ver o que sobrara da aventura fascista.

O pequeno carimbo do dono, na segunda capa, estava borrado, mas conseguiu adivinhar um 'Guimarães'. Não se lembrou de ninguém. A conversa com o pai agia sobre seu estado de humor. Pela primeira vez, desde a separação de Suzana, sentia-se bem. Ficou apreensivo quanto a sua próxima madrugada, mas sabia que nesta noite ele leria até tarde. O resto era esperar para ver.

Foi acordado pelos ruídos da mesa do café. Pediu um prato de sua infância: angu salgado, mergulhado no prato de café com leite. Desde então, a mistura do sal e doce o agradavam. Sentia-se diferente nessa manhã, sem tentar identificar de que se tratava. Estava preocupado com o escritório, do qual nada sabia, desde sua viagem. Pediu a ligação e esperou lendo, deitado na rede da varanda. Para Cláudia e Luiz Estevão era a volta da primavera. Para Luca, apenas um inverno que começava a abrandar.

As notícias de São Paulo ajudaram a animá-lo: estava tudo parado, a justiça no ritmo de sempre. Tudo que havia a fazer era controlar o decurso dos prazos. Caldeira o tranquilizava e o estimulava a permanecer o quanto desejasse. Chamá-lo-ia, se precisasse.

Foi entrando com gosto crescente no romance. A delicadeza e a elegância discreta dos personagens iam cedendo espaço a uma reflexão que prometia surpresas. Havia, ainda, a qualidade da tradução do poeta gaúcho, que usava sua experiência no trabalho. Mas nenhum Guimarães se insinuava entre as linhas. E ele não insistia com a mãe. Preferia adivinhar, descobrir o dono pela trama do livro. Não teve que esperar muito. E surpreendeu-o menos a pessoa, do que a alegria que ela trouxe – Letícia.

Conversaram toda a manhã. Ela ficou para o almoço. Cláudia e Luiz Estevão fingiram não notar quando ele perguntou se os tomates eram do quintal. Estavam ótimos, bem como a rúcula. Seria tão grande, ainda, o poder dessa antiga namorada? Seria o desabafo da tarde anterior, com o pai? Seria o tempo simplesmente, que cicatrizava o ferimento? Eram perguntas retóricas. Seria tudo isso, e ainda o que ninguém poderia conjecturar. Para eles, os pais, bastava esta política de resultados. Para o filho, por enquanto, isso também era o bastante. Para Letícia talvez fosse mais simples; e mais gratificante. Quando ela se despediu, combinaram ir de bicicleta até o seminário, na manhã seguinte. Hoje ele já perdera o passeio.

Rever a moça de sua adolescência lhe trouxe sensações conflitantes e uma confusa memória daquele tempo. Não compreendia, ainda, por que ficara tão feliz com a visita. Tampouco, porque se lembrava, justamente agora, da sensação de alívio que sua decisão de romper o namoro lhe trouxera. Era ótimo reencontrá-la, depois de todo esse tempo. Queria bastante vê-la na manhã seguinte, caminhar pelo bosque, saber que pensava ela do romance e porque imaginava que lhe agradaria. Que tinha ele a ver com o livro, em seu julgamento? E voltou à leitura, para ver se podia ir adiantando as respostas que esperava dela. A sensação que, contudo, lhe produziu mais surpresa foi a de voltar a sentir-se grato pela atenção e ternura que ela demonstrara. A que ele lhe retribuía teria uma existência autônoma, independente do que se passava com ela? Era um sentimento desinteressado que lhe destinava? Ou seria, apenas, pura e simples gratidão. E esta, já que sempre a reencontrava em suas relações, que significava? A que se sentia grato, quando alguém parecia amá-lo? Pensou encontrar uma resposta: talvez o amor contenha a gratidão como essência. Isso era tranquilizador, mas um tanto fácil.

Letícia veio lhe dizer que se esquecera de que tinha que levar Lorena ao pediatra da cidade. Deixava o passeio para o dia seguinte.

Luiz Cláudio pensou que ler sozinho no bosque também seria bom. Aguardaria. E partiu em sua velha bicicleta, o romance na mola do bagageiro. Estranhou o caminho, que lhe pareceu menos íngreme do que se lembrava. Conseguiu fazer todo o trajeto sem saltar, embora cansado pela falta de treino. Parou no bosque para ler, antes de chegar ao seminário. Queria protelar o contato com os seminaristas e prolongar seu isolamento. Por que ficar só lhe dava sempre tanto prazer, e ficar sem Suzana lhe derrubava daquele jeito? Havia uma diferença enorme entre essas duas solidões. Mas qual?

Leu, sem perceber quanto. Depois voltou aos versos que o personagem, Piers Sparkenbroke escreveu, e que o intrigavam:

Algum mortal, em meio à humana lida
lamenta, acaso, quem aqui repousa?
Chora teu próprio exílio e não a minha vida.
Com a terra por mãe e o sono por esposa,
Oh frios ventos hibernais, correi,
que a primavera aqui tem imortal guarida.
Quem é que hesita? Um imbecil,
Quem bate? O Rei. [3]

Não gostava de 'Um imbecil' que soava rude e dissonante. Pensou que 'Um tolo' ficaria mais ao nível da linguagem do poema, mas isso não o impediu de admirar a magnífica tradução de Quintana. Quem compusera um tal desafio e o afixara no próprio túmulo, sentia-se, certamente, um rei.

Estava só, no *bosque de Derry* e esperava ouvir o arroio que o atravessava. Depois, havia o presbitério. A poesia fundia o real e o imaginário e ele fruía o cenário, que magicamente incorporara à cena. Até dar-se conta de que aguardava o momento em que a personagem Mary

---

[3] MORGAN, Charle: Sparkebroke. trad. Mario Quintana. Rio de Janeiro: ed. Globo, 1952.

entraria. Sorriu, achou-se bobo, mas percebeu: queria estar com Letícia. Estava feliz, depois de muito tempo e podia abastecer-se sozinho: do livro, da imaginação, e até das frutas que comprava ali. Portanto, nada de tristezas. Ele sabia e criticava sua tendência para autocomiseração. Hoje não haveria isso. Nem choro. Mas sentiu sua falta.

Quase vinte e quatro horas depois, sentaram-se ele e a amiga no mesmo barranco forrado de folhas e raízes. Ela já lhe contara que sua menina sofria de asma e que, periodicamente a levava ao médico, que estava tentando fazer uma dessensibilização com ela. Tinha, ainda um menino já com oito anos, Benito, nome dado pelo avô, filho de italianos. Agora, envergonhado, ele estava financiando uma ação dos pais na justiça, para trocar o nome do garoto. O pai, para provocar o seu próprio, avô do menino, disse que queria trocar para Vladimir Ilyitch, mas era pura troça. Ela mesma não entendia de política, mas achava muito estranho mudar o nome de uma criança pois, instintivamente temia que isso prejudicasse o sentimento de identidade do filho. Luiz Cláudio teve que concordar, embora preferisse isso a ter um filho com o nome de Mussolini. O que lhe interessava mais, no entanto, era saber que Guimarães era esse em seu nome. Ela tentou lembrar-lhe do ex-colega de internato, Rubem, que era de Potrinhos. Seu pai comprou terras de fazendas de café falidas, que ficavam naquela região, e ele ajudava o pai na administração. Passava muitas vezes por 'Graça'. Tinham se casado no início da guerra. Por razões políticas, Rubem fez desaparecer o sobrenome Franchini, do pai, e se tornou apenas Guimarães, da família materna. Depois, perceberam também vantagens para os negócios e começaram a colocar os bens do pai em nome do filho. Eles tinham casa em Potrinhos, mas ficavam mais ali, pois era mais cômodo para o marido e para ela, que acabava ficando na companhia dos pais. O 'Velho' parecia curado da tuberculose, mas a vida naquele lugarzinho o havia abatido muito. Estava muito sem ânimo e envelhecido. A mãe ainda estava bonita e jovial. Não parecia uma avó, mas uma tia. Luiz Cláudio lembrou-se do encantamento que D. Laura lhe produzia quando menino.

Agora, com 32 anos no último janeiro, sabia que Letícia faria 31 em agosto. Estava encorpada, muito distante da adolescente que ele conhecera, mas continuava elegante como a mãe. E tinha adquirido dela uma vivacidade de expressão que ele desconhecia. O que parecia gracioso na menina, se tornara beleza na mulher. O que se mostrava como reservado, ou enigmático na moça era, agora, um olhar direto, quase imponente. Não aparentava nenhuma timidez. Apenas uma delicada firmeza na expressão, que conferia seriedade a tudo que dizia, mesmo brincando.

Ele tinha três assuntos com ela, com a mesma prioridade: saber da vida que ela levava, seu casamento, estudo, trabalho, filhos. Contar-lhe por que estava ali e como se sentia depois da separação de Suzana e, finalmente, falar e ouvi-la falar do livro que ela lhe trouxera. Não se decidia por nenhum, porque não queria esperar os demais.

Então ela começou, perguntando-lhe o que achava do romance. Se já o lera bastante, o que pensava dele. Luiz Cláudio foi improvisando uma opinião que ainda não formara direito, pois ficara interrogando o que teria ele que ver consigo e com aquela visita inesperada. Mas o lirismo da ambientação, o refinamento e educação dos personagens eram um prazer em si mesmos. A cultura literária de quase todos, especialmente do Pastor eram muito estimulantes para ele, que se sentia tão aquém. Mas o prazer maior ele sentia na poesia daquele bosque, do córrego, do murmurejo de suas águas, do sopro do vento nas folhas, da cintilação da luz sobre aquelas sombras, da umidade suavemente adocicada nos cheiros que exalava. Só então, quando tentou descrever para ela a vivência meio delirante que tivera na manhã anterior, ali mesmo onde estavam agora, confundindo este bosque com o de Derry, o seminário com o presbitério, só então notou o estado de exaltação em que se encontrava. E preveniu-se para não se exceder e revelar que sentira sua falta, ali onde estaria a Mary do romance. A sedução do texto o contaminara e ele temia, agora, ir além de um limite que lhe parecia necessário.

Letícia ouvia, surpreendida pelo interesse que o livro despertara e pelo entusiasmo com que Luiz Cláudio descrevia a paisagem inglesa. Isso também a emocionara, mas ela não tentara pô-lo em palavras. Agora parecia que ele lhe mostrava o livro, e não o contrário. Estava feliz com esse resultado, que ela desejara sem saber. Mas agora essa alegria a fazia pensar em seus motivos. Quando ele a inquiriu, não soube responder com clareza. Apenas pensava nele, durante a leitura. Qual o ponto que o unia ao livro, ela não sabia dizer, mas algum havia, certamente. Agora pensava que o gosto dele pelos cenários do romance era um deles. Não a havia trazido para aquele outro, tão diferente, mas tão semelhante? Não era esse seu passeio predileto desde menino? O gosto musical nele não era um equivalente do gosto literário dos personagens? Eles iam se surpreendendo com essas descobertas e isso os ia deixando em uma alegre exaltação. Pressentiram-no. E trataram de contornar a situação que embaraçava a ambos.

Luiz Cláudio chamou-a para entrarem no colégio, embora não tivesse interesse em frutas, nesse dia. Mas era um bom álibi. Dentro do seminário, resolveram visitar a capela, que lhes parecia tão bela e luxuosa no passado. Ainda era bela, mas hoje não os impressionava mais. O órgão, em compensação, despertou nele uma velha emoção. Rememorou o estado de êxtase que vivia nas Missas do Galo de vinte anos atrás; o incenso e a portentosa solenidade da música ali produzida acabavam por conduzi-lo a uma embriaguez que iniciava nos preparativos para sair de casa, à noite, com a família. Na estrada de terra havia uma luminosidade dispersa, própria do céu tropical, e que permitia que os diversos grupos do vilarejo se percebessem à distância, encaminhando-se para essa única visita noturna àquele local cercado de mistério. Depois, adentravam o bosque, onde as copas das árvores fechavam o céu, deixando passar somente o cintilar das estrelas por entre as folhas; a brisa esfriava subitamente o ambiente; acendiam-se os lampiões de querosene e desciam, em meio ao murmúrio das falas e uma que outra risada de alguma criança, açulada pelo medo. Todos os excitantes segredos do bosque potenciados pela escuridão da noite, seus ruídos e cheiros, tão espantosos a essa hora! Parecia que só agora se dava conta da extrema alegria que lhe produzia a presença de seus pais, ali juntos e de sua irmãzinha. Agradecia-lhes, como a um presente, o prazer enorme que sentia nessas noites. E não largava a mãozinha de Leda, que tremia, mas não confessava o medo que sentia. Talvez ela acreditasse mesmo estar com frio, embora fosse já final de dezembro. Pensava, agora, que esse era a o dia mais feliz do ano para ele.

Letícia, percebendo sua emoção, deixou-o só ao lado órgão. Ele, depois de certa hesitação, abriu-o e dedilhou seus teclados, com os ouvidos cheios da grave majestade que o arrepiava em criança. Sentou-se e tocou a pedaleira, cujo discreto rangido o trouxe de volta ao silêncio da capela. Ele estava reverenciando um velho totem de sua adolescência.

Quando procurou pela amiga, encontrou-a à porta lateral, conversando com algum seminarista que ela lhe apresentou. Luiz Cláudio custou a retornar de seu sonho, mas esforçou-se e terminou perguntando pelo irmão Godofredo, um rubicundo franco-germano de Estrasburgo.

Lembrava-se da admiração que sentia por aquele homenzarrão, que inspirava mais medo que respeito, mas que fazia vibrar os vitrais e os corações na capela, com os graves profundos dos pedais e com o brilho dos teclados. Era uma comoção que inundava tudo. Uma tarde daquelas, durante suas férias do internato, procurou o organista com uma coragem inusitada e perguntou-lhe se ele lhe daria aulas de música. O homem, para desafiá-lo, propôs-lhe um teste: se ele traduzisse um verso latino que ele escolheria, receberia as aulas que pedia.

Ele aceitou, quase eufórico, sem nenhuma reflexão. Bastante surpreso, o irmão apresentou-lhe o famoso texto de Júlio César, que constava nos manuais 'FTD' adotados nos colégios:

Galia divisa est in partes tres
Quod unam erat Aquitania, etc.

Ele matraqueou uma tradução razoável do *De bello gálico*, rezando para que ficasse na primeira página. O homem, que se divertia com a mescla de medo e coragem que o menino apresentava, aceitou dar-lhe aulas durante as férias e abandonou a aparência de severidade que fingia, mostrando-se interessado nele e no encantamento que o órgão lhe produzia. Ensinou-lhe os registros principais, sua sonoridade, a variedade de timbres e, a pedido do aluno, o básico da pedaleira. Ele próprio, ouvindo-se tocar nas aulas, não conseguia compreender completamente o que se dava, pois se achava muito desprovido de recursos. Tinha dúvidas de merecer acesso a um nível tão superior da existência. E, no entanto, ele próprio o escalara, e estava ali, ouvindo as harmonias que seus dedos e pés faziam soar, do modo mais inverossímil.

Enquanto os diversos planos de sua memória disputavam sua atenção, ouvia o jovem seminarista explicar que o irmão Godofredo, apesar de sua aparência de força e saúde, morrera de insuficiência cardíaca, ainda novo. Seu substituto se encontrava no momento, aperfeiçoando-se num colégio de Louvain, na Bélgica. Se ele desejasse, podia obter permissão do reitor para tocar nas missas de domingo, quando o seminário abria a capela para os visitantes.

Luiz Cláudio agradeceu, confuso por essa oportunidade tão inesperada para ele de regressar a um tempo anterior de sua vida. De fato, a diversos tempos, diversas experiências e estados de espírito. Não sabia resolver de pronto, como organizar tanto material subjetivo, de modo a que o resultado fosse prazeroso. Não queria arriscar, pois temia regressar ao sombrio estado depressivo que tentava abandonar. Mas apesar desse cuidado, sentiu que no fundo de sua alma havia, também, um anseio por isso, inexplicável, masoquista e autodestrutivo. Ou não? Estaria apenas se acovardando diante da dor necessária ao parto que ele próprio se deveria fazer para voltar renovado à vida? Achava falta das sessões com o Dr. M. Deu-se tempo para verificar melhor o que sentia e para administrar essa nova volta do parafuso. Uma nebulosa, com lampejos de uma ideia em gestação se insinuou em sua mente.

Nos dias seguintes Luiz Cláudio intercalou o romance com longas caminhadas pelos arredores da cidadezinha, ora com o pai, ora sozinho, ora com Letícia. Ia até a casa de seus pais e prosseguiam com as crianças dela até o sítio de D. Ismênia, uma descendente da mesticarem árabe-visigoda de Portugal que cultivava, atavicamente, lírios e parreiras. Ainda vivia e controlava a administração realizada pelos filhos e netos. E já estaria perto dos cem anos, entrevada porém lúcida.

Num desses passeios, Luiz Cláudio observando Benito, teve uma ideia que lhe pareceu inspirada; propôs uma corrida entre as crianças e, quando essas se afastaram, sugeriu a Letícia uma solução para o nome do filho. Podiam pensar num nome que soasse próximo ao dele e que pudesse ir sendo adotado aos poucos pela família, até completamente assimilado. Como Letícia aprovasse prontamente, começaram a pensar em nomes com uma pronúncia vizinha. Chegaram primeiro a Ênio e ficaram animados; podiam usá-lo no diminutivo Enito. Parecia bom, mas deviam pesquisar mais, a ver se aparecia algo ainda melhor.

Compraram alguns bulbos de lírios de D. Ismênia. Como não havia uvas nesses meses as crianças mesmas colheram mexericas, que ela lhes mandou pegar com uma cesta.

Na volta brincaram todos juntos de descobrir nomes, sem explicar do que se tratava. E chegaram em Bento. Este parecia melhor, pois Benito soaria como o diminutivo. E este podia deslizar mais tarde para Bentinho, sem que o menino sentisse demasiado a mudança.

Foi a vez de Letícia sentir-se grata. Não tanto pela habilidade na solução de um problema que a inquietava havia tempo, mas pela sensibilidade que seu amigo tinha demonstrado para a questão. Ela não esperava isso, não por este amigo, mas por julgar os homens desatentos a um problema, que creem ser mais complicação feminina do que coisa real. Ela pensava conhecer bem Luiz Cláudio, mas ainda assim ficou surpresa e emocionada. Depois deu-se conta de que teria que obter a aquiescência do marido. E agora pensava que este podia se mostrar resistente a uma solução elaborada por um ex-namorado seu. Isso deflagrou nela uma sequência de ideias, todas relacionadas com esse reencontro.

II

Muito havia se passado, desde o relatado, tanto nas vidas dos personagens, como no mundo. Quase não se conseguia imaginar que tanta mudança houvesse ocorrido em tão poucos anos. Aliás, esta é uma forma incorreta de apresentar a situação. O que de fato acontecia, desde o fim da guerra mundial seria mais bem descrito como uma continuação lógica dela. A ruptura que a derrota militar da ultradireita pareceu anunciar, o advento de uma democracia fortalecida e popular, que parecia a consequência inevitável da vitória aliada, tudo isso foi tomando um rumo bem diverso das expectativas românticas e otimistas que povoavam os sonhos das classes médias e trabalhadoras de todo o globo. Até as parcelas liberais das elites mundiais tiveram que conviver com as frustrações, que acabaram por logo destruir o mito de um mundo enfim pacificado e livre da tirania. Sonho velho, que renasce de tempos em tempos, desde Péricles e dos irmãos Graco. Certamente desde antes. E que, desde antes é sistematicamente desmentido pela realidade político-econômica da sociedade humana. A denominação 'guerra fria' é um eufemismo perverso para o calor que continuava a carbonizar a civilização, agora a nível regional, em diversos pontos do planeta. Enquanto a revolução chinesa libertava seus bilhões de habitantes da servidão feudal e burguesa, a Coreia era incendiada pelas bombas e dividida entre os contendores. Consta mesmo, que o comandante geral americano na Coreia recomendou o bombardeio nuclear do país, para garantir a vitória e preservar ali o domínio militar e econômico dos Estados Unidos, como fronteira de contenção da expansão socialista vinda da China. Mas este foi apenas o exemplo mais dramático naqueles anos. Mais indiretamente, a guerra fria fornecia o álibi para a consolidação de cruéis e tirânicas lideranças na África, América Latina, Ásia e até na Espanha e em Portugal, onde o fascismo vitorioso resistiu ao final da guerra e se firmou pelas décadas ulteriores; no interior dos regimes recém libertados do capitalismo, contudo, álibi não significava pretexto dissimulador para justificar a ditadura do partido único. Era real. O que viria a ser o socialismo, na ausência do assédio econômico-militar ocidental nunca se saberá. É o mesmo que perguntar em que teria se transformado o mundo se a restauração não houvesse sucedido à revolução francesa. A Santa Aliança, na Europa do século XIX, não foi a primeira, nem a última em nossa história, como logo depois demonstrava a aliança de Adolphe Thiers, substituindo o aventureiro Napoleão III, derrotado e prisioneiro, com seu vencedor Bismarck, para esmagar o governo revolucionário da Comuna de Paris. A 'santidade' é sempre contrarrevolucionária, corolário inevitável, da dialética que põe em marcha o também inevitável reordenamento revolucionário do mundo. Esta inevitabilidade poderia tornar supérfluas todas as lamentações sobre a autofagia compulsiva da espécie. Mas também aqui, esse determinismo é confrontado com o seu inverso: o *sapiens* é, também, filogeneticamente humanista. O sonho por um futuro mais justo e mais livre é sua utopia constituinte e fundante.

As formas concretas, e jamais repetidas de que esse dualismo se reveste é o que se chama História da Humanidade.

O Brasil, devidamente disciplinado pela continuação 'fria' da guerra, após o mandato democrata-militar que sucedera o regime de 1930 teve que se haver, com o retorno de Getúlio Vargas, trazido de volta pela escolha maciça do eleitorado e o curioso apoio do Partido Comunista, definitivamente posto na ilegalidade.

Quem dividia o mundo em bons – Aliados, incluindo os comunistas – e maus – nazifascistas –agora o dividia em bons – democratas e parceiros da direita derrotada – e maus – comunistas. E, para simplificar ainda mais o panorama, os comunistas no poder, acossados por fora e por dentro, defenderam-se adotando a uma brutal e repressiva política interna, instalando um terror que se assemelhava, em muitos aspectos, ao de seus adversários derrotados, municiando seus antigos aliados com os argumentos de que necessitavam. Estes também reprimiam os opositores internos, como nas perseguições macarthistas, e externos, com invasões militares de toda vizinhança malcomportada dos EUA; na submissão *manu militari* dos países colônias, como o Congo, dito belga, a Argélia e a Indochina, ditos franceses, ou o 'vice-reino' britânico da Índia. Mas aqui, o terror se justificava como sendo da civilização cristã, contra a barbárie pagã, simpatizante do socialismo.

Estes são os fatos, como se deram. Já a discussão de como teriam sido se ocorresse B, em vez de A, se fosse Leon e não José, se se fizesse o que se devia e não o que se fez é essencial para o desenho das estratégias políticas e militares futuras, mas não tem nenhuma utilidade para condenar fulano, ou responsabilizar beltrano pelo destino do mundo naquele momento. Ele não foi o que foi porque houve Hitler ou Roosevelt, Stálin ou Mussolini. Houve estes porque o mundo era o que era – o caldo de cultura histórico que produziu não só aqueles homens, mas todos os que os seguiram, de um lado e de outro, para o bem e para o mal.

No início, Luiz Cláudio e Letícia continuaram a se ver diariamente e discutir longamente o livro que os encantava. O fervor e o êxtase que moviam seu personagem a escrever e a amar, a sintonia espiritual que o ligava à moça Mary e que a fazia transmutar-se e se expandir para além de si mesma contagiaram-nos. E, tal como *Paolo Malatesta e Francesca da Rimini*[4], apaixonaram-se durante o ato inocente de lerem

---

[4] *Dante Alighieri, Divina Comédia, Inferno, Canto 5º.*

juntos. O próprio livro os ilustrava textualmente; Lord Sparkenbroke reinterpretando o drama medieval de Tristão e Isolda, diz:

"Tristão, quando conduziu Isolda da Irlanda para Cornwall, devia continuamente indagar consigo mesmo o que a colocava à parte das outras mulheres, por que motivo a sua beleza lhe parecia tão diferente da de suas companheiras. Da aurora ao crepúsculo, ele a contemplava e formulava no seu espírito maravilhosas questões. Não chegou a nenhuma conclusão até o dia em que a viu, ao pôr--do-sol, por um mar muito calmo, à proa do barco; ela voltava-lhe as costas, a face gravada em claridade sobre o céu do Oriente.

Compreendeu então, que aquilo que o encantava era esse poder que tinha Isolda de concentrar a sua espiritualidade nas linhas de seu corpo; tal descoberta pareceu prodigiosa a Tristão – ele acreditou contemplar, através da carne de Isolda, a vida que a iluminava interiormente e, sem pensar em si próprio, tombou, ele também, num repouso contemplativo. Quando ela voltou a cabeça e o viu, ficaram muito tempo imóveis, tão fortemente inspirados por aquele milagre, que as palavras materiais se tornavam inúteis. Ela ergueu-se enfim e, como uma criança que faz admirar o seu brinquedo disse: 'Tristão, olhe o mar'. E não foi o mar que eles contemplaram, mas a si próprios. Eles se viram tais como eram verdadeiramente, além das aparências, de maneira que, se um mensageiro lhes viesse dizer mais tarde 'Isolda está morta', ou 'Tristão deixou Isolda', eles saberiam, lembrando-se daquele instante, que a mensagem mentia, mesmo que a morte em pessoa a transmitisse".

Falar, porém, em Paolo e Francesca, ou em Tristão e Isolda é, como disse Mary a Lord Sparkenbroke falar de amor, mas também de morte, único destino certo da grande paixão, nas artes universais. Haveria um Rubens *Malatesta* e uma Letícia *da Rimini* a cumprirem esse destino inelutável?

Nem por serem mera retórica as ideias perdem toda utilidade. Tratava-se, para eles, de resolverem o que fazer de sua paixão, sem se entregarem a qualquer tipo de morte, por mais idílica e redentora que ela se apresentasse. Seja pelo platonismo induzido pelo romance, seja por instinto animal de sobrevivência, eles cedo perceberam que a maledicência da vila logo chegaria aos ouvidos de Rubem, marido que necessitaria 'lavar a honra'. Nem mesmo eles estavam seguros de ser isso um completo absurdo. No Brasil desses anos, não eram raros os crimes deste tipo, mesmo nos centros urbanos mais desenvolvidos. Assim o país perdera Euclides da Cunha.

Os amantes se valeram disso para evitar seu problema verdadeiro, que era: deixados a si mesmos, abandonados sós na ilha deserta, que fariam da paixão? Não se tratava apenas de sexo ou não sexo, pois isso era equacionável. Não tinham a sorte de um problema tão simplificado. Era todo o futuro, seus e das crianças, que entrava em balanço. Mas abdicar da paixão não era, para eles, morrer também de outro modo? A exaltação a que o amor os atirava podia ser descartada por motivos pragmáticos?

Luiz Cláudio, à medida em que transcorriam os meses, foi-se reapropriando de seus compromissos profissionais, agora alargados pelo estilo empreendedor do sócio. Ele próprio aliviava-se nessas idas a São Paulo, das tensões que sua nova paixão lhe trazia, permanecendo ali até quando suportava o afastamento de Letícia. Esta, por sua vez, disfarçava o quanto podia a angústia que sua ausência deixava, para tranquilizar os pais de ambos, que visivelmente se preocupavam com o desfecho do caso.

Luiz Cláudio, de entremeio, amarrou-se ao mastro para ver e ouvir as sereias: concebeu e realizou um plano, que veio a calhar nas circunstâncias: idealizou um projeto de festival de música sacra para órgão, a ser realizado no seminário de Rio da Graça. Copiou e apresentou ali, nas missas de domingo, um repertório que conseguiu no Mosteiro de São Bento e em outros arquivos da capital. Foi dele também, a ideia que venceu todas as reservas da direção do seminário: transformar uma parte de suas instalações em hospedagem para inscritos e público do festival, angariando assim, fundos e popularidade para o mesmo. O projeto cultural começava a ser transformado, também, num projeto turístico que atraiu o interesse de hoteleiros e donos de restaurantes e pousadas daquela região. O próprio bispo titular procurou os franceses de 'Graça', para oferecer os préstimos da Diocese para o que fosse necessário. A catedral diocesana acabou sendo escolhida para o recital de encerramento, apesar da inferioridade de seu velho instrumento. Mas tudo isso custou tempo e trabalho aos organizadores. Fundos, patrocínios e divulgação ficaram por conta do bispado. Direção e administração das questões artísticas ficaram concentradas no seminário, com Luiz Cláudio e, logo depois, também com o irmão Bernardo, que regressou de Louvain.

Esse foi um período de felicidade quase onírica para Luiz Cláudio. E para Letícia, que acompanhava seus ensaios e levava suas crianças, e até seus pais para ouvi-lo tocar nas missas de domingo.

Muitos meses se passaram em que eles se mantiveram equilibrando sobre o tenso arame de suas vidas, tratando de salvá-las sem sucumbir à salvação mesma, à tentação de uma transcendência mítica através da morte.

De um modo instintivo recusavam o ideal neoplatônico em seus limites, por mais sedutor que ele se apresentasse a dois seres naquela situação. Entre contenções e expansões, entre os delírios do prazer e as dores da frustração, entre ousar e recuar eles viveram a maior das glórias humanas: o amor absoluto. E, quando repousavam sobre um equilíbrio que prometia prolongar-se indefinidamente, quando a sobrevivência parecia fora de questão, retornou de uma forma jamais imaginada por eles, ou por quem quer que desconheça os confins últimos da existência -- ali onde vida e morte fazem, não a fronteira nítida do rio Létes, mas o charco enfermiço da melancolia, onde morrer de fato é a salvação desejada, e nem sempre conquistada.

Paradoxalmente, e de modo embaraçoso para ela, sua vida conjugal começou a apresentar um rejuvenescimento inesperado. Rubem começou a parar mais em casa dos sogros e a apresentar um interesse renovado no convívio com as crianças. Insistia em levar todos para passarem dias na fazenda de seus pais, quando vinham as férias da escola. E ela era forçada, com sua franqueza natural, a reconhecer que isso lhe trazia um prazer até então desconhecido na relação com ele. Mas o estado de confusão que isso lhe criava não a impedia de voltar duplamente feliz ao encontro do seu antigo-novo amor. De fato, ela acabou, com uma sabedoria instintiva nas mulheres, deixando de se torturar com dúvidas obsessivas e, principalmente, de inquietar Luiz Cláudio com questões que não lhe pertenciam, e ainda o deixariam mortificado. Pela primeira vez sentiu uma invejosa curiosidade pela análise que ele fazia em São Paulo e desejou discutir seus assuntos íntimos com alguém que pudesse ajudá-la a se compreender melhor, justamente por estar fora de sua intimidade. E ela não imaginava o quanto isso lhe faria falta muito brevemente.

Naquele ano já fora possível fazer um lançamento experimental do festival, no âmbito regional da Diocese e municípios vizinhos, de onde trouxeram organistas convidados. A surpresa aturdiu a todos. E trouxe muitos problemas para que não estavam preparados. Uma pequena multidão acorreu ao seminário para a récita de abertura. E muitos dos que vieram das cidades vizinhas esperavam obter abrigo no colégio, pois isso constituía um atrativo importante no evento. Nos dias seguintes, acabaram acomodando a quase todos; e alguns que residiam mais próximo faziam a viagem de volta no trem misto que unia as cidades e passava à meia noite em Graça. Não foi só de surpresas, problemas e soluções que se fez aquele acontecimento, extraordinário para as proporções da comunidade que atingia; um acontecimento que, pelo menos naquele momento inicial tinha conotações muito mais sociais do que artísticas. Faltava muito à população envolvida, para que as questões e critérios musicais pudessem emergir. E, no entanto, isso esteve presente ali, todo o tempo, sob a forma de uma fruição espontânea – talvez a única pura, porque inconsciente, acrítica, reduzida a puro prazer de ouvir, conviver e partilhar o que aquela música lhes evocava e os fazia sentir. O que aquele som produzia nessa plateia era, principalmente, silêncio. Mas silêncio compartido, mais do que todas as palavras que poderiam trocar.

Eram quase quatro horas, quando Luiz Cláudio voltou do almoço de encerramento que os franceses ofereceram ao bispo Dom Diego, à sua comitiva e aos organizadores e músicos do festival. Estava meio anestesiado, defendido do excesso de estímulos desses dias. Só mais tarde se deu conta de ter encontrado as ruas da cidadezinha inusualmente vazias. À porta de casa encontrou o bilhete da mãe: 'Corra à casa de Dr. Leopoldo. Estamos lá'. Ele desejara levar Letícia ao almoço do seminário, mas não puderam, pois seu marido continuava na casa. Durante toda a semana eles evitaram se ver fora do público, mas isso o deixara acabrunhado e triste. Agora se sentia feliz por poder ir aonde ela estava. Pelo menos se veriam e trocariam um beijo, ainda que social. Só então notou o tom algo enigmático do recado: *Corra à casa do Dr. e etc.* Seu coração contraiu-se como num espasmo, diante do pavor que começou a invadi-lo. Saiu correndo de bicicleta, sem ouvir claramente nenhuma hipótese. A ideia de um crime passional não venceu sua resistência antes de abrir o portão do sítio. O grupo de pessoas que ele foi encontrado espalhadas no local forçaram-no a manter-se controlado. Todos o olharam, alguns o cumprimentaram. Sentiu as pernas vacilarem, mas foi avançando. Seu pai o aguardava no corredor da sala. Abraçou-o muito emocionado e o levou para o quintal, onde encontrou o pai de Letícia pálido, decaído, os olhos como os de um cego. Luiz Cláudio não podia protelar mais aquela incerteza. Aprumou-se e se enrijeceu para ouvir o que se passara. D. Laura e D. Cláudia estavam com Letícia e Rubem no quarto, onde colocaram o corpo do menino Benito. Fora atropelado por um caminhão de leite, quando atravessava a ponte em sua bicicleta. Já chegara morto, sem nenhuma esperança.

Luiz Cláudio tinha motivos muito pessoais para duvidar da realização do Festival, programado para ter seu lançamento ampliado no ano seguinte. Todos os envolvidos diretamente com ele tinham também razões de duvidar de sua ocorrência, tal a gravidade da situação política que o país vivia naquele momento. Getúlio Vargas, que já 'assinara' sua primeira deposição, com o assentamento da primeira usina de siderurgia no Brasil, em Volta Redonda, açulava agora, ainda mais gravemente os inimigos externos, com a implantação do monopólio estatal do petróleo, tirando a maçã da boca das empresas internacionais que cobiçavam os lençóis e o mercado nacional de derivados. Era a "mela d'oro", no mais puro sentido, a maçã da discórdia. A direita nacional, devidamente instrumentada pelo capital externo, fechava o cerco sobre o caudilho que, acossado, afiava seu populismo, quase único recurso que lhe restava.

Naqueles dias era impossível fazer qualquer previsão de curto prazo. O país estava perplexo diante da fragmentação que ameaçava a idílica unidade nacional – como podia o "Pai dos pobres", o santo emblema da identidade nacional, Orfeu resgatado do inferno nos braços do povo, ser atacado? Seria, como Eurídice, devolvido às trevas?

Foi. Mas não como queriam seus inimigos. Num gesto patético e teatral, enfiou uma bala no coração. Antes, porém redige uma peça de primorosa retórica, onde o herói deixa assinalados as armas e os barões que deveriam desbaratar seus adversários. Sua Carta Testamento consegue postergar por exatos dez anos o atrelamento definitivo do país à versão século XX da santa aliança ocidental antirrevolucionária. A tragédia fora transformada em epopeia.

Luiz Cláudio se dividia entre estas preocupações e as suas pessoais que, em muitos momentos lhe pareciam mais graves. Quase um ano após a morte de Benito, a situação na casa do menino era, ainda, muito incerta. O pai, Rubem, mudou-se para a casa dos sogros. Isso resolvia o problema de companhia a Letícia, coisa que ela não podia dispensar ainda, mas deixava a ele, Luiz Cláudio num estado de extrema tensão. Acabou hospedando o casal, quando foram a São Paulo para consultar o médico que ele próprio marcara para ela. Era o mesmo que o havia encaminhado ao Dr. M, psiquiatra de grande respeito e conhecimento, que poderia avaliar o quadro e propor uma conduta. O médico, habituado com os muitos casos semelhantes que atendia no ambulatório, identificou de imediato o que prostara Letícia em seu luto. Mas por não dispor de dados confiáveis que pudessem afastar uma depressão endógena agora explicitada, decidiu ganhar tempo para uma observação mais cuidadosa. Em princípio, tratava-se de um quadro reativo diante da perda do filho, mas como já se passara quase um ano e ela não mostrava melhoras em seu estado torporoso, recomendou ao marido que a levasse de viagem por uns três meses, de preferência para lugares estimulantes, onde ela pudesse aceitar distrair-se e se afastar da lembrança mórbida de sua criança. Medicou-a para repor o visível déficit nutricional e para combater a depressão e a insônia que a tiravam da cama às cinco horas, desperta e inerme. Na volta, ele poderia fazer um juízo mais seguro e traçar um programa mais confiável. Talvez, ela podendo permanecer na capital, fosse indicado uma psicoterapia de apoio, ou mesmo uma psicanálise.

Embarcaram para Gênova, tão logo o porto de Santos voltou a funcionar, após as paralisações que sucederam ao suicídio de Vargas.

Luiz Cláudio, que retomara os assuntos do escritório com empenho proporcional ao de se manter afastado de Letícia e de Rubem, dedicava todo o seu tempo livre a pesquisar em bibliotecas, obras do período colonial que pudessem vir a ser apresentadas no festival de sua cidade. Com isso ele aliviava a mistura de ciúme e piedade, saudade e compaixão que o abatia quando pensava em Letícia. E isso era o tempo em que não estava imerso nos processos ou nas partituras. Mesmo quando encontrou em sua portaria uma valise sua, com o que restara de seu em casa de Suzana, não conseguiu, e não desejou deter-se sobre aquele episódio, que lhe parecia vagamente vergonhoso. Sentimento que não deixou de estranhar, mas que afastou com uma deliberação firme. Algum dia haveria ocasião para esse exame. Não agora, quando tinha tanto trabalho para administrar suas confusas emoções frente ao que ocorrera no último ano. Só uma coisa estava acima de qualquer questão: o profundo amor que sentia por Letícia, que via como justificadamente à deriva, levada por uma dor que ele não conseguia sequer conceber. Rubem, em sua miséria silenciosa, conseguia ser guindado do seu poço de horror, pelo cuidado que os vivos, a mulher e a filha ainda pediam. Cuidado de que ele muitas vezes desejou ser dispensado, para ter direito ao seu quinhão de fel. Confessou a seu irmão Edmundo, que perdera sua única filha num acidente, com sua moto na rodovia União-Indústria, a impiedosa raiva que sentia da esposa, por fazer parecer que era a única herdeira da dor, da saudade, do desespero. Ele se sentia espoliado pela morte de seu menino e pelo direito de ganir, também ele, de dor e desamparo. Edmundo mandou-lhe um poema, *Desforra*[5] que escrevera na ocasião, para a esposa. Mas preveniu-o de que era preciso desabafar, para não adoecer.

---

[5] In meu "POESIA, POETAS, PAIXÕES", Editora Mórula, Rio de Janeiro, 2021.

Faze-me, Amada, essa companhia
a morte dia a dia, no varejo.
Julgamos que ela nos separaria.
Agora vejo em que gral pilamos nosso grão,
a clepsidra onde escoamos nosso alento,
o chão comum do batimento
teu e meu.

Já foste minha cordilheira,
o desfiladeiro ordenador
das reses da pulsão.
Balizaste-me,
remoinho de deserto
embebedado de horizontes.
Em troca, a erosão dos cascos,
a navalha helicoidal dos ventos.
Nem reparamos que na rampa em riste
ejetamos um dia a nossa roca de delírios...
E filho, então, pariste.

...A luz estilhaçou
o espelho da antiga alegria
e outro instalou, diagonal.
Nunca mais as promessas do infinito.
Agora, o cristal e sua tirania
fragmentadora. Enfim, o mortal
e seu pavor. Não tu. Não eu,

imperecíveis. Morte parasita
quer-nos vivos, chama e calor,
almas de valor na vassalagem.
Tu não. Nem eu,
insignificâncias, pajens,
zumbis enfim perenes.
Infinitude fatídica,
infrene no ofício da desforra,
a corromper o que era tempo e sonho;
agora, eternos, aprendemos finalmente:
tu não, nem eu
– o nosso filho morre.

Rubem leu os versos duas e três vezes. Quando tentou lê-lo para Letícia, ainda sem compreender, chorou desconsoladamente.

Num encontro casual de D. Cláudia com a velha empregada de D. Laura no açougue da cidade, esta ficou a par dos preparativos da viagem. Avisou o filho, que se prontificou a ajudá-los com passaportes, Juizado de Menores, câmbio e o de mais. Acabou levando-os ao porto, onde os embarcou no *Regno di Sardegna*. Antes, porém, enfiou nas malas uma pasta com o nome de Letícia, onde colocou seu exemplar do *Sparkenbroke* e de outro livro de Morgan, *A Fonte*. Acrescentou uma única linha sua, afixada à capa do livro: "Não perca o Túmulo de Ilária e *I bagni di Lucca*. L. C." Confiava em que ela entenderia de que se tratava. E esperava que isso, de algum modo, clamasse por seu instinto de sobrevivência.

A mágoa de Rubem não escapou aos olhos do Dr. Leopoldo, que se preocupava com os cuidados que sua filha, longe deles, precisaria receber do genro. Acabou convencendo a esposa de que era mais seguro acompanhar a neta até junto de sua mãe, onde esta se encontrava. D. Laura partiu, no mês de dezembro, conduzindo a menina Lorena, também ela bastante carente do carinho sequestrado pelo irmão morto. Pelo menos, passariam o Natal com mamãe.

D. Laura encontrou a filha numa propriedade rural, na periferia de Rovigo, que pertencia a uns Franchini, primos do sogro de Letícia; e a sócios seus, da nova safra de cerealistas da região.

Ali, algo incompreensível de início mostrou a D. Laura que muita coisa mudara, desde a partida de sua filha para a Itália. Esta mostrava um humor surpreendentemente melhor. Rubem, no entanto, estava irascível e pronto a uma explosão de fúria, lamentando-se da hora em que tinha abandonado seus afazeres para se enfiar naquele buraco; desconfiava que a súbita mudança de sua mulher tinha a ver com algum interesse não confessado, sem pensar que a medicação que ela tomava podia explicar esse efeito. E se sentia como que manipulado por ela que, no entanto, se mostrava solícita e agradecida a ele. Com a chegada da sogra, Rubem começou a ruminar um jeito de voltar às suas ocupações junto ao pai, em quem não confiava bastante, por ser meio fanfarrão e facilmente enganado pelos espertalhões do ramo. Era sua maneira de esquecer o ocorrido. Era uma anestesia eficaz e legítima. Voltou logo ao final de janeiro, satisfeito também por se livrar daquele frio maldito, que nunca sentira em sua terra.

D. Laura e Letícia não tiveram dificuldades em explicar sua permanência ao Dr. Leopoldo. Mas ficou-lhes mais difícil manter o acolhimento da família de Rubem... As esposas dos primos perguntavam-se o que significava aquelas brasileiras, belas e sem os maridos, ali naquele rincão. Não lhes parecia boa coisa e trataram de fazê-lo sentir. Foi então que Letícia, relendo no romance devolvido os episódios a que Luiz Cláudio fizera alusão, propôs à mãe viajarem para Toscana; disse que visitariam Pisa, Lucca e Florença, sem dar detalhes, que resultariam constrangedores para ambas. Assim ela conheceria o famoso túmulo e as famosas Termas de Lucca. Lorena, então com 11 anos, ficou excitadíssima e encorajou a avó, que temia pelas despesas. Trataram de apaziguar as mulheres que as espreitavam, noticiando a intenção da viagem. Mas tinham que aguardar que o pai lhes autorizasse o crédito bancário. Receberam um telegrama de Luiz Cláudio, pedindo-lhes que aguardassem sua chegada com o dinheiro necessário. D. Laura, ainda muito aliviada pela vinda de um amigo, alarmou-se com o que isso pudesse significar: fazê-la cúmplice de algo escuso e condenável. Acabou confessando seus temores à filha, que apesar de não esperar, nem desejar aquela intimidade, desculpou a mãe. E tranquilizou-a, dizendo que esse era o primeiro gesto que nela apontava para a vida, desde o acidente com Benito. Ela não acreditava que um romance pudesse fazê-la renascer para o amor, mas que uma amizade como a de Luiz Cláudio ainda representava uma esperança para continuar a viver. D. Laura, muito comovida, agradeceu ao céu essa providência e telegrafou, pedindo a ele que abreviasse sua viagem.

Quando o barco em que viajava aportou em Marselha, Luiz Cláudio que estava cheio de tédio pela longa travessia do Atlântico, aproveitou a parada, desembarcou, conseguiu um visto na alfândega, telegrafou para Letícia e tomou o trem de Roma na mesma noite. De manhãzinha viu passar, aliviado, o porto de Gênova, onde seu navio só chegaria depois de reparar um dínamo, no porto francês. Voltou a dormir, mas uma excitação crescente o acordava com frequência.

Quando ouviu o chefe do trem anunciar a próxima parada em Pisa, sentiu o pulso acelerado por uma excitação espontânea, que lhe parecia juvenil e o constrangia. Mas era maior que a vergonha, e acabou dominando-o. Recolheu suas malas precipitadamente e postou-se no corredor do vagão, como se isso acelerasse a chegada; pelo menos lhe produzia um alívio, tampouco explicável.

Em Pisa teria algum tempo antes da conexão para Florença. Aproveitou-o para visitar a catedral, do século XI, e a torre, iniciada no XII. As visitas lhe produziram uma impressão forte que o deixou muito surpreso, pois se imaginava indiferente aos símbolos do fausto passado, um cultor das promessas futuristas, das ciências e das artes. Os personagens do romance, sem exceção, eram cultivados no sentido mais burguês do termo. Seu ideal era o clássico e isso os tornava irresistíveis. Mas ele se julgava para além disso, imunizado contra essas seduções do conservadorismo. Agora, uma surpresa desconcertante: estava impressionado e comovido com o esplendor do gótico, que ele imaginava ser apenas documento histórico, sem nenhuma importância atual. Sentiu-se confuso com aquele testemunho de solidez e estabilidade, da sociedade que projetara seus monumentos sem se importar com os séculos que eles necessitavam para serem concluídos, com quantas gerações de artistas e operários passariam suas existências devotados a erigir a transcendência de seu tempo e de sua casta. Como se sua tarefa primordial fosse cristalizar o tempo e garantir um futuro sempre igual. Mas não era este mesmo o ideal por excelência das elites atuais? Não era a essência mesma da ideologia de qualquer elite, em qualquer tempo? Não era a isso que todas as revoluções tinham que se opor ferreamente, para produzirem a virada para o novo? No entanto, o afã de modernidade e futurismo não era também burguês? Suas ideias pareciam girar e voltar ao ponto inicial. Apesar de confuso, ele sabia que a experiência desse dia o modificava definitivamente, embora não imaginasse de que modo. Sabia, também, que esse impacto o enriquecia e estava feliz por isso.

Pegou o trem das dezoito horas, que passava por Lucca e Pistóia, cidade onde estavam enterrados os brasileiros mortos na guerra. Daí prosseguiria até Florença, onde encontraria as amigas.

D. Laura, que o aguardava com certa ansiedade e que ignorava o atraso do navio, estranhou o local do encontro, já que o caminho mais curto e lógico seria Gênova, Milão, Rovigo. Luiz Cláudio também não compreendeu, de início, por que escolhera tal percurso. Era mais longo e, portanto, contrário à urgência de encontrar Letícia. Quando, porém, verificou o mapa de D. Laura, pôde imaginar o que provocara esse 'equívoco'. Suas recentes experiências não davam margem a dúvida: tinha pressa de conhecer aquelas paisagens; e sozinho.

De Lucca telegrafou para Rovigo, retificando sua chegada. Era só um dia a mais, afinal. Pensava no túmulo de Ilária e no que ele tinha significado para os amantes do livro. Quanta afinidade espiritual revelara aquele reencontro, depois que o poeta partira subitamente da Inglaterra! Eram ambos casados, e embora isso quase só importasse a ela, ele se sentiu compelido a se afastar. As situações entre Letícia e ele se assemelhavam, mas êles não deviam orientar suas vidas pelo romance. Ignorava que desfecho desejava imprimir à sua relação com ela. Apenas ansiava por vê-la, sem ir além.

Jantou quase sozinho mas bem agasalhado pelo sobretudo, que se recusou a tirar à mesa, e pelo primeiro *chianti* verdadeiramente toscano. Quando acordou no pequeno e velho hotel que escolheu no interior das muralhas, pensou no quanto a paisagem clara, mas nebulosa que tinha à janela diferia das descrições que retinha do romance. Seria pura fantasia do escritor? Sabia que não. Mas ele teria que procurar por aquela visão, pelos olmos, pela estrada acima das muralhas, pela hora em que, ao final da sesta uma luz oblíqua e dourada iluminaria as colinas e as plantações de oliva. De repente viu-se dividido, entre a convicção de que era necessário conhecer logo aqueles locais e a ideia de faltar à lealdade para com sua amiga que fora, afinal, quem lhe apresentara o livro. Acabou descobrindo-se infantilmente identificado com o poeta, que apresentara Lucca à sua amada; e riu de si mesmo, pelo tanto que custou a perceber do fato. Mas agora que sabia que também desejava 'revelar' a cidade a Letícia, parecia-lhe que sua decisão fora justa. Faltava ver o que ela pensaria disso; talvez o achasse pretensioso e antecipado.

Tomou um rápido café e saiu para as ruas desfrutando uma percepção quase exasperada dos cheiros e das cores que encontrava. As sombras ainda úmidas exalavam os vapores dos fungos que nelas proliferavam. Dobrando uma esquina, um súbito fulgor do sol nas vidraças muito altas da *piazzeta*, um vento suave que desembocava no largo pelas ruas estreitas causou-lhe um arrepio e uma emoção inesperada. Sentia-se ao mesmo tempo atraído e inquieto por aquela excitação. Estar sozinho ali, pela primeira vez fora de seu país, remetia-o de volta ao prazer grande e estranho que sentia, quando se internava no bosque do seminário para ficar isolado com sua angústia.

A igreja de San Martino, com o porte pesado do seu estilo, que ia do românico antigo até a transição para o gótico pareceu-lhe sombria e gélida, apesar de grandiosa. Entrou apressado em busca do monumento a Ilaria, mas a escuridão da nave o intimidou. Lembrou-se do folheto de turismo que havia pegado no hotel. Saiu e procurou um local ensolarado onde sentar-se para ler. Ali havia um esboço da cidade com seus diversos monumentos. Eram muitos para um só dia. Foi ao Escritório de Turismo onde obteve material mais farto e, num quiosque de revistas e jornais, encontrou um guia antigo, na estante de usados. San Martino, que fora iniciada no século VI e consagrada em 1070, ainda não dispunha dos avanços técnicos posteriores. Era pesada e escura, frente ao que viria a ser a leveza e luminosidade no gótico posterior. Mas essa pesada sobriedade tinha um poder de asseguramento e proteção que muito deve ter servido a seu rebanho. Era de uma solenidade mais impressionante que os ornamentos e a graça algo mundana, do período que a seguiu. Mas o que Luiz Cláudio buscava era o túmulo, e ele o encontrou lá. Quase não ousou perscrutá-lo. Comovido, deslizou sua mão esquerda pelo frio túmulo.

Forçou-se a um giro pela nave principal da igreja, mas acabou saindo para se pôr mais distante da emoção que a tumba tinha provocado nele. Pensava no livro: Piers dissera a Mary que ela deixava em todos a impressão, não de ser a maior obra de arte, mas de que a cada visitante tinha algo pessoal e transcendente a comunicar, em seu silêncio. Algo que os fazia saírem também silenciosos. E reconfortados. Ele ainda demoraria a chegar a isso; estava num estado que conhecia, quando alguma ideia começava a germinar, mas virtualmente, escondendo seu conteúdo ainda verde e inconsistente. Sair para o exterior era dar oportunidade a que algo interno seu chegasse a uma formalização. Mas teria que ter paciência e aguardar que acontecesse – a paciência que todo Ulisses necessita para as travessias. Decidiu ganhar tempo, visitando San Frediano, onde sabia haver outros relevos de *Quercia*, só que muito posteriores aos da tumba. Talvez lá ele pudesse encontrar uma chave para decodificar a intuição que se esboçava nele, a partir da figura da jovem fidalga morta. Nessa capela sentiu-se livre da inquietude. Examinou detidamente os relevos, sem notar a passagem do tempo, absorvido na contemplação e desligado do que viera buscar. Saiu como se tivesse feito tudo e precisasse partir. Estranhou essa urgência, pois pretendia passear pelo topo das muralhas e descobrir a cidade que o livro lhes revelara, a ele e a Letícia. Agora isso parecia inadequado, pois faltava-lhe a companhia dela. Percebia-se confuso, mas resolvido a seguir seus impulsos mais prementes. Na viagem teria tempo de refletir sobre este dia. Na recepção do hotel deixou reservados os dois cômodos que ocuparia quando retornasse. E embarcou no mesmo horário em que chegara na véspera. Agora, enfim, veria essa pessoa que ele já não conseguia definir em relação a si, nem o deixava definir-se frente a ela. Teria esse pensamento recém formulado algo que ver com a tumba? E lembrou-se, de modo impreciso, do significado que Sparkenbroke atribuía à morte, e no qual ele tentava instruir Mary, para presenteá-la com uma forma superior e mais real de estar no mundo. Era a transcendência de um plano do real a outro, que não implicava fim ou negação da própria vida, mas a ascensão a um nível superior de agregação com o universo sensível. Nesse novo plano, as vicissitudes do amor, como o vivemos, desaparecem numa totalização com o ser amado. Fora isso, mais ou menos o que ele conseguira apreender e que agora, não sabia por que, retornava de modo insistente, como uma criptografia destinada a ele e, possivelmente, também a Letícia. Súbito sentiu um abalo do corpo, que o retirou do sono em que já mergulhava, para o clarão de uma ideia que iluminava sua confusão: não era ainda uma mensagem, mas dizia que o que ele estava tentando decifrar era o sentido que eles faziam hoje, um para o outro, o estatuto presente dessa relação, que ele não mais conseguia nomear. Era como estivesse todo o tempo que passara em Lucca, buscando esse sentido e esse nome. A morte, representada por Ilária, tinha, com certeza algo a lhes dizer. E talvez já o tivesse dito a Letícia, na vivência concreta e brutal em que a atirara, enquanto para ele era somente experiência subjetiva. O que restara ainda vivo entre eles, depois desse ano de luto e afastamento? Que fizera ele por Letícia que pudesse chamar-se amor? Que consolo levara até ela? Devia perguntar-se, menos egoistamente, o que restaria ainda vivo nela. Percebeu, pela primeira vez, o abismo. Sentiu-se mesquinho em seu alheamento e no medo atual de perdê-la. E agora, neste momento, poderia transpor o que os separava? Seria Letícia, ainda, a pessoa que ele amara? E ela, seria ainda capaz de amor? Abismo. Fora enganado pela presença de Rubem, que o fez supor ser a causa de sua separação. E agora, novamente, porque sua volta para o Brasil fê-lo supor que poderia reencontrá-la. Que fazer, nas poucas horas que lhe restavam, para preencher o vácuo que os separava? E, preencher com quê? Nunca se havia sentido tão egocêntrico e pobre. E quando a emoção lhe tocou os olhos, enrijeceu-se: só faltava chorar agora, depois de tudo. Evitou o ridículo; bastava sentir-se mesquinho. Esse estado de consternação tinha sobre ele, no entanto, algo de reconfortante. Lembrou-se do Pe. Aníbal e indagou-se o que lhe diria ele, se estivesse em confissão. Com certeza teria muito o que reprovar, mas sua escuta sempre o deixava penitente, mas apaziguado. Algumas sessões de análise deixavam uma sensação semelhante. Embora já tivesse aprendido que não bastava se reconhecer em falta para mudar, sabia, também que, sem esse passo inicial dificilmente mudaria algo dentro de si. Sentir-se reconfortado tinha provavelmente que ver com a esperança de suprir o que faltava; nesse caso, capacidade de ter empatia com o outro, de solidariedade enfim. Mas não era ele, reconhecidamente, uma pessoa solidária e amiga? Para o uso geral, sim. E pensou que isso que se chama *geral* pode servir para muita coisa. A morte não é geral? Perder um filho não pode acontecer a qualquer um? A melancolia não pode nos atingir a todos? O geral é muito espesso. Trata-se, pois, de possuir uma solidariedade que dê conta dessa espessura ou, pelo menos, que se aproxime disso. A dele fora até aqui, superficial e enganadora. Seu conforto, nesse momento, era o de quem, não sabendo ainda o que fazer, sabe contudo que o fazer antigo já não basta. E acreditou que acabaria descobrindo o caminho, quando se encontrassem. E remoendo diversas vezes essas mesmas ideias, acabou adormecendo no tempo de viagem que restava. Muito mais tarde, o jazigo brasileiro de Pistóia foi deixado para trás, sem que ele o visse.

Luiz Cláudio ignorava o quanto seu estado de alma era estranhamente adequado ao de Letícia. Esta, desde que chegara a Rovigo assistia seu espírito migrar para uma zona desconhecida e surpreendente. Começara a encontrar interesse e questionamentos inesperados por coisas sempre externas a ela, relacionadas com o dia a dia estrangeiro. Estranhava-se, mas não se preocupava. Sentia-se muito aliviada, em comparação com o inferno que deixara no Brasil. E o inferno era que, não podendo continuar viva, tampouco conseguia morrer. Ali, parecia descobrir que, não precisando dividir seu horror com ninguém, podia conviver com ele, desde que em silêncio. Quem era essa que sobrevivia ela não podia saber. Quem se dirigia a Florença para reencontrar o antigo amor, tampouco. Diferentemente de Cláudio, ela não pensou, em qualquer momento que o tivesse esquecido ou abandonado; nem o inverso. A morte nela era maior que qualquer ética. Era o palco da vitória mais completa do narcisismo, sobre alguém que sobrevive.

Agora sabia que continuaria, mas teria que reinventar tudo, do início. Voltaria a amar e gozar? Aceitaria qualquer coisa, menos mencionar o passado. O que pensariam dela? O que pensaria dela Lorena, tão menina, tão necessitada? Nada disso parecia movê-la. Começar do zero. Mas isso já era muito, perto do vazio branco da depressão. O que, aos poucos, a trazia de volta à tona parecia coisas insignificantes: o cheiro da palha no pátio, o ruído longínquo e contínuo da colhedeira, a virada da temperatura, quando a tarde findava e soprava a brisa do sudeste com seu odor marinho discreto e característico. Parecia que ela ia retornando pela via dos sentidos, antes que pudesse haver, de novo, uma subjetividade. Ia reaprendendo a partir da pele: o grasnar dos corvos, o ar salino que untava seus cabelos, coisas que ela não conhecia; mas era o ouro coral, nebuloso do poente e o cheiro morno da sega que pareciam retê-la, como uma âncora no âmago da vida. Se houve uma oportunidade para desprender-se, sabia agora que a perdera. E estava bem assim. Era assim que desejava se manter.

Luiz Cláudio teve tempo de examinar cada figura do juízo, antes que as três mulheres o encontrassem. A confusão das emoções foi camuflada pela das imagens: Letícia esguia, longilínea, cabelos quase curtos como no colégio. E já estivera mais magra. Esforçava-se para sustentar o olhar, que ela temia encontrar inquiridor. D. Laura, sempre vivaz, bonita, mas com um ar pesado e pouco à vontade. Lorena, esta tinia os guizos da jovialidade e da alegria real pelo encontro. Abraçou-o pela cintura, colou o rosto em seu peito e talvez tenha escutado a desencontrada percussão que ali soava. Ele achou difícil beijá-la, porque ela mantinha o rosto apertado contra seu corpo.

Este foi o instante. Quando já o haviam ultrapassado tinham, para seu conforto, todo o resto para ser conversado, todo o futuro imediato para ser administrado. Uma intimidade, se pudesse ser retomada, podia ser protelada muitas vezes. Até que cada um pudesse tomar a mínima posse de seus sentimentos, para poder auscultar os do outro. Os amantes estavam ignorantes de si mesmos. Com muito mais razão, do outro. No terceiro dia, quando já haviam visitado os *Ufizzi* e a Galeria da Academia, Lorena pediu que a levassem para rever os relevos do batistério, que a haviam impressionado. Luiz Cláudio, que também queria examiná-los, prontificou-se a ir com ela, enquanto mãe e filha descansavam no café, junto ao *Mercato Nuovo*. Letícia, vendo-os se afastarem – Lorena tomou a mão dele – em sua expressão pousou um sorriso entristecido e enigmático.

Os portais que queriam ver contêm pequenos painéis de bronze produzidos entre 1330 e 1452. O portal principal, mais antigo, é do período gótico, de autoria de Andrea Pisano. Luiz Cláudio explicou à menina que em breve ela iria conhecer a cidade que dava nome a esse artista, onde havia a famosa torre inclinada. Mas teriam que ir logo, para pegarem a torre ainda de pé. A risada dela fê-lo perguntar-se que cabeça seria essa, que inteligência ou humor poderia ter? Sobre seu irmão, havia mais de uma vez avaliado as muitas semelhanças que ele apresentava com a mãe. As diferenças – a serena calma com que ouvia os adultos, mesmo quando o contrariavam – atribuía ao pai. Aparentava um adulto bonachão e paciente. Sua irmã, acostumara-se a vê-la como uma sombra do menino. Mas notava agora, tardiamente: parecia feliz, orgulhosa desse lugar e nada invejosa dos privilégios do varão primogênito. Quanta verdade esta aparência poderia conter ele não podia avaliar. Agora estavam ali, rindo às gargalhadas das histórias absurdas que ela inventava para interpretar os quadros do Antigo Testamento, no bronze mais recente de Lorenzo Ghiberti. Era uma espécie de história em quadrinhos engraçada e cheia de imaginação, para cujo enredo ele se pegou colaborando. Como a brincadeira produzisse um certo escândalo entre os visitantes, decidiram voltar ao mercado. Iam deleitados com a admiração recíproca que sentiam. Parecia que acabavam de se conhecer e estavam felizes. Quando ela declarou: "as histórias de antes de Cristo parecem muito mais interessantes, mas gosto mais do artista que fez o Novo Testamento", ele, que passara seu tempo ali comparando os dois trabalhos viu seu carinho por ela crescer. Nunca pensara nela como uma pessoa e, agora, descobria uma pequena amiga. Abraçaram-se e voltaram correndo pela via Roma, desviando-se da gente das calçadas. Quando se aproximavam, adotaram, sem se falarem uma atitude mais sóbria. Dona Laura se preparava para procurá-los sozinha, impaciente com a calma da filha, que parecia desfrutar daquele afastamento inesperado. O alívio de os ver chegar impediu-a de reparar nas faces coradas e quentes da neta. Letícia sim, notou a cumplicidade e a alegria naquelas expressões, o que a deixou apaziguada e grata.

Com o dinheiro enviado pelo Dr. Leopoldo as três podiam protelar seu regresso por uns bons sessenta dias e, com economia, talvez noventa. Decidiram conhecer logo os lugares que interessavam a Luiz Cláudio e Letícia, para depois atenderem ao desejo maior de D. Laura, que era conhecer a Basílica de São Pedro e, "se Deus permitir, assistir à benção de S. Santidade, Pio XII".

D. Laura, como o resto da população católica do mundo, ainda ignorava a polêmica subterrânea que se travava entre historiadores e defensores do cardeal Pacelli, acerca da relação que seu papado mantivera com o fascismo e sua aliança com o III Reich. Sobretudo, seu silêncio com relação ao extermínio de judeus, socialistas, ciganos, homossexuais e demais minorias nos campos de concentração. A essas acusações a igreja respondeu que seu chefe sofria pesadas pressões do governo para apoiá-lo. Tinha que mostrar-se neutro para garantir sua sobrevivência. "O fascismo acabaria, mas a Santa Igreja era eterna".

Não condenou publicamente regime. Em contrapartida, acabada a guerra, o enorme prestígio que as esquerdas demonstraram nas eleições tirou-o da neutralidade: excomungou *todos os comunistas*, isto é, uma enorme parcela da população italiana, que começou assim a enfrentar outra guerra, desta vez dentro de suas casas, entre eleitores do PCI e a reação católica das *nonas*, *mamas* e da criançada, intimidada com o inferno. Isso, para não falar dos católicos da Polônia e todo o centro e leste europeus. E, para comemorar condignamente o "Ano Santo de 1950", promulgou o 'dogma da assunção', que cancelou toda a discussão teológica de vinte séculos, a respeito do paradeiro do corpo da mãe de Jesus, postulando, com a *cláusula da infalibilidade divina do papa*, que o referido corpo foi também elevado aos céus; e que aí se encontra desde então, *íntegro, incorrupto e virgem* . . .

D. Laura propôs ficarem mais dois dias para conhecerem melhor a cidade e depois, partirem para que Letícia e Cláudio visitassem Lucca. Foram dias de sondagens e tateamentos. Não os mesmos pensamentos, as mesmas perguntas, mas o mesmo fim. Descobrir suas posições frente ao outro, principalmente para si mesmos. Para ele, era uma tarefa difícil, cheia de indecisões. Para ela essa questão a fazia sofrer, pois sequer conseguia mantê-la clara em sua cabeça. Buscava, quase às cegas, um fio no labirinto de ideias e sentimentos que a assolavam. Percebia que isso não começara com a chegada dele. Mesmo antes já se sentia desorientada e sem nenhuma clareza quanto ao que se passava com ela. Estranhava-se em quase tudo. Parecia que renascia do horror com outra personalidade, uma desconhecida quase total. O que mudava muito com a chegada dele é que, até então deixava correr o barco, sem se importar muito, apenas desfrutando o alívio da sobrevivência. Agora, sua presença a colocava diante de uma demanda, que não era só dele. Ela própria começou a necessitar definir-se quanto ao amor passado, ou futuro, quanto a seu corpo – já que havia o dele – quanto ao presente imediato, enfim. Mas sabia que isso era apenas a ponta do iceberg. Todo o resto submerso começava a fazer pressão para se expressar. Ela sabia que não poderia protelar indefinidamente. Mas resistia ao esforço que isso demandava, com uma convicção intuitiva de que as coisas acabariam ocorrendo na hora adequada. Em outros momentos parecia-lhe que talvez devesse empenhar algum esforço na tarefa, sem esperar que o gelo derretesse todo por conta própria. Entre as duas coisas, contava com que, pudessem ou não reconhecer esse fato, ela tinha direito a levar o tempo que necessitasse para se resgatar do inferno. Se Luiz Cláudio era, ou não, seu Orpheu, se ela seria, ou não, sua Eurídice, isso só o tempo diria. Ela não podia, nem desejava acelerar nada.

Chegaram, afinal, à cidade que melhor definia seu passado amoroso. Parecia a ambos, que Lucca deveria ilustrar o que viria a ser esse amor no futuro. Circularam os quatro pela cidade velha, vendo seu casario e suas igrejas de muitos períodos distintos, mas tomaram o cuidado de evitar a catedral, que queriam visitar sozinhos. Foi sugestão dele, que ela acatou sem reserva.

Quando puderam sair sós, entraram silenciosos na grande e escura nave do prédio. Cláudio aguardou que ela habituasse a visão e conduziu-a até a escultura tão aguardada. Ele não soube se temor ou que outra emoção a fizeram chegar-se a ele e lhe tomar a mão. Foi um gesto tímido e caloroso. O primeiro sentimento dela, diante da tumba, foi de ternura e gratidão por este que lhe agradecia o presente que ela lhe fizera com o romance. Ela não sabia que era uma retribuição cheia de carinho, embora ele próprio não o tivesse pensado. Achegar seu corpo ao dele, abraçá-lo com calor, foi o que surgiu nela, espontaneamente. Ele, embora retribuindo naturalmente essa proximidade, não ousou encará-la como uma intimidade erótica ressurgida. Que mais poderia ser? Era uma nova pergunta; não uma resposta às anteriores. E com ele, que se passava? Também aí tudo continuaria aguardando, até que algo surgisse, independentemente deles. Mas estarem juntos e sós naquele local não era independente deles. Algo acontecera, e eles o tinham provocado, desde o início.

Abriu delicadamente seu abraço e afastou-se, para deixá-la fruir, em recolhimento, as emoções que aquela cena poderia evocar. Havia o retorno ao clima do romance de Morgan, da história que ambos haviam partilhado tantas vezes. Mas, havia também o monumento com sua força, a solene circunspecção que ele impunha ao visitante. A austera elegância, associada à leveza do ritmo gótico naquela escultura pareciam conferir materialidade palpável às concepções que o poeta do livro tinha sobre a morte: não algo que aniquila a vida, mas que a transmuta em uma unidade superior com o cosmo; uma verdadeira "unidade de espírito". Essa ideia não ocorria a Letícia com simplicidade, mas com uma tortuosa certeza, de que ela se sentia infundida, de ser esta a mensagem pessoal e incomunicável que Ilária tinha para ela. Não fora sua morte aos 26 anos, ao dar à luz um ser que, sendo ela mesma, a transcendia? Isso encheu-a, aos poucos, de uma comoção grande e a fez retirar-se para se sentar numa capela vazia, onde pôde aguardar que seu coração normalizasse. Mas o conteúdo daquela comoção, seu significado explícito ainda não estava pronto para sua consciência. Luiz Cláudio percebendo-a ali, deixou-a só até que ela se levantasse. Quando a tocou de leve no braço, ela voltou a abraçá-lo e chorou longa e mansamente em seu ombro, sacudida por soluços surdos e entrecortados. Ele foi invadido de ternura e de uma curiosa sensualidade, mas ficou alerta para não atropelar Letícia com algo que, até onde ele sabia, era só dele.

Nos dias que se seguiram, ele procurou conversar mais com D. Laura, e às vezes com Lorena, com o duplo fim de dar tempo ao tempo, até saber o que se passava com Letícia e, também, para minimizar um certo constrangimento que a introspecção dela causava ao grupo. Embora ele ignorasse seu teor, sentia-se como detentor de um segredo, que ela não podia ou não desejava participar aos demais.

Nessa noite, enquanto jantavam, Letícia teve uma ideia súbita: entre os motivos que a fizeram ligar Cláudio ao romance, enquanto o lia, não estaria o nome desta cidade? Não era 'Luca' o apelido familiar que ela ouvira desde a infância? Por que não se haviam dado conta, ainda, dessa coincidência? Mas, quando pensou em lhe revelar a surpresa, percebeu-se embaraçada e com pena dele. Então, achou que não deveria acompanhá-lo aos Bagni. E pediu-lhe que a perdoasse por isso. Dessa vez, foi ele que teve que aguardar que sua respiração voltasse ao normal. Tinha que puxar fundo o ar para os pulmões, que pareciam enrijecidos. Pediu licença e se retirou para seu apartamento, onde se deitou depois de desabotoar a roupa que o oprimia. Um leve atordoamento mental, formigamento nas extremidades e arrepios de frio completaram a perturbação vagal, já sua conhecida, desde o 'caso' Suzana. D. Laura sondava, sempre que podia fazê-lo com discrição, a ver se a filha desejava conversar sobre algo pessoal e, mesmo sem sucesso, transmitia seu recado: "estou a seu lado". Letícia ficava grata por esse cuidado, como também pelo que percebia nos demais. Ouvia o que Luiz Cláudio dizia, e o que silenciava por ela. Também Lorena deixou de inquiri-la e aceitou seu silêncio, contente de que ela pudesse, pelo menos, passear com eles. Ele, muito antes da tristeza que poderia sentir, viu-se ameaçado por aquela irrupção de angústia, um sufocamento que parecia letal. Lutava contra essa recaída patética, sem muita esperança, e já pensava em retornar a São Paulo no dia seguinte, quando a menina bateu. Ele tentou esconder um pouco o ar esgazeado que devia ter; ficou aborrecido com essa interrupção invasiva que, por cima, o obrigava ao duro esforço do disfarce *(incluindo o episódio da ida aos Bagni com Lorena, conforme assinalado)*. E Lorena, que queria? Apenas perguntar se podia ir com ele aos Bagni. Enquanto ele calculava a resposta, ela sentou-se na cama e explicou que desde que os ouvira falar disso, desejava conhecer esse lugar que encantava a tantos artistas e escritores famosos. Ela nunca conhecera um lugar assim, nem sabia o que eram termas; e queria muito saber o quê, no local, atraía esse tipo de pessoas. Fosse para convencê-lo ou por uma intuição de seu mal-estar, tomou com a esquerda a mão direita dele, e com sua outra mão puxou seus dedos cruzados pelas pontas, para que ficassem bem ajustados. E ficou entretida, antecipando esse 'Rodin' que ela ainda não conhecia; e aguardando que ele concordasse. Esse pedido, confiante como se apresentava, não era o oposto exato da recusa que o ameaçava tanto? Porque ainda não sabia o que fazer e porque não arranjou o que dizer para recusar, aceitou aquela oferta como um alívio temporário.

Após o café da manhã informaram a D. Laura e saíram para alugar um carro. No Fiar 500 e com o mapa da região seguiram na direção do rio Lima, nas fraldas dos Apeninos em busca do que devia suprir as lacunas que ambos levavam em seus corações, sem suspeitarem de que já as preenchiam com a companhia e a amizade que trocavam. Luiz Cláudio, confusamente, pressentiu que estava, de novo, a braços com suas duplas de opostos, velho-novo, rico-pobre, revolução-reação. Quando se imaginava abandonado, foi escolhido. E ali estava esta menina de 11 anos, tão graciosa, cheia de ternura e de alegria por dividir com ele, de 38, uma aventura que eles nunca esqueceriam. Almoçaram sob a parreira que cobria uma espécie de pérgola do *Ristorante Lord Byron*, uma casa modesta à margem do asfalto, estragado pelo vai-e-vem das tropas. Nesse interior ainda se viam muitas cicatrizes da guerra. Mas a paisagem lá estava iluminada e aquecida para eles. Lorena lhe contou como estava triste por ter que sair de Graça para continuar o ginásio no internato da diocese. Ele tranquilizou-a, contando como tinha sido importante para ele essa passagem. Foi lá que ele começou a tocar. Descobriu também que podia gostar de coisas que não havia em Graça, como literatura, poesia, música de concerto, etc. Talvez lá ela pudesse fazer uma escolinha de artes e aprender desenho artístico e técnico, de que necessitaria para ser escultora. Isso encheu a menina de expectativas; poderia então, começar desde já?

Assim passaram o dia falando de si, de coisas que o outro, apesar de muito próximo nunca ouvira, nem poderia imaginar. E se espantavam de ver como se desconheciam. Houve um momento em que ele pensou que podia falar-lhe de seu amor com Letícia. Só então percebeu os limite s daquela intimidade. E contou-lhe por alto seu namoro com Suzana, e o modo insólito como tinha terminado. Como poderia fazer essa confidência a uma pessoa tão mais jovem que ele? Não soube explicar, mas percebeu a necessidade que sentia de falar disso. O silêncio que reinava entre ele e Letícia pesava. E começou a desejar voltar e recomeçar sua análise. Tentou explicar à menina do que se tratava, mas ela não podia, ainda, acompanhá-lo. Mas pareceu gostar da ideia de falar de si, sem nenhuma reserva, a um desconhecido que a ouvisse. Voltaram sentindo-se leves, por motivos muito diferentes; e exaustos.

Uma tarde, bastante depois de chegados a Roma, e já descansados da visita a Villa Giulia, Luiz Cláudio propôs a Lorena darem um passeio pela *piazza Ezedra*, de onde podiam seguir a pé, para um sorvete na *via Veneto*. D. Laura que já se cansara de museus e igrejas, se animou para ver o comércio chique da cidade e os acompanhou, levando Letícia pelo braço. Quando chegaram à esquina da XX Setembre encontraram uma igreja pequena, Santa Maria della Vittoria, onde entraram para uma olhada rápida. À esquerda da nave, depararam com a capela d"O Êxtase de Santa Tereza", de Bernini, o ícone maior do barroco italiano. E o êxtase é contagioso; deixou-os perplexos; quando puderam sair, continuaram em silêncio, não por reverência, mas por terem que refletir, cada qual, sobre o que os deixara perturbados. Mas ninguém, e menos ainda Letícia podia imaginar as mudanças que essa descoberta traria em sua vida.

Roma é um lugar perfeito, quando se precisa tergiversar, evitando qualquer tema indesejado. Tem-se assunto para o tempo que for necessário. Mas todos ali sabiam do desconforto que jazia por baixo da conversação.

Os dias que se seguiram foram de descobertas para todos. Roma os retinha, dificultando seu retorno ao Veneto, onde Luiz Cláudio pretendia visitar a cidadezinha de sua família paterna, Donada. Além, obviamente, da própria Veneza, que todos tinham mais ou menos como a sobremesa desse banquete europeu. D. Laura, já satisfeita com a basílica e o museu do Vaticano, teve que se conformar sem a benção de Pio II, que se encontrava adoentado com um distúrbio do aparelho digestivo, de que acabou morrendo, três anos depois; seu sintoma, universalmente acompanhado, era uma crise crônica de soluço. Entre muita gente ressentida com ele, correu a anedota de que não morreria antes de dar, pelo menos um soluço por cada vítima, que sua postura política e pastoral impediu de defender. Foi um desfecho prolongado. Nem por isso, contudo, D. Laura perdeu as outras alegrias que a cidade podia lhe proporcionar, entre passeios pelas ruas, as belas vitrines do comércio e, o que lhe agradava mais que tudo, sentar-se num café de praça para descansar, comer um *panino* com a famosa Birra Perrone, que ela lamentava não poder partilhar com o marido, grande apreciador de cerveja. O entardecer da cidade começava cedo ainda e a temperatura caía bruscamente. Os pombos começavam a rarear na praça e ela se recolhia ao hotel, para se agasalhar e jantar com os demais. Com exceção do marido e da neta, evitou comprar presentes, para economizar e para sentir-se menos culpada, por Dr. Leopoldo não estar ali com ela. Sentia sua falta, pois percebia agora, forçada pela distância e pelo tempo da ausência, que ele era, apesar de tudo, seu único confidente real. Não para as pequenas bobagens do cotidiano, mas para as questões que a deixavam perturbada, como o comportamento da filha antes e, principalmente, depois da morte de Benito. Esse, coitadinho, nem tivera tempo de se livrar do estigma do nome. Ela bem desejou gravar Bento Gusmão Franchini na pequena lápide do túmulo, mas ninguém tocou no assunto e ela acabou preferindo manter-se fiel àquele primeiro e querido neto. Só disse isso ao marido e, mesmo assim, depois de colocada a inscrição. Ironia cruel ser essa a primeira do jazigo que a família tinha adquirido no cemitério da paróquia. Dr. Leopoldo, quase mudo desde o acidente com o neto, concordou com ela: não se podia, agora, trocar o nome do menino. Ele deixou de sair, porque não suportava a lembrança que a ponte lhe suscitava; e passava todo o tempo cuidando do pequeno viveiro de plantas que tinha no fundo do sítio, onde também criava pássaros, a melhor memória que ele tinha do garoto, que adorava os bichinhos. Em casa, passava ao lado da filha, cujo silêncio ele partilhava, por uma empatia natural. Estavam tão magros, os dois, que ele pôde, sem risco, voltar a dividir com ela a rede do alpendre. Agora não mais cantarolava para ela adormecer. Dividiam a melancolia, celebrada pelo canto das cigarras e dos grilos. Eram esses finais de tarde que D. Laura recordava nos cafés, ela também sozinha e em silêncio. Mas sua tristeza não era deprimida. Ela sabia que estava e continuaria viva. Gostava disso e de fantasiar alegrias que ainda teria no futuro. Como voltar a Roma com Leopoldo, beber cerveja com ele na *piazza Navona*, darem-se as mãos na caminhada. Há quanto tempo isso não acontecia? Não sabia dizer, mas o acidente pusera fim a muito de sua antiga intimidade. Até os rompantes de irritação com que ele surpreendia a todos e faziam sua fama de violento tinham dado lugar a uma conformidade quase passiva. E ela, que antes podia contar com sua companhia para os problemas sempre presentes, se preocupava agora com ele e com a filha, que definhavam em silêncio. Felizmente a neta também precisava de cuidados e a retirava um pouco do clima de luto contagiante e renitente da casa.

Voltava rindo para o hotel, lamentando que o marido não assistisse ao descaramento com que os homens a abordavam, por vê-la sozinha num café. *"Ciao, bella"* veio até do garçom que a atendia, e que não tinha ainda 30 anos. E pensava, vaidosa, que talvez não fosse só descaramento; dada a insistência, podia supor que ainda merecia que aqueles homens, tão atraentes, lhe informassem que a desejavam.

Lorena, desde que chegara a Florença, não se cansava de observar e de pasmar com a riqueza artística que ia encontrando por onde passava. O entardecer dourado do inverno que findava não chegava a interessá-la, inebriada que estava com os monumentos que ia conhecendo. E quase todo esse entusiasmo era devotado à escultura. Não conseguia decidir-se pelo bronze ou pelo mármore. Angustiava-se, pois se sentia na obrigação de eleger seu material e sua escola predileta. Achava que, feita a escolha, saberia seu futuro. Mas, como escolher, entre o polido lustroso e branco da Pietá, que apaixonava os olhos, e torturava as mãos que não podiam tocá-la, e o outro lustro, do bronze daquele menino maravilhoso, que segurava seu peixe contra a barriga? E não era só descobrir qual a encantava mais, qual preferia. Precisava explicar por quê. Que era aquela excitação que a tomava e a fazia tocar, furtivamente, as peças? Não era só Michelangelo, mas dezenas de outros, Canova, Cellini, e quantos mais... Como distinguir as escolas? Por que os estilos e gostos mudavam com o tempo? Luiz Cláudio, seu mestre de ocasião, piorava tudo, pois sabia perguntar: o clássico da Renascença é igual ao da Antiguidade? Por que? Mas, como ela, também não sabia responder. E não ousou dizer a ela que a Tereza de Bernini acabara fazendo-o entender, e de um modo cabal, o que Freud disse sobre a natureza erótica do prazer estético enorme que sentiam. A menina estava assombrada, apaixonada e com raiva. Dele e dos demais. Por que jamais lhe falaram disso, em casa, na escola ou mesmo na televisão? Só sabiam perguntar: o que você vai ser quando crescer? Agora sabia: mudar-se para Itália e aprender escultura; mesmo que levasse a vida toda para o conseguir.

Letícia, de seu lado, fazia descobertas que dependiam muito mais do que ela intuía do que conseguia pensar com clareza. Fazia um esforço enorme para dar aspecto racional, inteligível ao que ia elaborando. E quanto mais o conseguia, mais se assustava. Não eram ideias fáceis de encarar, embora trouxessem, junto, uma carga grande de alívio e de esperança. Mas teria que mudar muita coisa em sua vida. E sabia que isso afetaria muito as pessoas de quem ela gostava.

Desde Lucca ela aguardava que alguma coisa surgisse em seu espírito, e lhe esclarecesse o teor da mensagem que Ilária tinha para ela. Aquela moça, morta aos 26 anos, justamente no parto de sua filha, a emoção que provocava já não assinalava uma familiaridade entre elas? Como desejaria ter morrido em lugar de seu filho! Por que deixaria Deus que um tal absurdo e crueldade pudessem ocorrer? Como dizer a equivalência que ela entrevia nas duas situações? Estava aí; mas qual? Ilária continuava viva na vida que gerara. E ela, como aceitar sobreviver sem Benito? Onde estava ele, agora? O seu espírito não era, de novo, um só com o dela?

Letícia só chegou até esse ponto em Roma, depois que foi atingida pelo dardo que alvejou Santa Tereza. Esta também tinha algo a lhe dizer. Seu êxtase se dá em mirar o filho. O anjo que o representa, e a mira com seu dardo, não é este o laço que liga as duas histórias, Ilária e Tereza? Ilária e Letícia? Ela mesma e Tereza? Podia explicá-lo? Sua convicção, de onde vinha? Ou estaria enlouquecendo sem perceber? Os loucos não se creem sãos? E não têm sua lógica? Mas ela mantinha plena noção do entorno, não fazia confusões. E nunca fora realmente religiosa. Faltava-lhe a atração do mágico. Nunca conseguira se interessar pelos místicos e tendia a considerá-los delirantes ou mistificadores. Às vezes, os dois. Então, que virada era essa em sua cabeça, como dizer, agora, aos seus que ela se sentia uma transfiguração de seu próprio filho?

(...) Chora o teu próprio exílio e não a minha vida.
Com a terra por mãe (...)

a primavera aqui tem imortal guarida.

Quem é que hesita? Um imbecil.

Quem bate? O Rei.

Não teriam razão em considerar isso um disparate produzido por sua mente adoecida? Talvez sim. Mas isso em nada alterava de sua convicção. Estava prenhe de certeza, de Benito, de si mesma renovada, de "graça", enfim – este, finalmente, o sentido da morte, tal como o apresentava o poeta Piers Sparkenbroke. Ali como aqui, o amor carnal existia, mas desfigurava, ao invés transfigurar. Reduzia tudo a um êxtase momentâneo e fugidio, que carecia ser renovado incessantemente, sem conduzir jamais a uma verdadeira unidade. E ela que lera, e se perguntava tantas vezes que era isso, afinal, que o personagem tanto invocava como critério do verdadeiro amor e da verdadeira arte? Agora, ali estava, disponível para ela, a síntese que a resgatava da vida para a morte e, ao filho, da morte para a vida. A unidade de espírito.

E, enquanto ao longo dos dias em que se sentava diante de Tereza, e de seu cupido, ia formulando seu texto, uma nova expressão se instalava em seu rosto – de alegria e recolhimento, de paz com a vida e com a morte, com a morte-vida de que se sentia detentora.

Agora faltava fazer seu retorno aos que a amavam, de modo a que pudessem aceitá-la sem muito sofrimento para eles. Ainda teria que descobrir como fazê-lo. Até lá, evitaria esclarecimentos que só trariam confusão e angústia. Mas sabia que, também isso não seria prorrogado indefinidamente. Uma hora Orpheu, olhando-a, saberia que a perdera.

Agora estava pronta para deixar Roma e para trocar com Veneza o segredo dos espíritos que habitavam ela e a cidade.

Luiz Cláudio se perguntava, por alto, o que poderia dizer essa alegria tão intensa, intercalada com a quase tristeza que sentia frente a Letícia. Era uma ambiguidade de sentimentos que pareciam igualmente sinceros e igualmente legítimos. Isso começara em Lucca, quando a menina batera em seu quarto após o jantar. Ele estava tentando refrear um prenúncio de horror que o invadia, após Letícia ter informado que não iria visitar as termas com ele. Isso significava que ela abortava qualquer reinício amoroso entre eles. Ou não? Até ali, ele achava que estavam se dando tempo para que o clima se reinstalasse por sobre o luto que os afastara. Temia ser apressado e grosseiro. Mas diante disso, não devia mais duvidar: não era um final? Aquele passeio, como no romance, devia anunciar se eles ficariam juntos ou, ao contrário, se separariam de vez. Sua recusa, portanto, só podia significar uma coisa.

Luiz Cláudio passou seus dias finais em Roma sem grandes descobertas, salvo as que fazia na própria cidade. O que já era bastante. Depois dos primeiros dias em que saíam todos juntos para os grandes monumentos, até a tarde em que conheceram *Santa Maria della Vittoria,* ele ainda não pensara em cotejar sozinho a Roma de suas fantasias, com a real que ali estava. Por um acordo silencioso do grupo começaram a sair sós, revezando-se com Lorena, que logo descobriu as vantagens da mudança. D. Laura, depois que deixava a filha na igreja, seguia a esmo pelas ruas, deliciando-se com a surpresa contida em cada vitrina que aparecia, inesperada. Quando Lorena estava, o prazer era mais expansivo e divertido. Quando só, adorava o silêncio e a introspecção. Mas nunca se afastava demasiado da esquina onde deixava Letícia. Regressava das imediações do Quirinal, onde se divertia com os soberbos e exóticos uniformes de guarda. Da igreja, iam tomar juntas um *capuccino* no chique decadente das deliciosas arcadas da *Piazza Ezedra*, até que o frio as mandava de volta ao hotel. E, se Luca estava com Lorena, esperavam bastante. Os dois não se cansavam de explorar cada recanto de São Pedro, cada túmulo de papa. E estes eram muitos, especialmente na 'catacumba' da basílica. Quando subiram a longa escadaria até o topo do transepto, onde se iniciava o *duomo* propriamente, Luiz Cláudio teve orgulho em traduzir para Lorena a enorme inscrição bíblica, *PETRUS TU ES PETRUS, ET SUPER HANC PETRAM EDIFICABO ECCLESIAM MEAM*, etc... E concluiu: E A TI DAREI AS CHAVES DO REINO DOS CÉUS. Ela não distinguia se a vertigem era por ele ou pela desmesurada altura de onde examinava o piso maravilhoso da nave, que não percebera enquanto a cruzava. Outras vezes, no *Forum Romano* divertiam-se em descobrir se um resto de capitel pertencera à casa de Lívia ou ao templo de Apolo: o *Palatino* e o *Fórum* eram inesgotáveis. E eles se divertiam muito com as histórias que ela inventava para aqueles personagens – Lívia fugia à noite para namorar Apolo, porque o marido, gladiador, muito cansado só fazia dormir. Às vezes chamavam a atenção das pessoas e tinham que parar de brincar.

Uma tarde em que a chuva ameaçava, voltaram a São Pedro, onde Luiz Cláudio foi surpreendido pelo som de um órgão. Deixou Lorena em sua apaixonada contemplação da Pietá, onde sempre iniciavam a visita, e foi buscar o instrumento, que o puxava com um cordel invisível. Encontrou-o no braço esquerdo do transepto, cercado de uns lambris baixos que o cercavam para isolar o organista do público presente. Ficou entretido examinando o órgão e tentando descobrir o período das peças executadas e que ele desconhecia totalmente, Num momento em que o capucho descansava e folheava as partituras, o público rareou e ele pôde dirigir-se ao músico para dizer-lhe com gestos, que também tocava. Como gostaria de explicar quão orgulhoso ficaria de tocar na casa de São Pedro! Enquanto se comunicavam, ouviu uma risada mal contida às costas. Era Lorena que se espremia para manter a compostura, sem muito sucesso. O frade, divertido com a cena, deixou-o entrar e ofereceu-se a ajudá-lo com os registros. Talvez achasse que era um gozador do qual a mocinha se ria. Quando Luiz Cláudio começou o *"Wacht auf, ruft uns die stimme!"* ele sorriu de seu engano.

Seu repertório era essencialmente católico, como convinha àquela casa, Mas ele adorava o mestre de Leipzig. Aquela era uma reverência que os dois faziam ao grande alemão; mas o que deu mais orgulho a Luiz Cláudio foi executar peças mineiras do século XVIII, que ele havia ensaiado para o festival de Rio da Graça. Estava convencido de fazer a primeira audição desses músicos brasileiros, grandes e anônimos, nessa que era, por excelência, a terra da música sacra e barroca. Acabaram despedindo-se cheios de admiração e de pena por não poderem continuar tocando. Mas deram seus endereços para trocarem partituras e notícias. Quem sabe ainda voltariam a se ver?

Saíram rápidos da igreja. Quando chegaram à praça, Lorena contou-lhe que quando o viu gesticulando para o frade do órgão, imaginou-o dizendo *"Me Tarzan, you Jane"*. E riram muito na rua; e no ônibus ainda tinham recaídas. O humor admirável dela o contagiava inteiramente. Antes do hotel sempre se recompunham; não sabiam explicar sua alegria. Era uma espécie de segredo deles. No jantar, Lorena falou sozinha do entusiasmo e da beleza com que ele tocou na basílica; só então ele se lembrou de que ela estava lá, enquanto ele tocava; e que o ouvira. Disse a ela: *me Tarzan, you, Chita*. E riram muito, desta vez sem nenhum cuidado pelo estranhamento das duas mulheres.

Na última semana de março, já com as temperaturas e cores da primavera, regressaram a Rovigo, de onde Luiz Cláudio partiu sozinho para tentar encontrar parentes de seu pai na pequena localidade que lhe dava o nome. Após isso e a visita a Veneza, que não deveria se prolongar muito, voltariam ao Brasil.

Em Donada, a família era grande e o tempo escasso. O irmão e a irmã mais velhos de seu pai estavam vivos, bem como duas moças, sendo ambas surpreendentemente jovens e elegantes, com pouco mais de cinquenta anos. Contando tios e primos do primeiro e segundo graus, conheceu quase trinta Donadas, entre 8 e 70 anos de idade.

Muito *capeletti*, muito vinho da região e poucos nomes guardados. Ia por dois ou três dias, mas não saiu antes de completar a semana. O mais difícil foi explicar por que estava, ainda, solteiro e sem filhos. Para essa gente tão prolífica, ele ficava sob suspeita. E isso começava a incomodar também a ele. Mas explicou que, nesse momento, nada poderia mudar com rapidez, pois terminara um noivado justo antes da viagem. Tranquilizou-os com a mentira e suportou, pacientemente, os consolos.

De volta a Rovigo encontrou Lorena de cama, atacada de uma faringite severa, que o médico tratou com benzetacil, uma injeção muito doída, que a fazia chorar baixinho com o rosto enterrado no peito da mãe. Depois que ele chegou, no entanto, ela dispensou isso e mostrou orgulhosa, a face limpa do estoicismo juvenil. Fechou os olhos e tentou evitar, sem muito sucesso, que as lágrimas a desmentissem. E recebeu seu prêmio, no abraço penalizado que ele lhe deu. Isso atrasou de uma semana sua partida. Lorena insistia para viajarem, mas aguardaram a alta médica. Passariam, menos dias em Veneza, pois já haviam reservado os bilhetes aéreos e ainda teriam que voltar até Milão para o embarque.

Veneza foi muita surpresa. Todos conheciam fotos e gravuras do *Gran Canal*, do Palácio dos Doges e da *Piazza San Marco*. Muito diferente foi conhecer o interior desses edifícios e os canais secundários, andar pelas ruelas e travessas que terminavam, invariavelmente, noutro canal. Era uma cidade de fachadas magníficas, de palácios e de igrejas que se visitam por fora, vendo-as correr, como um filme na janela do *vaporeto*. É uma cidade-cenografia, pouco acessível à observação minuciosa; para visitantes apressados. Seus tesouros infindáveis de arquitetura, movelaria, pintura, seus reservados jardins exigem apreciadores mais devotados, dispostos a gastar tempo e dinheiro. Para o turismo convencional, as fachadas barrocas e renascentistas, a influência bizantina, que a distingue muito dos outros centros da península, os escorços monumentais dos tetos, todo o testemunho, enfim, do fausto e da primazia comercial e política da República são mais do que suficientes. Para Luiz Cláudio restava a fantasia de imaginar a vida musical da cidade, berço do melhor barroco italiano, de Cláudio Monteverdi, de Giovanni Gabrieli, de Antonio Vivaldi, com sua influência sobre Bach, Haendel e sobre todas as cortes da Europa; e ele se lembrou de que Suzana mencionara haver um romance de D'Annunzio, *Il Fuoco*, uma inflamada exaltação à cidade, em que ele descreve, como na grandiosa ópera que é Veneza, a morte de Wagner quando descia de um barco. A cidade já fora, também, cenário de Mozart e Da Ponte, na aventura trágico-libertina de Don Juan. O resto eram banalidades, ou francas decepções, como o mau cheiro dos canais, o luxo decadente dos hotéis do Lido, sua praia de areia escura e águas turvas e, dessa vez, a morte decrépita de Gustav von Aschembach[6]. Para Luiz Cláudio, no entanto, o róseo opalino do céu de Veneza e o disco dourado do sol refletido nas cúpulas e nas águas da cidade eram gratificações suficientes.

Do retorno até Milão sobraram as fugidias imagens de Pádua, de Verona – que Luiz Cláudio apresentou a Lorena como terra da paixão que devastou, ainda jovens, as vidas dos amantes mais belos e amados da cultura universal[7] – e a bela paisagem rural do Vêneto e da Lombardia, muito distintas das que tinham conhecido na Emilia e na Toscana. Em Milão, só tiveram tempo de apreciar a pomposa suntuosidade da arquitetura fascista, feita sob medida para ocultar a vacuidade de suas políticas: a 'grandeza do império romano' sintetizada numa estação ferroviária.

Restavam as emoções palpitantes da primeira viagem aérea, que os deixaria em Lisboa, conexão com o avião para o Rio de Janeiro.

---

[6] Personagem de *A morte em Veneza*, de Thomas Mann.

[7] Shakespeare, Romeu e Julieta

Lorena trocaria todo o resto pelo sobrevoo de Lisboa. Este deixou-a num estado de euforia contida, que carecia de descarga. Em reconhecimento a isso, e talvez, porque também eles precisassem externar algo de si, saíram todos a visitar os Jerônimos, cenário mais que propício a expansões afetivas e estéticas, onde a menina imundou, sem nenhuma restrição suas mãozinhas alisando, embevecida, os maravilhosos pilares góticos do Mosteiro.

Um jantar com fado e vinho do Douro, junto ao castelo de São Jorge encerrou com o brilho adequado este episódio daquelas vidas, reunidas ali em circunstâncias tão singulares.

III

São Paulo: Se na aparência não se percebiam, por baixo dessas fervilhavam novidades na sociedade brasileira, que se dividia em diversos movimentos oficiais ou clandestinos, decididos a implementar seu projeto político. A direita, rescaldada com o suicídio de sua vítima, fora obrigada a recolher às pressas seus militantes mais aguerridos, vesti-los em pele de cordeiro para reapresentá-los como candidatos estandartes da democracia. A UDN, União Democrática Nacional era seu espaço institucional e o celeiro de bacharéis, ideólogos e a simpatia da alta cúpula militar. Seu credo era: ruim com os americanos, pior sem eles. Quem discordasse era comunista ou inocente-útil, manipulado por aqueles. A guerra fria não dava nenhuma alternativa. Os partidos de centro, PSD, e centro-esquerda, PTB, curiosamente obras do mesmo autor, Vargas – fato curiosíssimo e pouco analisado – para exercerem seu controle sobre as classes médias e o operariado emergente da industrialização que sua revolução impulsionava, unidos pelo mesmo luto e por bandeiras democráticas comuns, conseguiam um certo controle do clima de golpe. A população urbana foi mobilizada em defesa da Constituição de 1946, que postulava eleições presidenciais diretas, pelo voto universal, excluídos os analfabetos e os tutelados, para um mandato de 5 anos. Essa frente política e social vinha produzindo e preparando suas novas lideranças desde o primeiro governo Vargas. Neste momento, 1954/55, já brilhava uma estrela no governo de Minas Gerais, um tenente-coronel médico da Polícia Militar, reformado e prefeito da capital. Descendente de europeus, universitário, classe média militar, educado na defesa da legitimidade constitucional, político habilidoso, bem sucedido, carismático, otimista contagiante e defensor sincero da democracia representativa venceu facilmente as eleições de outubro desse ano, apesar de toda a pregação moralizante dos adversários, que o acusavam de ser a continuação do 'mar de lama' que o criara e das ameaças de golpe com que as lideranças militares intimidavam o eleitorado, os partidos e organizações, como sindicatos e associações populares. A direita perdeu as eleições para a presidência, mas manteve o controle social e policial sobre as organizações de trabalhadores urbanos e rurais. O sucesso de sua estratégia de intimidação ficou patente na composição do Congresso Nacional e dos governos estaduais, cada um mais interessado em fazer profissão de fé antiesquerdista e pró-moralidade. Ainda assim não desistiram de pressionar fortemente o governo recém-empossado, com pronunciamentos e rebeliões militares, que eram abortadas e posteriormente perdoadas com a anistia presidencial. O caráter liberal de direita desse governo era excessivamente liberal e muito pouco anticomunista para as elites civis e militares. E elites, aqui, significava toda a oligarquia rural e seu poderoso aparelho de governos locais, as lideranças religiosas e seu controle ideológico sobre a quase totalidade da população e, à frente de todos, a *gendarmerie*, ansiosa para encontrar seu Adolphe Thiers, para encerrar de vez com nossa "comuna". Ainda iria demorar, mas eles chegariam lá.

Luiz Cláudio tivera tempo suficiente, no voo de regresso, de ouvir a tortuosa explicação de Letícia. Não havia o que contrapor. Ela o amara muito e agora, imaginava que teria pagado qualquer preço que isso pudesse ter-lhe custado. Mas o episódio do filho impusera uma suspensão inelutável a qualquer projeto. Agora ela sabia para que tinha sobrevivido: para manter vivo o espírito dele, "em unidade com o seu". Era motivo o bastante para prosseguir; e prosseguir com alegria por essa vida expandida de que ela acabara investida. Isso, porém, era uma expansão centrípeta; uma implosão narcísica, como uma nova gravidez. Não restava espaço para nada externo a esse 'par'. Sua família – Rubem e Lorena – podia continuar, pois pertencia ao mesmo universo da relação com Benito. Ali cabia tudo que já existia antes, incluindo o prazer e o riso. Todo o resto, por mais belo e amável que fosse, esfumava-se no ar.

Luiz Cláudio foi atingido por uma espécie de clarão. Compreendeu que lhe falava do êxtase. E a isso, sabia que nada podia opor. Isso ele podia aceitar com mais conformidade. Ele sofreria, da mesma maneira que se sofre quando o ser amado morre. Na morte, porém, sendo como é irrecorrível de certo modo sofre-se menos do que no abandono.

Nos meses que se seguiram ele se concentrou em retomar e reorganizar seu trabalho e suas demais atividades, na música, na família, nos círculos de amigos. Não era pouca coisa. Andara afastado durante muitos meses de seu escritório e, por mais leal que fosse, seu sócio assenhorou-se legitimamente das causas de que cuidavam e não se dispunha a devolver tudo, para reassumir seu posto secundário. Havia um novo equilíbrio nessas relações e isso há muito se expressava na divisão de ganhos. Cabia, agora, sancionar esse fato com um acordo formal entre os titulares. Embora não se referisse às habilidades individuais, referia-se às responsabilidades efetivamente assumidas por cada sócio. Por ora, meio a meio parecia razoável para ambos.

Luiz Cláudio concordou sinceramente. E mais: sabia que se não se esforçasse muito perderia até isso. Assim são os negócios – termo genérico que se aplica a muita coisa. Agora era pagar a conta de seu retiro, dos anos todos em que se preservou para as tarefas e os ganhos todos que auferiu nesse tempo, tão rico de crescimento e de vivências. Sabia que não tinha de que reclamar. Sabia também que teria que reaparecer nas audiências, diante de sua clientela, de seus colegas, dos juízes, a comunidade profissional enfim, em sua diversidade. Mas haveria momentos mais amenos, como o conservatório de música, os arquivos das bibliotecas e mosteiros, as visitas ao Dr. M. – Amenos? pensou – seus pais, que agora residiam com ele na casa de Higienópolis, e até – quem sabe? –os antigos saraus em casa do Dr. Ória. Ele relutava em retomar esse contato, por indecisão quanto a reencontrar Suzana. No conservatório era mais simples manter-se isolado na sala do piano. Se voltasse a encontrá-la, descobriria uma conduta adequada; mas não queria provocar o encontro. E percebeu, ou melhor, reencontrou o desconfortável e incompreensível sentimento de culpa em relação a ela. Sentia-se envergonhado de ter que relatar isso na sessão, pois era como confessar uma inferioridade, sem saber como justificá-la. Temia que o Dr. M. perguntasse: mas não foi ela que encerrou o namoro? Você levou um fora e ainda se sente culpado? Se pelo menos ele pudesse explicar, talvez sentisse menos constrangimento. Assim, era como dizer: além de fazer mal às pessoas, eu desconheço meus meios e meus motivos. Ou seja, além de pernicioso, sou ignorante e sem controle. Bem, agora não era de Suzana que se tratava, mas dele. E análise não era recreio, mas trabalho duro.

Nesses anos Luiz Cláudio conheceu uma advogada da Bahia que procurou seu escritório para fazer um estágio de Direito Tributário, antes de assumir o cargo que lhe estava prometido na Fazenda do Estado, por seu padrinho governador. Essa advogada tinha o mesmo nome de sua irmã e tinha os mesmos olhos claros e plácidos de Suzana. Casaram-se e, logo Leda pariu Filipe Magalhães Donada. Isso representou mais mudança em sua vida do que qualquer fato anterior. Esta, sim, era uma nova volta do parafuso. Não era claro, mas ele intuiu que havia naquela nova vida, uma retomada da sua própria. E começou a pensar em algo curioso: sua mulher podia ser comparada com as anteriores, em diversas características. A atitude contemplativa e serena de uma, a honesta transparência de outra. O que ele gostava mais em

Leda, no entanto, era algo que todas tinham, mas que ele conhecera primeiro, e melhor, em Carmen Shimizu: uma aquiescência respeitosa e quieta ao impulso amoroso. O amor, para essas mulheres, era uma liturgia, uma cerimônia de adesão, concentração e fruição. Nada a ser debatido. Mesmo Suzana, que só achara necessário discutir o assunto para convencê-lo a seguirem à margem das convenções de sua classe. Essa característica, ele agradecia emocionado a todas elas. Todas o fizeram objeto do privilégio, que ele julgava ser só dele; o amor sem dissimulação. Entre tudo o que apreciou nela, e que a fazia como um amálgama de seus amores, este foi o traço decisivo para propor a Leda que se casassem.

Em meio desse ano nasce Marcos, um lindo bebê, apesar do constante sobressalto que foi a sua gestação. Leda queria tê-lo na Bahia, mas teve que se conformar com mais esse paulistano. Fez parto cirúrgico; seu médico convenceu-os de que a próxima gravidez seria de risco, mas eles protelaram uma laqueadura antecipada.

A vida profissional voltou ao esperado; a família cursou seu ritmo 'natural': a maternidade afastou a advogada do escritório e mergulhou-a no doméstico. A avó Cláudia não era de muita valia, pois Leda sofria de medo-pânico de que ela acabasse se tornando dona da criança. Era uma angústia incontrolável, que acabou azedando completamente o clima da casa. Luiz Estêvão e a esposa perderam toda esperança depois do segundo parto, quando esperavam que a pressão do trabalho com duas crianças acabasse por trazer a nora ao bom senso. Ao invés disso, esta contratou babá para cuidar de Filipe e ajudá-la com o menor. A mágoa fez seu estrago e atingiu o marido. Ele acabou aceitando instalar os pais numa transversal da Av. Angélica, onde podia ir a pé, desde sua casa. Mas sentiu-se muito mal, como se cometesse uma traição a eles, já idosos. D. Cláudia, depois de quinze anos da primeira cirurgia, voltou a retirar um tumor do intestino. Desta vez, maligno.

A culpa pela transferência dos sogros, o ressentimento pelo afastamento da vida profissional, o sentimento de inferioridade provocado pelo sucesso crescente de Luiz Cláudio amargava os dias de Leda, que, sem entender quase nada, se entregava aos cuidados das crianças com zelo excessivo. Luiz Cláudio gozava de dois excelentes refúgios: cuidar dos meninos, quando em casa e reforçar sua reputação de autoridade em Direito Tributário, quando no trabalho. Diversas vezes foi convocado para prestar assessoria à Secretaria da Receita Federal, no Rio de Janeiro. Ali, quando o trabalho terminava, gostava de seguir a pé até o aeroporto Santos Dumont, onde pegava o avião para São Paulo. No final de uma tarde de outono, quando o ar costuma estar livre de partículas ou de vapor em suspensão, da janela do bar 14Bis ele viu surgir um clarão que impedia o céu de escurecer e substituía o dourado mortiço do sol, nas vidraças da Escola Naval, pela luz platinada da lua cheia. Mais uns minutos ela se derramaria pela flor encrespada da água da baía e pelas frias fuselagens dos aviões no estacionamento. Era uma cena muda. Deixou-se ficar ali, auscultando aquele silêncio cósmico, até que anunciaram o seu voo; embarcou lamentando e fazendo planos de voltar àquilo. Queria verificar se não havia, inscrito naquela cena, algum recado para ele.

O avião estava vazio. Ele aceitou um gin-tônica e sentou-se numa espécie de saleta circular na cauda do Viscount. Era uma sensação profunda de bem-estar que ele extraía desse isolamento. As luzes mortiças da aeronave e o sopro longínquo das turbinas acentuavam o silêncio e a intimidade de seu recolhimento. E nessa noite, ele o preservava ainda mais, fruindo o perfume e o vapor do gin, sem pensar em nada específico. Contentava-se em observar cada detalhe das circunstâncias excepcionais desse momento, cada reflexo azulado da lua na carenagem dos motores.

Beijou suavemente Filipe, depois que este sugou ruidosamente a mamadeira que ele lhe ofereceu. Marcos, no colo, dormia junto com a mãe, exausta. Luiz Cláudio beijou-os também e se recolheu, num silêncio que era a continuação de sua viagem.

Algumas semanas depois desses fatos, ele estava com Leda no *foyer* do Theatro Municipal, durante uma récita do *Fausto,* quando foi abordado, delicadamente, por um senhor grisalho e sorridente, com finos óculos de ouro, lenço de seda e um perfume sutil. Ludovico Bonfiglioli estava bastante envelhecido; engordara e tinha a pele muito clara do rosto marcada pela vida. Ia fazer 53 anos, mas o olhar e a expressão geral eram tão jovens quanto no tempo em que se conheceram no sítio do Dr. Leopoldo. Não se viam desde a volta de Luiz Cláudio para São Paulo, depois de formado no internato de São Cristóvão. Depois de sua reintegração ao Corpo Diplomático, ao final da guerra, Bonfiglioli acabou passando seu negócio de pianos, no Rio, para atender às solicitações da carreira e dos cargos que foi assumindo, em Leningrado, Budapeste e, por fim, a Primeira Secretaria da embaixada em Estocolmo. No momento estava de licença e tinha voltado ao Brasil para a inauguração de Brasília e para examinar a possibilidade de se estabelecer aqui, após sua aposentadoria. Tinham-lhe oferecido sua primeira embaixada em Caracas, mas ele preferia o Rio de Janeiro, ou o consulado de São Paulo, mesmo correndo o risco de acabar transferindo a representação italiana para a nova capital.

Leda ficou encantada com o diplomata e convidou-o para conhecer a casa e seus dois rapazes, no sábado seguinte. Luiz Cláudio, mesmo surpreso, agradeceu a acolhida que ela dava a essa antiga amizade. A refinada e discreta afetação de Bonfiglioli deixou-a curiosa e divertida. Quando ele lhe beijou a mão, à saída do teatro, ela se sentiu como recebendo uma comenda. Sentia-se atraída por esse ar requintado, a polidez e o brilho que a diplomacia cultiva para encobrir a verdadeira natureza de seu trabalho, quase sempre redutível a operações comerciais e políticas de interesse de seus governos e das empresas nacionais envolvidas. Mas Leda não sabia de nada disso e se impressionava com o lustro do protocolo. Nem seria esse amigo de seu marido quem iria quebrar sua ingênua ilusão. Ele próprio já se conformara em participar desse jogo brutal com que os governos regulam suas trocas, suas ascendências e submissões e, sobretudo, o preço que seus governados devem pagar pela cidadania. O duplo banimento a que o antigo regime o submeteu, por simpatizar com os socialistas e por ser homossexual, convenceu-o em definitivo de que nesse jogo era melhor estar em campo, do que na arquibancada. O grande mestre dessa disciplina não era, afinal, seu velho conterrâneo, Maquiavel? Tratava de jogar o melhor e o mais limpo que as situações concretas permitiam, conservando as suas convicções o mais preservadas possível, para seguirem em seu papel de parâmetro e de referência para suas decisões práticas. Uma coisa que ele aprendera logo é que, quanto mais gente identificada com esses valores ele pudesse ter por perto, mais fácil seria seu trabalho. Não tinha escrúpulos em favorecer a nomeação ou colocação dessas pessoas em postos de alguma influência ou poder. Achava mesmo que era seu dever fazer ocupar essas vagas com gente de confiança, para evitar encontrá-las preenchidas pela militância fisiológica. Foi com esse espírito que ele compareceu à casa dos Donada, precedido pelo florista, que pela manhã entregara uma braçada de cravos com um cartão seu, em que confirmava o horário em que atenderia ao convite. Luiz Cláudio riu de si mesmo, ao pegar-se com ciúmes daquela corte. E riu mais, quando se perguntou a quem, mesmo, seria ela destinada. E ele nem sabia, ainda, o esforço que Ludovico fazia para descobrir onde encaixá-lo na cadeia dos negócios diplomáticos entre Brasil e Itália. Com certeza deveria haver diversos lugares para um advogado do saber e prestígio dele; mas qual? Onde? Teria que ser compensador. Eram essas, muitas vezes, as tarefas mais trabalhosas a que ele era obrigado a se dedicar. Bem, o jantar teria esse tempero inesperado para os anfitriões.

Leda arriscou, mas acertou e deliciou o hóspede com uma moqueca de siri mole e um *vero* quindim baiano de sobremesa. Ao café, já refeitos da surpresa que a proposta que Ludovico fizera, combinaram rever-se no consulado para examinarem umas pastas, onde poderiam encontrar o que procuravam. A visita terminou com o licor e o abraço caloroso da amizade reatada. Ludovico não perdeu nenhuma oportunidade de agradecer a Leda pela alegria de conhecer seus *ragazzi* e sua hospitalidade.

Nada de muito promissor surgiu do encontro deles na biblioteca do consulado. A especialização em uma área que compete ao Estado, no entanto, favorecia a procura de espaços de intervenção nos acordos bilaterais e de cooperação entre os governos brasileiro e italiano. Faltava pensar a que título um advogado brasileiro poderia ser convocado pelo governo da Itália, quando envolvido nessas transações, já que o natural seria convocar um profissional italiano. Na verdade, qualquer dessas soluções seria problemática, dado que envolviam legislações distintas e de orientações e objetivos muito divergentes: o Brasil agroexportador; a Itália ainda reconstruindo seu parque industrial e sua economia se ressentindo das sequelas da guerra.

As dificuldades eram o estimulante predileto de Ludovico Bonfiglioli. Desafios eram um prazer nunca recusado e quando conseguia uma boa solução, exibia orgulhoso um sorriso de autossatisfação. Gostava de ser considerado um profissional muito habilidoso.

Para Luiz Cláudio essas coisas tinham um gosto de aventura meio juvenil. O que o atraía nas conjecturas de Bonfiglioli era poder afastar-se da aridez de suas causas e passar um tempo estudando outros códigos e outras referências de sua profissão. De preferência fora do país. Sabia quão complicado isso poderia se tornar, considerando suas crianças e o trabalho que Leda teria para lidar com elas em qualquer país estrangeiro. Mesmo que financeiramente ele mantivesse seus rendimentos, seu padrão de conforto e de bem-estar cairiam muito. Tentou dividir suas preocupações com a mulher, mas esta se mostrou refratária a qualquer relativização. Reduzia em excesso todas as dificuldades, superestimava sua capacidade de atender às situações eventualmente críticas. Sobretudo, não tinha a menor ideia do que fosse inverno, vento, céu escuro e baixo e o isolamento das pessoas em suas casas durante meses seguidos.

Quando já tinham acertado todos os locais de aperfeiçoamento que a chancelaria italiana conseguira junto às universidades e cortes onde Luiz Cláudio faria estágios de pesquisa e de observação, em Turim e Milão, restava-lhes os meses finais do ano, para que ele encaminhasse seus processos, de modo a que os pudesse acompanhar e supervisionar de onde estivesse. Para isso teria que tomar um estagiário já graduado e que, como seu sócio Caldeira Brant, desejasse ingressar na especialidade. O próprio Caldeira já não tinha como levar o escritório sozinho e tomava, ele mesmo, estagiários em final de graduação para ajudá-lo nos processos que ele encabeçava. Luiz Cláudio, por seu turno, não estava disposto a abandonar suas causas, sob pena de perder sua ascendência na sociedade. Ascendência, já agora, apenas histórica e de reconhecimento público.

Foi um período de expansão e de crescimento em todos os sentidos. Até as relações familiares relaxaram muito, com Leda distensionada pela perspectiva de mudança para a Europa e do distanciamento dos sogros; ficou mais fácil para ela pensar neles como pessoas não ameaçadores e até amigáveis. Todos, por modos e motivos diversos se beneficiavam com isso, incluindo os meninos, que passaram a desfrutar dos mimos dos avós com mais largueza e menos culpa. Para a advogada Leda Magalhães, era a chance de tirar o pé do subdesenvolvimento e aportar no mundo civilizado, como ela o imaginava. Acompanharia o marido como sua estagiária, tal como o conhecera. Voltaria à vida profissional sentindo-se confiante e isso compensaria os anos perdidos com a maternidade. E falaria italiano. Embora esses conteúdos fossem apenas esboçados, foram suficientes para mudar seu modo de se relacionar com todos. Luiz Cláudio preferia abster-se de olhar de perto essas coisas e aproveitar o bom momento, que já tardava, nos poucos anos de casados que tinham. O fato simples de que seus pais pudessem voltar a frequentar a casa e até assumir alguns cuidados das crianças foi, para ele, motivo da alegria maior, perdendo apenas para a que lhe produzia seu reencontro com uma Leda doce e acolhedora, que ele já esquecera. Apenas o silêncio expectante do Dr. M. o premia a admitir que tudo isso era um episódio suspenso entre os parênteses próprios da situação. Todos os fatores favoráveis deviam ser aproveitados, todos os prazeres fruídos. Não havia razão para abdicar de nada. Nem, tampouco, para esquecer que, lá como aqui, a vida continuava tal e qual, não dispensando ninguém de dar conta de crescer e amadurecer. Um dia, depois de um longo silêncio, Dr. M. perguntou: mas na Itália não se morre? E encerrou a sessão. Seu paciente, surpreso com aquela pergunta estranha, saiu confuso entre esperar alguma revelação por detrás dela e um sentimento de irritação com seu terapeuta. Estaria ele com inveja de seus projetos? Quando estava aflito, achava-o simpático. Agora que estava feliz, cheio de novas possibilidades, encontrava-o reticente, como quem diz: "Ah, vai me abandonar? Vai se ferrar. Pensa que já pode viver sem mim?" Será que ele era seu único paciente que pagava bem? Estaria preocupado com sua renda mensal? Sentia o silêncio do analista como hostilidade. A tentativa de discutir o assunto na análise só fez ampliar suas preocupações com questões espinhosas, como inveja e ressentimento. Como tudo isso parecia obscuro e, no entanto, presente! Era tão mais fácil perceber as mesmas coisas atuando no comportamento de sua mulher! Ela parecia transparente, mas dava menos importância que ele a entender seus motivos. Ele, ao contrário, preocupava-se muito com os seus, mas era muito mais opaco e inacessível. E não percebia que essa opacidade era o corolário natural de sua preocupação em decifrar-se. Afinal, vazar os próprios olhos não é perspectiva que agrade a ninguém. Ele devia agradecer todas as reticências, antes de se irritar com seu Tirésias.

Embarcaram em julho para Milão, com os filhos e a babá Lia, uma moça de Campina Grande. Logo que os alojou no apartamento da *via* Andrea Solari, uma rua arborizada e simpática, depois de ter familiarizado as duas mulheres com o comércio do bairro e de levar, ele mesmo suas crianças para brincarem no belo parque à frente da casa, viajou para Roma, a fim de notificar a embaixada brasileira de seu programa na Itália. Ficou surpreso pois, ao contrário do que Bonfiglioli lhe havia informado, nada sabiam ali que lhe dissesse respeito. Nem pareceram interessar-se por seus projetos, que soavam como coisa estritamente pessoal. Voltou irritado para Milão, arrependido do tempo e do dinheiro que gastou por levar tudo tão a sério. A bagunça era italiana ou brasileira? E de que adiantava saber? Possivelmente ambas as coisas. Mas aproveitava o ensejo de ir-se preparando para seu aprendizado local. Precisaria estar atento e afiado para discriminar entre textos e subtextos, entre discurso e fato. Não que fosse diferente no Brasil, ou em qualquer parte. Isso é sempre igual, mesmo no discurso jurídico, que aspira à máxima univocidade possível. Mas teria que aprender a distinguir o hiato local, entre intenção e gesto. O que um povo leva a sério, pode ser motivo de riso para outro; e vice-versa. Sabia que poderia ter surpresas e tratava de preveni-las.

Milão estava em condições ótimas para quem chegava de fora. A cidade esvaziada pelas férias de verão, a temperatura agradável das tardes e noites, os dias claros de sol brilhante faziam a chegada dos Donada especialmente prazerosa e promissora. Pela manhã o casal passeava com os meninos no parque, enquanto Lia adiantava o almoço. No início da tarde, aproveitavam a sesta dos filhos para irem até a Faculdade de Direito e conhecerem os locais onde deveriam se apresentar. Milão, por ser o maior centro industrial do país, tinha muito interesse nas questões tributárias, pois a esquerda europeia, influenciada pelos países nórdicos, tinha em grande conta os recursos que deveriam financiar a democracia social, sendo a tributação, obviamente, o maior deles. O *welfare state* estava, e ainda ficaria em grande voga por muito tempo. Mas as condições da Itália, para este fim, eram muito distintas das do resto da Europa e da América do Norte. Mesmo na orla do Mediterrâneo, sua hegemonia tinha caído muito com a guerra. A competitividade de seus produtos esbarrava com o projeto social de comunistas e socialistas. Mesmo a DC[8] era pressionada pelas elites econômicas a amenizar as propostas que era obrigada a defender para poder disputar a hegemonia parlamentar.

Acabadas as férias, Luiz Cláudio, orientado por professores da universidade elaborou uma agenda de atividades acadêmicas que incluíam seminários e cursos de especialização em áreas específicas da tributação, como a agroindústria, e até cursos de graduação, que deveriam facilitar sua apreensão das atividades mais avançadas.

Era um programa extenso, porém viável e bem articulado. Teria muito trabalho até o final do ano letivo, que ainda previa sua passagem por Turim, para seminários ligados ao Direito do Trabalho, promovidos pela Organização Internacional do Trabalho, OIT.

Logo ficou patente que Leda não poderia acompanhar o ritmo do marido, tanto pela carga horária, quanto pelo nível de conhecimento presumido. A direção do departamento, numa atitude surpreendente, ofereceu-lhe a possibilidade de se matricular como observadora em qualquer curso da graduação e em alguns da pós-graduação que pudessem lhe interessar, tendo inclusive, direito a atestado de frequência e de aproveitamento nos mesmos.

Quando o ocre e o vermelho já dominavam o verde do Parque Solari, os Donada perceberam que teriam que fazer mais esforço de adaptação do que esperavam. As cobertas eram todas utilizadas e os

---

[8] *DC, sigla do partido da Democracia Cristã.*

radiadores de calor ligados todas as noites. Os agasalhos de Filipe e Marcos foram logo substituídos. Lia, que nem se acostumara, ainda, ao clima de São Paulo, logo adoeceu de um resfriado severo e renitente. Regressava do parque às 16 horas, quando ainda havia sol e pouco vento e cuidava de entreter os meninos dentro de casa. Mas esse trabalho, cansativo como era, é que a impedia de deprimir e de se sentir demasiado só.

O programa de Leda, acertado entre ela e o departamento de pós-graduação ficou menos comprimido que o do marido. Na verdade, porque menos pretensioso, foi pensado com propriedade e inteligência. Suas aulas eram sempre no início da noite, de modo que ela podia estudar às tardes e frequentar a biblioteca da faculdade; ainda chegava a tempo para jantar com Luca, por volta das 22 horas. Encontrava-o sempre cansado, mas feliz por poder cuidar pessoalmente dos meninos no final do dia, trocá-los e pô-los na cama com uma história de sapos e princesas, que ele traduzia, entremeando expressões italianas e mantendo os nomes do livro para que eles fossem familiarizando a escuta para aquilo que encontravam nas brincadeiras do parque. Gostava também de fantasiar que eles reteriam essas impressões em seu inconsciente e que poderiam resgatá-las, no futuro, como uma coisa preciosa de sua infância. Não raro era encontrado dormindo na caminha de Filipe, com suas pernas apoiadas numa poltrona. Mas era com prazer que se levantava para a sua cena familiar predileta: jantar sozinho com a esposa, sem pressa, degustando o *chianti* como aperitivo para a sopa fumegante que aliviava o frio. Era o prêmio do dia e, como não precisavam levantar-se cedo, esticavam esse momento de intimidade, como uma preparação para o dia seguinte.

Leda, de início assustada, passou a frequentar as aulas de italiano para estrangeiros, do Instituto Dante Alighieri e isso a ajudou muito no relacionamento com os colegas da faculdade. Seu temperamento baiano, espontâneo e muito risonho angariou logo suspeita e antipatia das colegas e um quase frenesi de excitação entre os rapazes. Ela custou a se dar conta do desconcerto que sua risada aberta e seu modo afetuoso de tocar e abraçar as pessoas causava. Beirava o escândalo e ela foi salva pela hostilidade das mulheres, que começaram a evitá-la abertamente. E, também, pelo direito que alguns colegas pensaram que ela lhes dava, de convidá-la para sair. Esse período de sua vida na Itália foi primordial para que resgatasse a autoestima com que havia saído do Brasil. Em poucas semanas, o que lhe parecera ameaçador transformou-se em um clima de graça e de alegria entusiasmada. E porque compreendia pouco do que se passava à sua volta, além da naturalidade que a impedia de perceber o tanto de sedutor que havia em sua atitude, passou a relatar divertidamente esses fatos a Luiz Cláudio durante suas tertúlias. De início deram risadas das situações que ela relatava. Ele sabia bem o que, nela, provocava uma palpitação nos homens, que os fazia ficarem meio bobos. E imaginava o tanto de despeito e irritação que isso devia provocar nas mulheres do grupo. Era divertido e isso descontraía o ar sisudo que ele trazia para casa. Mas havia também as dificuldades que ela encontrava com os textos e com a língua, que ocupavam tempo demais de sua atenção, no esforço de ajudá-la. Quando ele falava de si, percebia-a pouco atenta e cansada. Esforçou-se durante um bom tempo para relevar a sensação desconfortável que isso lhe produzia. Mais tarde, mencionou o fato à mulher. Quando percebeu que esta não havia contatado com sua queixa, reclamou abertamente do fato, dizendo-lhe que ela não retribuía os cuidados que ele lhe dispensava, mostrando com franqueza que estava ressentido com aquilo. Leda surpreendeu-se bastante, sentiu-se acusada injustamente e acabou concluindo que ele estava com ciúmes. Tratou de remediar a situação de um modo coquete, que afastou o conflito e apaziguou seu marido.

No final de novembro, depois de todos se terem resfriado, das visitas ao pediatra, dos temores pelas pneumonias, foi ficando cada vez mais curto o período que se podia gozar do sol, quando este aparecia. A calefação era ligada mais cedo e as tardes eram rapidamente substituídas por um crepúsculo cinza e feio. Quando chovia, era o confinamento obrigatório na casa, ou a volta tiritante e a roupa imunda e úmida para ser lavada. Lia, que associava chuva com o prazer refrescante e divertido das brincadeiras de sua pracinha paraibana, ficou triste e reservada, evitando tocar no assunto com a patroa, com receio de ser mandada de volta. E ia aprendendo o italiano da emissora de TV, que quase não era mais desligada. Luiz Cláudio divertia-se em observar o acento e o jargão 'oficiais' que a moça aprendia. Às vezes sua empregada soava formal e um tanto acadêmica, e 'Luca' ria bastante com ela. Um dia ela lhe perguntou se podia passar o domingo fora, com o Giordano da *panetteria*. Foi assim que os patrões tomaram conhecimento da origem daquele interesse pela língua. E, também, de que o nordeste tinha mais uma delegada defendendo as cores brasileiras no interesse do *maschio nazionale*. Foi uma cena divertida, em que até as crianças riam, sem saberem bem do quê. Essa alegria faltava, há semanas, naquela casa e serviu para desopilar os humores gerais, já bem deprimidos. Leda não autorizou o dia fora, por cuidado com a segurança da moça. Em compensação mandaram-na convidar o rapaz para o jantarado de domingo, após o cinema das duas. O moço compareceu sem timidez aparente, levando *panini per i bambini*. Só hesitou quando ofereceu ao *Avvocato*, o vinho que seu pai produzia no *paese*, onde ele queria levar Lia a passeio. Era um vinho fresco, mas de boa cepa e paladar forte, que agradava a Luiz Cláudio e orgulhava o doador.

Numa tarde de dezembro, Luiz Cláudio chegou, e como de costume foi ver o jantar dos meninos. Depois, deitou-se com os dois em sua própria cama, onde acabou dormindo pesadamente. Acordou quase às 23 horas, alertado pela ausência de Leda. Serviu-se do vinho e do embutido indicado por Giordano. Assim esperaria mais confortavelmente; estava preocupado e começou a especular que tipo de ajuda poderia procurar, caso necessitasse. Às 23h40, quando ele já desistira de esperar que ela ligasse e procurava um conhecido do consulado para pedir orientação, ouviu bater a porta do carro e sua arrancada. Em um minuto ela entrou excitada, cheia de embrulhos. Pediu desculpas pelo atraso, pois havia saído com colegas para uma loja de departamentos, onde comprara todos os presentes de natal e do aniversário de Filipe. A total despreocupação com a aflição que ele passava acabou por tranquilizá-lo. E lembrou-lhe que também teria que comprar os seus. Só lamentou que não pudesse partilhar com ela os momentos tão angustiosos que acabara de passar. Sabia que isso estragaria seu final de dia. Ao deitarem notou-a cansada, mas como ela estava receptiva, fizeram amor. Nisso teve sua melhor surpresa: encontrou-a com uma disposição franca e oposta ao que ele esperava.

Surpresas agradáveis nunca suscitam investigações. Estas são sempre desencadeadas por uma suspeita e pelo temor de se descobrir enganado. E isso é, quase sempre pior do que confirmar a suspeita mesma.

Com o frio que fazia, não tiveram uma criança do parque para chamarem para o bolo de 4 anos de Filipe, que festejou em frente à TV. E no natal, continuaram sozinhos. Leda esteve reservada. Tinha saudades da Bahia, de seu pai viúvo, de seus oito irmãos e dos sobrinhos. Falaram com suas famílias pelo telefone internacional, muito precário e decepcionante, mas foi sua alegria e sua festa. Lia também falou com uma vizinha de seus pais e ganhou, entre outros, o presente de passar o dia 5 na propriedade do *signor* Filippo, pai de Giordano.

Luiz Cláudio começou a sofrer pela solidão em que se sentia deixado. Leda não mostrava nenhuma sensibilidade por esse fato e tendia a considerá-lo como imaturidade do marido, que por qualquer coisa a solicitava. E, se ela não estivesse imediatamente a postos, gerava nele uma suscetibilidade exagerada. Acabou acusando-o de ciumento e de antiquado, que desejava mesmo ter sua mulherzinha trancada dentro de casa, enquanto brilhava lá fora. Luiz Cláudio ofendeu-se com a injustiça. Logo ele, que a auxiliava em tudo, inclusive em casa, era acusado de machão tradicionalista, de estar com ciúme do crescimento profissional dela. Esse clima, que substituía seus saraus de antigamente era, para sua confusão ainda maior, encerrado com uma noite de excitantes gratificações.

O réveillon trouxe outras novidades, sendo a primeira delas, um convite do cônsul brasileiro para uma recepção em sua residência, uma que já pertencera à antiga zona rural da cidade. Na tarde do dia 31, Leda declarou que não se sentia bem e preferia que fossem sem ela à recepção do consulado. Ele tentou, de início, verificar o que ela tinha e se podia ajudá-la, mas diante de suas respostas evasivas e da irritação maldisfarçada, calou-se. À noite, arrumou-se cedo, com pressa de sair de casa, pegou o Fiat e dirigiu-se à Piazza del Duomo, onde estacionou para dar uma volta a pé pelo centro e observar a decoração da cidade para a passagem do ano. O ponto alto, além da catedral com a imponência exagerada do gótico tardio, que lembrava uma gema cintilante contra o fundo escuro do céu, era a Galleria, um edifício comercial, cujos passeios centrais em forma de cruz, ricamente decorados, são encimados por um magnífico teto curvo, envidraçado, em cujo transepto se acha uma enorme cúpula de vitrais, provavelmente inspirada no estilo Império, do período napoleônico. O edifício, com as vitrines mais ricas da Itália era, em si, uma festa para os olhos e para os corações ingênuos. Merecia ser visto. Luiz Cláudio vivenciou esse passeio de modo parecido com os do seminário; sentia-se confortavelmente isolado pelo frio intenso, e estrangeiro em meio às pessoas. Sentou-se ao fundo do *snack*, pediu chocolate e conhaque, misturou-os e sorveu-os com cuidado, deixando-se aquecer lentamente, enquanto se concentrava em seu estado interior para contatar os confusos sentimentos e ideias que vinha arquivando há alguns meses. Havia ansiedade e medo do que encontraria, mas ele gostava de estar ali, sozinho com seu exame. Não avançou muito, pois tinha pouca informação do que acontecia entre ele e Leda. Sabia, no entanto, que havia nesse tecido um esgarçamento em marcha. Procurava em si as evidências do mesmo, mas nada encontrava, além de um afastamento afetivo, que ele julgava provocado por ela. Não o desejava, sentia muita falta da breve festa amorosa que fora sua chegada a Milão e não tinha qualquer hipótese sobre o que se passava entre eles. Responsabilizava a esposa pelo desconforto, mesmo estando treinado a se perguntar que participação ele teria no caso. O que restava era o mais amargo dos sentimentos humanos: o ciúme. Mais amargo que o luto, porque o contém, sem a inexorabilidade daquele. E essa esperança residual do ciúme é uma esperança destroçada, mas não inexorável. É uma morte que atinge o sujeito, mas o deixa vivo em meio à própria decomposição. Para conseguirem sobreviver, muitos matam quem o provoca. Outro modo de se defender é negar, retirar cirurgicamente, amputar o câncer de dentro de si e salvar-se. Mas todo amputado sabe a 'falta', essa ausência positiva que substitui algo. Essa sensação, Luiz Cláudio sabia ser só dele. Já a conhecia. Tinha etiquetas com nomes arbitrários, apenas para distinguir épocas: Carmen, Suzana... Levantou-se e dirigiu-se à vila do cônsul. Teria a noite bela e prazerosa que merecia.

Antes de adormecer, às 4h30 do primeiro de janeiro, com o espírito leve do champanhe e as pernas pesadas do carnaval da *villa* teve tempo de ouvir fragmentos sacudidos dos soluços que retornavam do sono de Leda. Mas, apesar disso, dormiu serena e pesadamente.

Depois disso, Leda deixou de sair com o marido e os filhos, pela manhã. Dormia até tarde ou tinha material atrasado para estudar. A partir de março, Luiz Cláudio teria que passar todas as últimas semanas do mês em Turim, onde aconteceriam os seminários da OIT. Isso o deixou preocupado com os meninos, por sobrecarregar o trabalho de Lia, por deixar Leda sem poder acioná-lo em caso de necessidade. Mas, sem suspeitar do porquê, sentia-se aliviado pelos afastamentos periódicos. Dali esperava ver surgir alguma coisa que o tirasse da indefinição em que se sentia no casamento – um convívio ora distante e polido, ora contidamente hostil, os dias dissociados das noites cheias de encontros calorosos com a mulher. Isso o tranquilizava o suficiente para conviver com a ambivalência, mas não o iludia: algo havia para ser melhor definido e melhor delineado. E esses períodos de ausência deveriam facilitar sua emergência.

Sua primeira semana fora da casa foi difícil. No Centro de Estudos lhe ofereceram alojamento e ele aceitou para fazer economia, mas tinha que disputar com seus colegas o telefone, ao final das palestras. Passou, então, a sair em seguida, para ligar da central telefônica. Como Leda não estava, a essa hora, pedia que Lia colocasse o telefone no ouvido dos meninos, para que eles ouvissem a sua voz. Eles pareciam não perceber o que se passava. Estavam como sempre, mas ao final da semana encontrou-os cheio de tosse e catarro. Leda tranquilizou-o, pois já vira o pediatra e comprara as gotas e o xarope. Os garotos não tinham febre. Luiz Cláudio, no entanto, achava que seus filhos podiam estar reagindo à sua ausência, com baixa da resistência física. Decidiu faltar aos trabalhos, na segunda-feira, para ficar com eles. Ao afinal da semana, já estavam recuperados e a vida voltou ao normal. Ele, porém, achava que Leda deveria se organizar para ficar à noite em casa, durante suas ausências. Ela concordou com ele de modo reticente, contornando qualquer discussão. E evitou suas tentativas de esclarecer suas opiniões sobre o assunto, mas ressalvando que tinha certeza de que ele não confiava nela como mãe; e que, se era para ele telefonar toda noite para controlar o que se passava na casa, não precisava que ela ficasse lá. Ele tentou argumentar que não se tratava dele, nem de seus motivos, mas dos meninos, que podiam sentir-se inseguros com essa mudança na rotina deles. Leda tratou de substituir a antipatia por uma atitude conciliatória e lhe disse que podia contar com sua ajuda para suas viagens a Turim. Que os meninos não voltariam a adoecer. Mas isso não evitou que o esgarçamento abrisse de vez, na única questão onde o tecido teria que resistir: os filhos. Ela se sentia monitorada, fiscalizada. E odiava pensar que ele não confiava nela, que sentia os filhos como se fossem só dele. Por que não trouxera sua mãe? Ela, com certeza, não os deixaria adoecer. E ele nunca teria que arrumar a casa toda quando chegava do trabalho, para então poder brincar com eles. Se é que enfiar tudo, de qualquer maneira dentro dos armários fosse arrumação. Ele só via o lado dele. O que interessava a ela, o modo como ela gostava de organizar sua sala e sua cozinha não vinha ao caso. Ele só pensava no conforto dele, na estética dele. Depois vinha com essa história de evitar que os meninos se sentissem inseguros. E se ele morresse? Será que eles morreriam também? Ele era muito vaidoso, isso sim. Afinal, não era para ganhar dinheiro que ela estava estudando? Não era para dividir as despesas, que se esforçava daquele jeito? Mas ele não dava valor a nada do que ela fazia; era 'estudante'. Profissional ali, só ele. Dinheiro ali, só o dele, o provedor, o dono. Mas, de fato, não era ele que pagava tudo? E não era de boa vontade? Era. Nunca o vira reclamar dos gastos da casa. Só depois que viajaram é que ele ficou preocupado, querendo controlar mais o dinheiro. E tinha razão, apesar de que ela também se preocupava. Não tinha comprado nada que não fosse essencial, nem para as crianças, nem para si mesma, desde que haviam chegado. Até os duzentos dólares que sua mãe mandara de natal para os netos, ela pôs na casa.

Ele se preocupava, afinal, com a família. Ela não podia reclamar. Sabia que era generoso. E que a amava. Tinha certeza. Ela também o amava, mas o achava muito chato, controlador. Explicava tudo, sabia tudo. Ela estava cansada e preferia muito mais as horas que passava na faculdade do que as que ficava em casa. Pelo menos, lá fora as pessoas a admiravam, gostavam dela, viviam oferecendo coisas, convidando-a para o café; e até pagando para ela. É bem verdade que eram só os rapazes. As colegas se matavam de inveja, por ela ser brasileira e ter aquele jeito. E havia vários deles que só estavam esperando uma chance de sair com ela. Mas ela não achava isso nada demais. No Brasil era a mesma coisa; os homens só pensam nisso, em toda parte. Mas ela gostava da companhia deles. E se fosse só para trair o marido, não seria com nenhum daqueles rapazolas. Entre os professores, havia gente muito mais interessante, como o gerente da pós-graduação e o professor de Teoria do Estado. Ele bem que a olhava. Muitas vezes parecia que se dirigia especialmente a ela, mas acabava a aula, ele desaparecia e nunca deu a menor oportunidade de se encontrarem naquele corredor. Uma única vez, quando ele a encontrou na secretaria ligando para saber das crianças que estavam adoentadas, liberou-a da aula e mandou que seu motorista a levasse para casa. Desde então esperava encontrá-lo a sós para agradecer. Em sala, achava que ficaria impróprio; não gostaria de comentar o fato, embora não fosse segredo. Simplesmente achava que não ficaria bem para ele. Chamavam-no magistrado, e não professor; mas ela achava demasiado pomposo: magistrado Visconti. Afinal, ele parecia ter uns 50 anos, apenas. Para que tanta cerimônia? Um dia lhe perguntaria seu prenome. Preferia chamá-lo professor Luigi, ou Angelo; Angelo Visconti; mas isso nunca seria possível, pois todo mundo estranharia e iria pensar mal deles. Mas, também, que lhe importava o que eles diriam? Se o professor a convidasse para sair, não saberia o que fazer para recusar. Não era só a beleza física, a voz empostada e viril, a cabeleira grisalha. Era, mais que tudo, a inteligência que transparecia nas aulas, no tom irônico e bem-humorado dos comentários que ele fazia aos textos que liam. Era educadíssimo com os alunos, mas os mantinha no silêncio mais respeitoso. Quase ninguém ousava interrompê-lo com perguntas e ele tinha dificuldades de conseguir um diálogo com a turma, durante as aulas. Quando ele teve que ser substituído, no final de janeiro, o comportamento da turma relaxou em todos os sentidos. Brincaram e riram com o adjunto, descontraíram-se, mas pareceram suspender o estudo do texto, até que o magistrado voltasse. E ela ficou apreensiva, tentando descobrir um jeito de perguntar por que ele se ausentara. Sabia, contudo, que se o fizesse, todos perceberiam seu interesse e ela não poderia explicar. Seria doença? Se pelo menos soubesse isso, o resto não importava. E rondava o papo dos alunos com o adjunto, ao final das aulas, tentando descobrir o que se passava. Por fim, arriscou um expediente juvenil. Fingiu precisar telefonar da secretaria e lá, perguntou, casualmente, se o magistrado adoecera, mas a funcionária nada sabia explicar e nem pareceu interessada. Foi assim, diante da evidente ansiedade com que aguardou o retorno do mestre, que ela soube que estava enamorada. Passava todo o tempo imaginando seu retorno, como se encontrariam por acaso novamente, como ele a convidaria para jantar. E era sempre na semana do seminário em Turim; mas isso ainda estava tão longe! Incluiu uma passagem pela secretaria, nos dias de sua aula, onde fingia ler os avisos afixados no quadro. Acabou admitindo que aquela espera ansiosa tinha nome, mas não ousou verbalizá-lo. Ao invés disso, começou a se recriminar, sentindo-se oferecida e vulgar. Afinal, ele jamais tomara qualquer iniciativa. Parecia até tímido; vai ver, nem tinha coragem de abordar uma mulher. Mas apesar disso, voltou à secretaria de onde, uma tarde, com o pulso disparado, viu o magistrado Lorenzo Visconti sair em sua direção.

Uma tarde, quando se aproximava o seminário de abril e Luiz Cláudio se preparava para viajar, encontrou Leda em casa, abatida, reservada e triste. Tentou saber o que sentia, mas foi desencorajado. Jantou sozinho, após colocar os meninos na cama. No quarto encontrou a mulher deitada ainda de roupão, o olhar parado, indiferente à sua chegada. Arrumou-se para deitar e permaneceu em silêncio, ganhando tempo para ver o que se passava. Tentou mais uma vez oferecer alguma ajuda, mas foi inútil. Passou suas últimas noites em casa do mesmo modo. E quase sempre já a encontrava isolada no quarto do casal, os filhos com Lia em frente à TV. Liberava-a para descer e encontrar-se com o namorado, e começou a jantar com os meninos, para ganhar tempo. Só voltava para seu quarto quando acordava na cama de Filipe, já tarde da noite. E tinha convicção de que Leda apenas fingia dormir.

No regresso do segundo seminário, veio disposto a esclarecer o que se passava com a mulher e a lhe oferecer a separação, se era o que ela desejava. Leda, quando o viu, chorou desconsoladamente, por muito tempo. Ele abraçou-a e aguardou. Depois, ela pediu-lhe que tivesse paciência com ela, que estava muito deprimida, mas que o amava muito, que não saberia viver sem ele e as crianças. Parecia que ela respondia ao oferecimento que ele não chegara a fazer. Isso deixou-o muito aliviado e penalizado dela. Ela aninhou-se nele, cheia de afeto e gratidão; ficaram, assim, longo tempo, tentando se dizer coisas que ignoravam, tentando compreender o que lhes escapava. Esse emocionado reencontro terminou com grandes satisfações corporais e, para Luca, com grande alívio e esperança de retomada da festa.

Nas primeiras semanas de maio, os dias limpos e coloridos da primavera pareciam contaminar a família Donada. A volta das manhãs ao parque, o sol ameno e os perfumes dos jardins faziam os constrangimentos do inverno parecerem coisa remota e esquecida. E eles teriam de começar a administrar seu retorno ao Brasil. Luca se preocupava especialmente com os certificados que teriam que trazer para apresentarem ao consulado italiano em São Paulo, no seu caso, e nos que assegurassem a Leda um *début* profissional na área tributária condizente com seu investimento.

De Turim ligou para falar com Filipe e Marcos. Leda não estava e ele deixou recado de que ligaria mais tarde. Desceu o *corso* Vittorio Emanuele II, atravessou o rio pela Umberto I, de onde tomou o *corso* Moncalieri rumo sul, de modo a que, seguindo a margem do Pó, pudesse ter uma melhor perspectiva do castelo, do burgo medieval e do horto, que ficavam na margem oposta do rio. Esse preservado isolamento era, mais que qualquer outra coisa, Luiz Cláudio Leão Donada: o *chiaro-oscuro* verde-dourado, o exclusivo canto do entardecer em que ele navegava, solitário e sem Isolda. E esta, aonde fora? Existia mesmo? Por que se evadia? Não era ele seu Tristão?

Subitamente um relâmpago lançou sua centelha à terra, por detrás das muralhas do castelo. A lufada de vento que rodopiou as poucas folhas do solo o tragou de volta à natureza. Natureza – ventos, coriscos, cheiros, mas também hormônios, delírios e desatinos. Encorpou-se, parou um táxi e voltou à central telefônica. Mudou de ideia, pediu que o motorista o levasse a um bom local, ordenou um *rosato* do Piemonte e um assado de *coniglio alla Savoya*. Neste momento, estava realmente só, porque sem mais nada que ele mesmo. Cantarolou: "*Viva il vino spumegiante, nei bicchieri scintillanti*"... e riu, amargo, pois pensou que esta era a canção de Turidu. E ele, nessa ópera, era o marido e não o amante.

Teve que insistir para entrar, pois o porteiro já fechava o escritório da companhia telefônica. Ligou. Lia não despertava. Leda não voltara para casa. Desistiu e voltou para o centro de estudos. O oco no estômago cedeu e ele dormiu. Não se entendia, mas estava em paz. Não voltou a ligar durante a semana. No sábado seguinte, quando encontrou Leda cumprimentou-a como a um vizinho próximo. Quando ela lhe propôs conversarem, disse-lhe que não era necessário e que ele retornaria ao Brasil em julho com os filhos e com Lia, se esta assim desejasse. Leda recolheu-se e, depois que ele saiu com os filhos para o parque, saiu também e só voltou ao entardecer. Disse-lhe que estava chegando do escritório do advogado e que eles precisavam conversar. Luiz Cláudio disse-lhe que conversariam a quatro, quando ele também tivesse contratado alguém para cuidar dos interesses dele. Ela tentou uma via amistosa, conciliatória. Ele pediu-lhe que aguardasse os procedimentos oficiais; que, por ele, não haveria litígio algum além do inevitável e que, mesmo esse, dependendo dele seria conduzido civilizadamente. Ela calou-se e passou a noite em claro, sentada em frente à televisão, sem ver ou escrutar, os olhos e garganta secos. Depois de ouvir bater as cinco horas, adormeceu ali mesmo. Ele, que dormira na caminha de Filipe, acordou às oito com o movimento das crianças. Pediu a Lia que as levasse ao parque sem ele, barbeou-se no banho e saiu para encontrar alguém que o ajudasse a procurar um advogado que o atendesse no domingo. O cônsul acolheu-o na vila e o fez desistir da ideia. No dia seguinte haveria muito tempo e melhores informações para ele escolher quem consultar. Foi uma tarde estranhamente agradável e divertida. A esposa do diplomata era uma jovem senhora, doce e divertida, como se orgulha de ser o povo diamantino. A delicadeza 'mineira' do casal fez mais bem a Luiz Cláudio do que ele esperaria. Arrependeu-se de ter estado tão afastado. Agora gostaria de poder alongar sua permanência junto deles. Quase se esqueceu da profunda tristeza que o habitava há uma semana, desde que soubera do fim de seu casamento. Mas com essa família – os filhos, Eduardo, de 16, e Luiza, de 15 anos, ajudaram os pais a fazerem o dia tão alegre quanto ele precisava – sentiu-se quase feliz. Ninguém ali ignorava o motivo de sua presença. Ninguém pareceu curioso ou compadecido e essa sensibilidade o fez sentir-se fortalecido e confiante. Levaram-no para comer um prato lombardo de caça, num restaurante de campo na pequena Lodi, à margem do *Adda*. Aquele rio e aquele entardecer não lembravam seu passeio às termas de Lucca? Ali, até parreira havia, como no Lord Byron. Eduardo o observava, silencioso e meditativo. Acabou dizendo-lhe que queria estudar Direito na Universidade de Brasília...

Despediu-se, entrou no Fiat e dirigiu a esmo por estradas vicinais, sem destino e sem hora, até que o cansaço o fez procurar um quarto, onde dormiu pesadamente até as 10 horas da segunda-feira.

No consulado havia um recado para ele, com dois escritórios de advocacia da família. Foi atendido no meio da tarde e aconselhado a não sair de casa até seu regresso ao Brasil. Podia se ausentar para compromissos oficiais, como Turim, mas não se mudar, como ele desejava. As leis italianas não podiam regular sua separação, nem impedir que ele ou a esposa viajassem legalmente com os filhos. Os italianos só poderiam se ausentar do país, com filhos menores, com a autorização do genitor; no caso dele, só a representação brasileira podia autorizar ou impedir a saída das crianças com um dos pais.

Comprou colchão e roupa de cama e mudou-se para o quarto das crianças, passando o filho menor para o quarto de Leda.

O advogado de Leda, maneiroso, desejava consultar o esposo para o caso em que sua cliente pedisse separação judicial: o que pretendia ele fazer? Seguir, estritamente, os termos da legislação brasileira. Quanto aos filhos do casal? Voltar com eles ao Brasil. E se, por acaso a mãe pretendesse fixar residência na Itália? Era assunto que não lhe dizia respeito. Não abria mão da guarda das crianças. Se Dona Leda contrair novas núpcias com cidadão italiano, ficará sob proteção da legislação do país. Isso só terá efeito para os fatos futuros; não para os pregressos.

Leda foi informada por seu advogado de que teria que disputar a guarda dos filhos no Brasil. Eram todos advogados e não havia o que discutir. O pai estava em seu direito e nenhuma autoridade italiana impediria sua saída do país com os filhos menores.

Lorenzo Visconti, que descobrira com quem Luiz Cláudio havia se consultado, conseguiu agendar um encontro com ele nesse escritório. Revelou-lhe que ele assediara Leda porque estava apaixonado. Resistira por muito tempo e até tentara se afastar do curso que ministrava para ela. Foi impedido pela direção do departamento e pelo coração, pois começou a adoecer, por não a ver.

Era tão sincero e digno no relato que fazia a seus dois colegas, que não havia por que duvidar de seus termos. O que o fizera propor o encontro? Ter notícias de Leda, que desaparecera e, caso o colega aceitasse, informá-lo como pretendia atuar, na situação.

Luiz Cláudio, diante do visível abatimento do magistrado e do esforço que este fazia para manter-se controlado, tranquilizou-o, dizendo que não poria nenhum empecilho à separação, mas que ele e a mãe teriam que disputar a guarda dos filhos no Brasil. Isso feito, ela estaria livre para decidir onde e com quem viver. Quanto a informá-lo do estado de Leda, hesitava, pois não via porque fazê-lo; por que o marido deveria informar ao amante o paradeiro de sua mulher? Mas, também, por que não? Não estavam ali para falar disso? Não comparecera, justamente por entender que o casamento estava encerrado? Nesse caso, ainda haveria amantes e maridos? Acabou optando por uma solução de compromisso, liberando o magistrado para ligar para sua casa e para falar diretamente com Leda, que o informaria segundo sua própria decisão. Deu-lhe o telefone e despediu-se.

Sentia-se muito aliviado com suas últimas atitudes; o confronto com Lorenzo Visconti tinha-lhe restaurado a autoestima, sem trazer qualquer desprezo pelo rival, tão preservado em sua digna sinceridade. Acabou percebendo uma situação estranha, que o deixava constrangido: parecia que, depois de ter tido aquela entrevista, a única que continuava mal era Leda, a que 'traíra' o marido e que abandonara o amante, os dois limpos e postos de acordo, os únicos com a decência assegurada. E Leda, como ficava na situação? Ele nada sabia do que se passava com ela; apenas que se fechara no quarto, de que não saía para nada. Lia o espreitava, muda e ansiosa, sem coragem de abordar o assunto. Ele se aproveitava disso para ignorar, deliberadamente, o que se passava com sua ex-mulher. Vingava-se, sem poder ser acusado de nada. A expressão que ele tinha para ela, embora muda, era "foda-se". Ela que administrasse as situações que criava. Com ela só desejava, daqui para frente, regular a posse e guarda de seus filhos. Não tinha qualquer intenção de afastá-la deles, de prejudicar a intimidade que eles necessitavam ter com ela. Só não aceitaria nada que os afastasse dele. O resto, ela é quem decidiria.

Agora, repensando essa situação, verificando o aparente paradoxo de estar bem ele, enquanto a má da história parecia mergulhada em angústia e culpa, começou a avaliar se não seria mais seguro para todos e, principalmente para os meninos, voltar a procurá-la e liberá-la de constrangimentos e remorsos inúteis e, de fato, desnecessários. Podiam ser amistosos e resolver seu conflito de modo decente e o menos ruim para as crianças. Ela deveria ter interesse num acordo desses.

Ninguém tem mais razão, nem se engana com mais facilidade que um amante dispensado. Luiz Cláudio não fugiu à regra. Enganou-se muito quanto a relação com a esposa e, mais ainda, quando esta entrou em crise aberta, apesar das muitas razões que tinha ao se defender. Ainda teria muito que descobrir sobre seu casamento, sobre sua parceira e, por último e mais difícil, sobre si mesmo.

Teve que decidir se intervinha, e como, quando entrou no antigo quarto do casal e encontrou Leda seca e pálida, olhando para o teto. Inerme e indiferente, aceitava unicamente a visita das crianças, com quem fazia um esforço imenso para fingir que brincava, ou que ouvia as histórias que lia sem atenção. Recusava alimentos sólidos e se nutria de sucos e caldos, que Lia inventava, cheia de medo. Olhou-o, absorta e silenciosa, sem reagir aos esforços que ele fez para conversarem. O mesmo, quando ele disse que chamaria o médico para vê-la. Diante disso, resolveu trazer, ele mesmo o médico. Mas qual? Ligou para a esposa do cônsul e pediu-lhe uma indicação. Esta, apesar da surpresa, ofereceu-se para telefonar e pedir a visita, anotando o endereço. Diante do alívio que esta ajuda produzia, Luiz Cláudio foi ver televisão, com seus meninos aboletados sobre ele. Uma meia hora de espera ansiosa o fez voltar ao quarto de Leda, que não aparentava mudança. Evitou sentar-se na cama e esvaziou uma poltrona cheia de roupa para sentar-se. Sentiu um começo de piedade pela esposa, mas tratou de combatê-la com a raiva justificada que sentia. Foda-se! Mas era preciso fazer alguma coisa, senão teria filhos órfãos para criar. Pensou que isso não seria de todo ruim, mas logo se lembrou de que sua mãe tinha pouca saúde. Não poderia presenteá-la com essa separação. Não por muito tempo. Logo percebeu o tanto de hostilidade que produzira aquela ideia. Precisava tomar cuidado com seus sentimentos, para que eles não se voltassem contra seus meninos. Seu coração abrandou e ele consentiu que a compaixão emergisse. Disse à esposa que o estado dela o preocupava demais, que não tinham razão para tanto sofrimento que por pior que fossem as coisas, sempre seriam pai e mãe de Filipe e Marcos. Nada deveria impedi-los de continuarem amigos. Mentiu, dizendo-lhe que já não tinha raiva dela e que poderiam estudar juntos a melhor maneira de se separarem, para não prejudicarem os filhos. Sentia-se maduro, amistoso, razoável. Dr. M. poderia se orgulhar de seu trabalho e de seu cliente.

Leda pediu-lhe que saísse. Como ele estranhasse, ela repetiu o pedido. Quando ele tentou continuar, dizendo-lhe que o médico já estaria chegando, ela reuniu forças para gritar, agitando-se até que ele cedeu e fechou a porta. Os meninos pareciam não ter percebido. Mais tarde, nessa noite, Filipe acordou agitado. O pai perguntou-lhe se tinha sonhado ruim: "Mamãe está com medo do ladrão".

O clínico conseguiu tomar o pulso, a temperatura e aplicar o estetoscópio, mas nem uma palavra de Leda. Soube do que Lia e o marido relataram.

Na manhã seguinte voltou com o necessário e um ajudante de enfermagem; encontrou Leda vestida, de banho tomado, sentada na poltrona. Pediu para o médico fechar a porta e lhe propôs seguir sua conduta se ele se encarregasse pessoalmente do acompanhamento. Podia contar com a empregada, mas ele deveria conseguir que Luiz Cláudio saísse da casa. Podia pegar e entregar os filhos na portaria. Quando ele lhe desse alta, ela mesma cuidaria do resto. O médico disse que não podia assumir isso sem o assentimento do marido; iria consultá-lo.

Luiz Cláudio aceitou o trato, depois de se assegurar de que o médico veria a paciente todos os dias e de que o manteria informado da sua evolução. O clínico, orgulhoso no papel do antigo médico de família, e para testar a disposição da cliente, mandou seu ajudante instalasse o cabide de soro. Leda estendeu o braço. "Em três semanas, ou talvez menos, ela estará boa, se mantiver a dieta. A medicação terá que permanecer por mais tempo, mas isso ainda será avaliado conforme sua reação aos remédios".

Luiz Cláudio alugou o quarto mais próximo de sua casa e continuou suas atividades da melhor maneira. Levava os filhos para passearem de carro, soltava-os num jardim e estudava, sentado no gramado junto deles. Na volta passava na sorveteria e comprava a sobremesa dos meninos. Numa manhã dessas Lia lhe entregou um bilhete de Leda; marcava uma entrevista com os advogados e eles, no escritório do dela. Ele concordou mesmo sem saber bem de que se trataria no encontro; teria que aguardar, mas ficou apreensivo; que poderia ela propor de tão formal que não pudesse ser tratado diretamente?

Compareceu no horário combinado. Foi só. Leda propôs que ele deixasse os meninos com ela, que se comprometia a fazê-los passar as férias anuais com o pai. Ele podia voltar à casa até a viagem de volta. Ficaria dispensado da pensão e só pagaria as viagens para o Brasil, nas férias escolares. Luiz Cláudio viveu um momento de perplexidade, entre rir do deboche e dar uma espinafração em quem dispunha do seu tempo daquele jeito, entre raiva e pena da mulher. Era ingênua, ou maldosa e manipuladora? Olhou para os dois por um longo tempo sem responder, decidindo que disposição vencia nele. Por fim, contentou-se com o desconcerto que seu silêncio provocava. O advogado de Leda já não encontrava mais o que dizer para aguardar a reação do marido. Quando, por fim, tiveram que se encarar no silêncio que ele lhes impunha, impedindo-lhes de adivinhar seus pensamentos, com a inexpressividade deliberada do rosto, acabou decidindo-se pela prudência, pois não sabia avaliar o quão recuperada ela se encontrava. Estava pálida e ainda muito magra. Levantou-se e disse, polidamente, que voltaria com os filhos na data prevista, mas a liberava de qualquer obrigação para com ele. Assinaria o desquite amigável à hora que ela quisesse. E despediu-se.

Embora achasse sua performance reparadora para ele, sem ser demasiado vingativa para com Leda, o fato o incomodou muito. Sentia-se tratado como um idiota e isso o magoava. Acabou bebendo sem ter almoçado ou jantado. Comeu uma massa na cantina e dormiu pesado. Sonhou que Dr. Leopoldo e família pediam uma explicação dele: por que não se casara com sua filha? Por que, agora, queria tomá-la do marido? Por que fingira amizade por eles, quando, de fato os traía? Era uma sensação horrorosa a que o sonho o submetia. Acordou ressecado; bebeu água e voltou a dormir. Levantou-se às 11hs, de ressaca, nauseado e com tonteira. Só saiu para pegar os filhos na saída da escolinha. Levou-os para jantar com ele e entregou-os na hora de dormir.

Desde que acordou estava imerso no clima da noite: culpa e traição. Lembrou-se da conversa em que Letícia lhe explicava, no avião de Lisboa para o Rio, o porquê de seu afastamento dele. Agora ele pensava que não devia ter aceitado isso como consumado. Parecia-lhe que era ele quem a abandonara, que não insistira para resgatá-la para seu amor; que ele deveria ter lutado por ela e que, ao invés disso se refugiara numa aquiescência medrosa e covarde. Mas por que isso, agora, depois de tanto tempo? Que tinha isso que ver com Leda? Estaria ele se repetindo? Mas como? Ela o traíra; ou não? Ele detestava o termo. Não sabia explicar, mas sabia que era falso, fariseu. Não havia traição alguma, mas vida, tal como ela é. Letícia traía Rubem quando o amava? Seu sonho lhe dizia que devia lutar pelo amor de Leda, como não fizera pelo de Letícia? Que ele estava mais uma vez se acovardando, se escondendo da dor?

Acabou se encontrando sozinho, já depois das dez, em frente ao portão da escadaria do Duomo, na calçada externa da catedral. O vigia se aproximou; era comum os bêbados virem urinar nas grades àquela hora, Na Itália, mesmo no verão as cidades ficavam desertas quando era ainda muito cedo. Luiz Cláudio deu-se conta de que viera ali porque necessitava estar só. Subornou o velhote e subiu.

Ali, naquele ambiente esdrúxulo, quase fantasmagórico encontrou seu isolamento, aquele cenário interior que ele pensava provir do bosque. Conseguiu, ao fim de um esforço considerável um relaxamento físico e espiritual semelhante ao que precede o dormir. Sentou-se encostado ao pilar superior de um arcobotante, as pernas estiradas, os pés cruzados, as mãos nos bolsos do casaco. Ficou longo tempo assim e acabou sentindo-se prosaico. Pensando melhor, era ele o esdrúxulo, a única coisa a ser inquirida na paisagem. Todo o resto eram pedras e séculos abertos para a escuridão do espaço. Ali, como nos passeios ao seminário, sentiu agudamente o ser contingente que era; a cortante separação que havia entre ele e o mundo. Isso lhe dava um conforto quase sensorial. Seu humor começava a mudar por pequenos saltos, até se instalar num estado de alegria sóbria, de circunspecto contato com sua identidade, suas peculiaridades, aquilo que sempre considerara sua 'esquisitice'. E era um estado de prazer, um discreto e sólido prazer de ser quem era, fossem quais fossem os acontecimentos que o envolviam. Sentiu a súbita convicção de que faria a coisa certa, no caso com Leda, embora ainda não soubesse o quê. Não sentia mais aquilo que o faria errar, mesmo fazendo certo: medo. Ficou surpreso com essa ideia: não há nenhum segredo nas coisas que acontecem em nossa vida. Todo o mistério que as cerca provém do medo que elas nos inspiram. Talvez fosse mesmo um traidor. Não era essa a ideia de fundo em toda inquirição que seu analista lhe lançava? Mas agora lhe parecia ser uma traição inerente aos humanos, universal, despida de dolo, porque despida de consciência, despida de objeto, de vítima. Afinal, Tirésias não se recusara, até o fim, a revelar o criminoso a Édipo? Ele assumia a responsabilidade de se calar, mesmo contra a autoridade. Por que o faria, senão por estar convencido de que o rei era inocente, apesar de ter matado o pai? De que, sendo o crime atávico, a investigação só podia propor uma reparação inútil? No entanto, Édipo não se livrou de perder seu reino, nem seus olhos, aquela visão da "húbris", que o obrigou ao exílio dos seus. Luiz Cláudio pensou, com a clarividência de um relâmpago: Não, eu já posso conservar meus olhos. Esse é o verdadeiro legado da psicanálise. Lembrou-se, então, nitidamente de um texto que seu professor de filosofia mandara ler aos alunos, quando cursou o Pedro II: Epicuro escreve a um discípulo uma carta, *Sobre a Felicidade*. Nunca mais pensara nela e, no entanto, ali estava, cristalina, a ilustrar seus sentimentos; era mais ou menos isso:

Devemos escolher entre os desejos naturais e os inúteis; e, dentre os naturais, aqueles que são fundamentais para a felicidade, o bem--estar corporal e a vida. E o conhecimento seguro dos desejos leva a direcionar toda a escolha e toda recusa para a saúde do corpo e para a serenidade do espírito – finalidade da vida feliz; em razão deste fim, praticamos todas as nossas ações, para nos afastarmos da dor e do medo. Não tendo que buscar algo que nos falta, nem procurar outra coisa que o bem do corpo e do espírito, toda tribulação desaparece. Só sentimos falta do prazer, quando sofremos pela sua ausência.[9]

E pensou que, mais curioso do que o onde, ou o como armazenamos a memória é o como e o quando a convocamos, o para-quê dessa invocação. Não havia dúvida: seu mestre acertara no recado. Ele estava feliz, por mais surpreendente que isso pudesse parecer. E estava feliz, porque estava sem medo; sabia que, estando atento,

---

[9] Epicuro. Carta a Meneceu. In.: *Sobre a Felicidade*. São Paulo: ed. Unesp, 1997.

não precisaria vazar os olhos. Ainda não sabia que coisas faria; talvez amanhã cedo ele soubesse. Talvez não.

Desceu, agradeceu ao vigia com um abraço e dirigiu-se à galeria. Entrou no snack, pediu um chocolate com torradas amanteigadas e geleia. Foi uma ceia de prazer e discrição epicuristas.

Na manhã seguinte tomou sol com suas crianças sem se distinguir delas. A luz e a brisa, o calor e os cheiros eram os mesmos para todos ali. Como a felicidade pode ser simples!

Continuou evitando encontrar Leda, pois temia que ela lhe pedisse respostas que ele ainda não tinha mas, na manhã seguinte, enquanto Filipe e Marcos corriam atrás dos pombos no parque, teve uma ideia simples, que estava ali todo o tempo: quem teria que decidir se Leda viajava ou não de volta com os filhos era ela somente. Ele nada tinha a decidir quanto a isso; não podia nem autorizá-la, nem impedi-la. Achou-se meio bobo com esse alívio; onde sua cabeça andara, que não vira logo isso? Para que a impediria? O fato de ela ter outro homem não o afetava em nada; o amor antigo era assunto encerrado; o novo era assunto dela. Se queria voltar, que voltasse. Para ele e para os meninos, era o melhor. Para ela, quem saberia? Não era assunto seu, mas desejou que ela também descobrisse sua resposta. Ele lhe queria bem.

Um ano após sua volta ao Brasil, Leda continuava residindo no mesmo endereço do qual partira. O que não queria dizer muita coisa. Seu casamento continuava interrompido, como Luiz Cláudio dizia. Ele não esperava nada da ex-esposa; sim da companheira de domicílio e de paternidade. Dividiam o trabalho de casa e, quando o clima desanuviava muito, dividiam a cama do casal. Depois Leda acabava voltando ao quarto que ela mesma arranjou para ela, contíguo aos filhos. Luiz Cláudio nem propunha que ela viesse ao seu, nem se importava que ela voltasse ao dela. Só estranhavam que seu encontro sexual continuasse prazeroso como sempre, sem dar sinal de ressentimento. Ela, no entanto, estava amarga, solitária e sentindo-se, como se dizia, mal-amada; e isso tinha uma conotação de desprezada. Continuar vivendo na mesma casa que Cláudio tornava a separação mais presente do que ela gostaria. Era a pressão constante da angústia sobre a porta da autoestima. Leda constatava que o fato de não desejar nenhuma retomada com ele, e de se sentir aliviada pela desistência do casamento não impedia em nada que o gosto amargo da derrota continuasse a circular no sangue, pedindo um antídoto. E aí, o risco seguinte: cair noutro casamento, que então 'daria certo' e a livraria da ameaça de abandono e desamparo. Falava assim, melodramática, para ver sem atenuações a verdadeira cara do fantasma que arrastava correntes em seus porões. Como Cláudio mesmo lhe dissera muitas vezes, a vergonha, o pudor são maus companheiros nessas horas.

Nem mesmo as cartas que ela recebeu de Visconti convidando-a para regressar e viverem juntos melhorou seu ânimo. Isso a punha culpada, pois tendo feito ruir o casamento não conseguia pôr nada no lugar; e ainda deixara frustrado o amante. Pensava muitas vezes em aceitar seu convite e instalar-se em um lugar de orgulho, mas não conseguia mais reatar seu sentimento de paixão por Lorenzo; e não ousava arriscar tornar a perder. Além de que, achava que não suportaria viver longe dos meninos. Outras vezes entregava-se à fantasia de viver com seu apaixonado, livre e sem entraves. E sentia raiva dos filhos, seus verdadeiros grilhões; depois chorava e se sentia mesquinha e perversa. Não podia voltar nem mesmo para Bahia, a menos que encarasse uma ação litigiosa de desquite, para tentar preservar a guarda dos filhos. Lá, ela pensava, poderia recomeçar tudo, pois tinha sua família, seu padrinho no governo e, talvez seduzir o magistrado para uma vida tropical. Chegou a insinuar isso, mas não via chance; e não tinha coragem de insistir, pois sabia de suas reticências.

Uma tarde, saiu cedo do Fórum, aceitou o convite de um colega para tomarem um chopp no bar famoso e frequentado do centro, onde se reuniam a boemia e a vanguarda intelectual da cidade; apesar de cedo já tinha movimento, principalmente de estudantes, que ela viu logo serem, na maioria, de Direito. Eram muito barulhentos e citavam sem parar o sem-número de eventos políticos e culturais, os novos títulos da filosofia, da história econômica do país, do cinema novo e seus jovens talentos do Rio, da Bahia e de São Paulo. A namorada de seu amigo, estudante de Arquitetura apresentou-a a seu irmão, engenheiro recém graduado, que se dedicava a conseguir filmar seu primeiro longa metragem, depois de dois curtas bem-sucedidos. Era mais jovem quatro anos que Leda, mas parecia mais velho, culto, pedante, com cara de tédio para os menos politizados. Leda ficou impressionada e aceitou revê-los na sexta-feira seguinte. Nessa tarde aceitou ir até o apartamento do rapaz, na praça 14-Bis, um conjugado forrado de livros, uma mistura de títulos técnicos com literatura, cinema, teatro e ciência social. Nas portas, cartazes de filmes poloneses e nacionais. Ela se encantou com um *"Matka Joana..."*, título original do filme que viram depois no Bijou, *Madre Joana dos Anjos*: a superiora de um convento medieval, tomada pelo demônio, contamina suas freiras e seduz seu exorcista.

Mesmo depois que ela veio a conhecer Eisenstein e Bergman, continuou citando esse filme como seu preferido. No *'Morangos silvestres'*, identificou-se com a nora frustrada do personagem e acabou se vendo tomada pelo demônio, com seu novo amante; mas começou a gostar do lugar novo em que se via colocada na roda de Marco Evangelista. Acabou revelando essa história a Cláudio que percebia, sem se importar, todos os sinais de sua mudança. Mas não suportou ser informado do amante e pediu que ela se mudasse da casa. Ela o odiou, mas deu-lhe razão e pediu-lhe um prazo para se organizar e se manter perto das crianças.

Dona Cláudia acabou falecendo depois da quarta cirurgia. O marido, Luiz Estêvão relutou durante alguns meses, mas acabou voltando para a casa do filho, onde podia estar perto dos netos e até ajudar nos serviços. Isso o manteria menos deprimido e o ajudaria no tratamento que fazia. Pediu que o filho vendesse a casa de Rio da Graça e este, apesar de relutante acabou concordando em encerrar esses capítulos de suas vidas. O país tinha muito que ser mudado e não eram tempos de saudosismos, mas de reforma social e política. Era 'bola pra frente, mandar brasa' e impulsionar o governo burguês em direção à revolução. Quem não participava era contra. Nenhuma alienação podia ser neutra. À direita, a oficialidade militar, a UDN, o IBAD[10], as igrejas cristãs e seu séquito de fiéis em todas as classes, apavorados com o comunismo ateu, tudo regido pela diplomacia e o dinheiro americanos. À esquerda, centrais sindicais, o campesinato organizado, partidos comunistas e socialistas, militares subalternos, estudantes, a *intelligentsia* artístico-científica do país e setores esclarecidos da sociedade geral. Este era um esquema simplificado. Havia estudantes, cientistas, intelectuais e até líderes sindicais com a direita, bem como oficiais superiores, bispos, organizações católicas e protestantes e até vários governos estaduais com a bandeira da mudança. Todos tratando de tracionar o governo federal, firmemente atado, no centro de seu 'cabo de guerra'.

Luiz Cláudio chegou a Graça no mês de setembro e se hospedou no seminário, como convidado do Reitor. Reviu com tristeza e orgulho o material de divulgação do Festival de Órgão de Rio da Graça e começou a pensar num relançamento do mesmo para seu décimo aniversário. Enquanto matava a saudade do antigo instrumento tocando as peças que havia executado no festival, a melancolia devolveu-lhe a lembrança de sua paixão por Letícia, o belo, e, apesar de tudo, inocente amor dos trinta anos; de fato, dos quinze de sua puberdade, do coro, da Missa em si menor do Pe. Aníbal Testa, de sua irmã Ledinha, de Laura, tão charmosa e sensual. Agora ele ria da inocente e sábia confissão ao padre: seu pecado com a letra L.

---

[10] União Democrática Nacional, partido político, e Instituto Brasileiro de Ação Democrática.

Como andaria a família, Dr. Leopoldo e suas mulheres, todas belas?! Fechou o órgão e pediu para telefonar. Queriam-no para o almoço do dia seguinte, mas ele não se conteve e disse que jantaria com a família àquela mesma tarde. Comprou paca no mercado, pão e o melhor vinho que conseguiu, um frizante *Michelon* branco, do Rio Grande, e foi deixado no sítio pelo motorista do seminário. No caminho, fez as contas: Letícia teria feito quarenta e cinco anos em agosto passado. D. Laura teria uns sessenta e cinco e Dr. Leopoldo uns setenta. Devia se preparar para não revelar falhas de memória. Quando tocou o sino do portão percebeu, em pânico, que havia esquecido – não conseguia entender! – Lorena. Que idade ela teria hoje? Trinta, vinte, não, quinze... que idiota! Não conseguia calcular e ela estaria em frente a ele em um minuto. Foi retirado da confusão por D. Laura, que lhe abriu o portão. Cabelos escuros, arrumada e perfumada, ele pensou, com razão que ela se havia aprontado para recebê-lo. Mas não tivera tempo de ir pintar os cabelos. No claro da sala entendeu que eram recém-pintados. As rugas evidentes eram suaves; o olhar claro e direto continuava perturbador. Dr. Leopoldo não podia se queixar da vida. E, também ele tinha poucos cabelos brancos para seus sessenta e nove anos, mas a pele, a expressão, a postura tinham caído acima dos setenta. Sobretudo o olhar, de um brilho profundo, mas resumido nas pupilas muito abertas. Fez questão de se levantar com a bengala e abraçar este velho amigo, "tão velho e tão amigo quanto Luiz Estêvão. Eles eram tão iguais!" Como podia ele não se confundir, tomando um pelo outro? Emocionou-se e voltou a sentar para disfarçar as lágrimas. D. Laura puxou Luiz Cláudio para a copa, onde punha a mesa para o jantar; e obrigou-o a prometer que viria comer a paca no dia seguinte. Haveria tempo de Letícia chegar para o almoço no furgão do Rubem. Luiz Cláudio sentiu inveja do velho e voltou para junto dele, para poder também chorar. E talvez nenhum deles pudesse dizer por que chorava. Sentia-se perturbado com tanta emoção, tanta lembrança, tudo desorganizado, cheio de uma atmosfera sutil, porém apaixonada e indiscriminada. Parecia que somente o choro daria conta dessa complexidade, poderia expressá-la sem levantar suspeitas. Ali estava seu primeiro 'sogro', o único que conhecera. O Sr. Shimizu não fora isso. Era apenas o pai de sua jovem amante – e que bonito era poder classificá-la desse jeito! O Japinha sim, podia ser considerado seu primeiro cunhado. D. Laura disfarçou e os chamou para a mesa, fingindo não notar aquela estranha e comovida intimidade. Dr. Leopoldo trocou a bengala pelo braço do 'genro', o único que de fato reconhecia com tal, e lamentou que não o fosse realmente. A Rubem ele conseguia respeitar e agradecer, mas gostava era deste que ia jantar em sua mesa.

D. Laura perguntou-lhe até quando ficava em Graça e lamentou que ele não ficasse para o aniversário de Lorena. Iam dar uma festa para os 19 anos da arquiteta mais jovem de São Paulo. Luiz Cláudio ganhou tempo para processar isso, que o confundia tanto: como dezenove? Como arquiteta? Como São Paulo? Como podia ele ignorar tudo isso? E por que deveria conhecer esses fatos? Serviu-se de mais vinho e se alegrou de que o sogro também aceitasse. E D. Laura já se servira. O frisante era até bonzinho. Nada que um sal de frutas depois não resolvesse. E, enquanto se deixava tomar pelo *espírito do vinho*, ia tentando sentir em que solo pisava, para se colocar frente a tudo que reencontrava ali, de repente. Abusou das cocadinhas de leite com nata, para reagir ao vinho e recusou o licor de jabuticaba. Teria que se preparar para o almoço do dia seguinte. D. Laura levou-o até o centro no DKW deles, onde ele pegou o único carro de praça do local. Mas, começado o bosque, dispensou o chofer e desceu só e volátil pelo longo caminho de sua infância, ouvindo seus passos quebrando gravetos, e todos os misteriosos sons noturnos da mata. Na escuridão da noite, porém, não conseguiu mais reconhecer o velho arco abandonado, onde o caminho fora retificado e onde as meninas se escondiam com suas bicicletas. Nem onde ele e Letícia se sentavam para lerem juntos. Viu-se frente ao portão do colégio e sentiu-se salvo de mais essa descarga de adrenalina. No dia seguinte precisaria estar com as emoções controladas.

Mais uma vez foi poupado. Letícia não poderia vir antes do sábado. Assim, ele ganhou tempo para ir se assenhorando aos poucos da atualidade daquela família. Quando se encontraram, estavam donos dos sentimentos que os habitavam. Foi uma conversa calma e gostosa, onde eles e D. Laura lembravam e relatavam para o Dr. Leopoldo as peripécias da viagem à Europa. Falaram também um pouco de D. Cláudia, de sua oficina de costura e dos tempos duros do internato. Mas Luiz Estêvão, só voltaria a ver em São Paulo. E todos concordaram que voltar ali seria um esforço desnecessário para o velho Donada.

Luiz Cláudio soube ainda que o pequeno horto do fundo do sítio estava abandonado. Não tinha mais quem o cuidasse. E ele pensou que é assim que as pessoas morrem – elas vão consentindo morrer um pouco a cada ano, cada mês; um dia elas dizem: isto aqui está de bom tamanho; posso parar agora, sem sofrer, e me concentrar no que ainda falta terminar. E assim, vamos construindo nosso túmulo, desconstruindo nossa vida tão lentamente e sem dor quanto conseguimos. E, de novo, lembrou-se de Epicuro:

Nada há nada de te terrível na vida para quem está convencido de que não há nada de terrível em deixar de viver.

O sábio nem desdenha viver, nem teme deixar de viver. Viver não é um fardo e não viver não é um mal.[11]

Isso ainda precisava ser cotejado com a visão de Letícia, que se sentia investida de outra vida, além da própria. Mas ele não se arriscaria a abrir esse tema num espaço de tempo tão reduzido. De resto, não tinha certeza de que desejava saber tanto dela, a essa altura.

---

[11] Epicuro. Carta a Meneceu. In.: *Sobre a Felicidade*. São Paulo: ed. Unesp, 1997.

Devia aceitar o fato como uma desconstrução sua, algo que podia ser abandonado sem dor, para dedicar-se ao que ainda faltava cuidar. E falou longamente de seus meninos, distinguindo-os com detalhes carinhosos e francos. Ganhava tempo para perguntar por Lorena. Não sabia por que, mas protelava o assunto. D. Laura se encarregou do 'elogio'. Continuava a menina encantadora que ele conhecia, só com uns anos a mais. Estudiosa, aplicada, iria se formar com 21 anos, mas já era conhecia na escola por seu vigor e sua liderança. Mas também tinha problemas, porque a direção da faculdade sabia que ela estava envolvida com os movimentos estudantis que reivindicavam a reforma universitária. E já a haviam, delicadamente, alertado para os perigos que suas atitudes poderiam trazer no futuro. Ela arriscava até mesmo a não se formar, se a direção resolvesse punir os grevistas e agitadores. E D. Laura não escondia o orgulho que sua corajosa neta lhe trazia.

Luiz Cláudio suspirou, aliviado por saber que a moça estava no caminho certo, que não ia ser mais uma ingênua, a esculpir o próprio umbigo em bronze e mármore. Letícia informou que ela frequentava uma escola de artes, onde aprendia escultura, desenho, gravura e história da arte. Ela dizia que essa era a sua arquitetura, mas que cursava a outra porque o Brasil precisava de algo mais do que palácios e catedrais; e alguém teria que projetar a urbanização das favelas, os Postos de Saúde, as escolas, enfim...

De si mesma Letícia informou que estava bem. Ele achou que ela engordara mais que o desejável, mas estava bela como sempre, a pele do rosto lisa e o mesmo olhar assertivo da mãe, inspirando confiança e admiração. Mas temia pela sorte da filha. Não aprovava as amizades dela, todos barbados, cabeludos, cheios de livros e de arrogância. Falavam muito e bonito, mas ela queria saber quem defenderia sua filha, se a polícia invadisse a faculdade. Ela seria das primeiras a serem detidas. Morria de medo de que isso acontecesse e estava convencendo o marido a comprar apartamento em São Paulo, para ficar perto. Mas temia que não adiantasse muito, pois Lorena era muito independente, ria dela, chamava-a de 'minha reaça predileta' e ainda ameaçava mandar os netos para ela criar, enquanto estivesse fazendo a revolução. Letícia estava realmente assustada. Ele tratou de moderar a própria alegria e de serená-la, dizendo que Lorena tinha uma herança invejável: era a mãe e a avó relançadas num tempo melhor, com muito mais oportunidades. Ele tinha certeza de que a integridade da menina não a deixaria cometer nada moralmente condenável; mas ela teria que compreender que a moralidade também mudava muito rapidamente, que a liberdade hoje transformava os jovens em pessoas muito mais responsáveis do que eles dois haviam necessitado ser. Ela podia se orgulhar da filha e viver menos alarmada. Era preciso confiar nos filhos. Isso os ajudava a se responsabilizarem por si mesmos e a dependerem menos dos pais. Letícia se alegrou com essa fala, mas logo percebeu que não a convencia. Ela só tinha essa filha e não queria correr nenhum risco. E puxou o assunto para sua vida atual, cheia de trabalho com os negócios de Rubem, que cresciam e se ampliavam demais. Ainda tinha que cuidar do sogro, que vivia num dispensário para idosos. Pensou diversas vezes em Lord Sparkenbroke e Mary, em Lucca; até achou que estava com saudade – e, quem sabe? – arrependida. Ele estava tão bonito quanto na Itália, só com um ar mais assegurador. Será que ela mudaria sua atitude hoje? Gostaria de recomeçar tudo? A resposta não viria ali, nem agora, mas ela intuía que não a buscaria mais. A vida tinha que prosseguir, não recuar. Ela não era mais a mesma e, talvez ele nem a quisesse mais. E desistiu da ideia de voltar ao seminário para ouvi-lo tocar. Ela confundia a transcendência do amor com um amor de transcendência. E se conformava realmente. Ele viria para o aniversário de Lorena, não?... Ele não soube o que responder; disse que faria o possível para deixar seu trabalho outra vez, em setembro. Se 29 fosse um sábado, ele deveria vir. "Então venha. Faremos a festa no sábado".

Ele relatou ao pai toda a alegria que tivera com seus amigos. A casa ficara anunciada no cartório e o próprio escrevente tentaria vendê-la, mas não tinha um orçamento ainda. Luiz Estevão gostou da demora, pois temia se arrepender, ou lamentar demais a perda das lembranças de toda sua vida profissional. Sorriu ao saber que Leopoldo o confundira com o filho. Era muito vaidoso da beleza deste e sabia que eram muito parecidos. Sua alegria maior foi saber que eles viriam vê-lo em São Paulo. Seria tão bom relembrar seus tempos de Graça... "Leopoldo devia estar mais envelhecido que ele; não podiam demorar muito. E D. Laura, sempre tão delicada com ele, tão bonita!... Que pena que os filhos deles não tivessem se acertado. Teriam netos juntos... A Cláudia era engraçada, tinha ciúme da D. Laura, que me achava boni-tão; que eu também a achava bonita; claro, quem não achava? Que eu ficava fazendo graça pra mulher do meu amigo, imagine! Só porque a moça me tratava bem, sempre tão delicada, tão atenciosa... Seu Luiz, o senhor está sempre bem-disposto, procurando o que fazer. Precisa ensinar isso pro Leopoldo. Coitado, depois que ele pegou tuberculose ficou baqueado e morria de medo de deixar a mulher viúva e a filha solteira. Depois, veio o acidente com o menino deles, coitado, não se levantou mais, vivia no canteiro cuidando das plantas, pra não morrer de tristeza.

Graças a Deus os meus estão firmes e com saúde; até parece que melhoraram, depois que a mãe saiu de casa...

O Cláudio não falou nada da Letícia, mas ela deve continuar casada com aquele amigo dele, italiano que nem a gente. O pai ficou rico comprando terras lá. Quem trabalha sempre arruma o seu. Agora o filho está bem de vida, com certeza, tocando os negócios do velho... O que não foi, é porque não tinha que ser. O Luca vai arranjar outra moça boa e ainda vai me dar uma neta, que os da Ledinha nem conhecem mais o avô. Ficou rica, não precisa mais do traste do sogro. Deus que os proteja aonde eles estão. Por mim podem ficar por lá mesmo. Não preciso que ninguém me visite por pena. A gente fica velho, parece que ficou leproso; todo mundo foge. Mas Deus me deu esse filho e não vou morrer sozinho num asilo, que nem o outro lá. De que adianta ter dinheiro e morrer abandonado? Deus me perdoe, mas sabe lá o que ele está pagando"...

De catorze a vinte e nove ele teria tempo de decidir se iria ou não ao aniversário de sua amiguinha. "Amigona agora, cheia de atividades, militante estudantil, artista. Que será que estava conseguindo com a escultura? Levou mesmo a sério sua paixão italiana; tomara que esteja se entendendo bem com o material e as ferramentas. Mármore é duro para a mão de uma moça; ela ainda não deve ter começado com pedras; deve estar esculpindo no barro, passando pro gesso; acho que vou ver o trabalho dela nessa escola, antes de saber se posso viajar; assim, já levo um presente pra ela, um estojo com buris e espátulas; mas onde que eu vou encontrar um negócio desses? Se não achar, compro o maior 'Caran d'Ache' que encontrar e papel importado para ela desenhar; arquiteto sempre precisa dessas coisas; ou então, um belo estojo de compassos e tira-linhas alemão. Ela vai gostar. Será que ela tem telefone em casa? Podia pedir a Informações, mas eles não informam por endereço; ah, a lista de endereços tem a rua dela; é só procurar o número e me informar".

"A senhora não sabe que hora ela volta? Ela tem a chave? Nem se vem para dormir? Bem, peça a ela que ligue a qualquer hora. Por favor, deixe o número em cima do travesseiro; é o Cláudio, ela sabe quem é. Obrigado.

A senhora sabe se ela pegou meu número? Só a viu esta manhã? Desde anteontem? Ela estava bem? A senhora desculpe o interrogatório, mas a mãe dela me pediu para vê-la logo; está muito preocupada com a menina... é, não existem mais meninas, não é? Bem, a senhora, por favor diga a ela que o 'tio Cláudio' precisa falar com ela antes dela viajar pro aniversário; talvez a gente possa ir juntos. Obrigado".

"Alô... como? Menina, nem acredito! Onde você está? Como conseguiu esse telefone? Meu pai? Vocês se encontraram? Em casa? Então espere aí, até as quatro, que eu vou terminar aqui e já estou indo. Você pode ficar para o jantar? O velho vai gostar. É isso mesmo: só ele. Então, menina? Melhor eu terminar logo aqui, senão você torna a sumir nesse mundão cheio de moços e o tio aqui vai ficar aqui vendo navios. Cuide do velho aí, enquanto eu chego. Beijo. Ciao".

"Uau! Deixe eu sentar! Caramba, menina, Lindona! Você sabe há quanto tempo a gente não se vê? Sim, o Vargas se matou em cinquenta e quatro; nós chegamos em cinquenta e cinco; menos sessenta e três, quanto dá? Pô, oito anos sem ver essa beleza! Onde eu estava com a cabeça? Você já viu o Filipe e o Marcos? Não são?... Puxaram ao pai, claro! A mãe era uma bruxa; você não reparou o narizinho deles? Brincadeira; a baiana é, ainda, bem bonita. Não, mas a gente se fala direitinho; ela está namorando um colega seu do movimento estudantil, um rapaz do Cinema Novo aqui em São Paulo. Não tem? Bem, ele faz cinema e parece boa gente. Ela bem que merece um garotão, depois do coroa italiano. Tem razão; estou sendo maldoso, mas é a verdade; também é verdade que eu torço por ela, até porque os meninos precisam de uma mãe que esteja feliz, você entende? Claro, o pai também. Mas eu estou bem, sabia? Mesmo com a morte de mamãe eu consegui manter a cabeça no lugar. Papai me entristece mais que mamãe. Eu sei que ele sofre de uma solidão radical, insolúvel. Eu não posso remediar isso; tampouco as crianças; e vejo aquele olhar tristonho olhando pro infinito, como quem diz: E minha hora, não chega? Mas ele sai às tardes, ora com um neto, ora com o outro, vai à padaria, compra sorvete pra eles, traz pão, leite; e tenho que mandar a empregada levar pão pra casa, fazer pudim, torrada, porque não tenho coragem de dizer nada. Ah, então ele saiu com o Filipe? Comprar pão pra você lanchar. Não disse? Mas tem umas velhinhas aí que olham bem pra ele, cumprimentam, vão à padaria quando o veem passar; mas ao que eu saiba, ele não está nem aí. Aliás, diga ao seu avô pra não deixar D. Laura vir sozinha não, que eu não garanto pelo velho. Engraçado? Mamãe é que sabia... Não, imagine! Era cisma da velha, porque eles sempre se acharam bonitos. Não. O velho adora o seu avô e morreria de paixão, antes de trair o amigo. Quem era capaz de se candidatar à sua avó era eu, mas não podendo, contentei-me em namorar sua mãe, minha primeira namorada do ginasial. O quê? Que é isso, menina? Não, a gente terminou lá pelos dezessete, dezoito anos e ficamos amigos. Que apaixonados nada. A gente se gostava, claro; já tínhamos namorado, gostávamos de literatura, essas coisas. E ela estava tão abatida com a morte do Benito! Mas, você nunca pareceu desconfiar de nada e agora sai com essa? Seus avós também? Vá, esqueça; isso é cabeça de gente idosa"...

Afinal, vamos ter uma festa de aniversário? Estou pensando se podemos ir juntos. Ah, não faça isso; sua mãe e sua avó vão ficar passadas. Não dá pra faltar a essa assembleia? Mas, então, eu posso esperar vocês terminarem a votação e a gente sai de carro; sábado ao meio-dia a gente já está lá; e você dorme na viagem. Legal. Agora conte de você, dessa escola de arte; onde fica? Já, três anos? Como, já na pedra? Pensei que se começava no barro e no gesso, depois metal e só então pedra sabão. Porque é mais macia; não facilita? Quer dizer que cada artista se dá melhor com um tipo de pedra? E você já descobriu a sua? Mas granito não é muito duro? Posso ver seus dedos? Menina, com uma mão dessas você arranja emprego nas Docas de Santos. Os Guinle é que não vão gostar de ver o porto parado. Você acha? Obrigado; não é todo dia que um cara da minha idade recebe elogio de um broto desses. Sério, os hormônios capricharam em você. Você ainda se lembra da Itália? É, é verdade, senhora escultora. Diga, Lorena, seu curso de História da Arte é bom? Hauser?... nunca ouvi falar. Está bem, eu dou uma olhada no seu antes de comprar. Vamos comer esse pãozinho do velho, senão ele fica enciumado, mas coma pouco, que eu vou levá-la pra jantar na Treze de Maio; eu também não como massa; vamos pedir um coelho com vinho de Capri e antepasto, mas o Giuseppe se zanga se a gente recusar a pasta dele. Ah, você também gosta de *melanzane*? Quando a gente voltar, eu levo você pra comer uma, num restaurante romeno; é preparada pelo próprio Drácula, com sangue das mocinhas que ele namora, no Largo do Arouche. Ahá, ahá, bem pensado, um cachecol de couro; legal! Sua avó já tinha dito que você continua a mesma graça de sempre. É, ela também é uma graça. Benza-ó-deus!"

"Desculpe, Cláudio. Eu não deveria ter deixado você me esperar. As assembleias nunca terminam antes de meia noite, uma hora. Você deve estar morto; não quer deixar pra ir amanhã? Você descansa e a gente sai depois do almoço. Não, é sacanagem, eu durmo e você dirige... nada disso. Então eu dirijo agora que estou excitada, com a cabeça a mil; quando eu apagar, você pega, ok?

Não, o pessoal acha melhor tentar negociar mais um pouco com o diretor. Eu acho bobagem, mas fui voto vencido. Mas não é de todo mal, pois a gente ganha tempo pra preparar um movimento mais amplo, com a Politécnica e a Maria Antônia. O pessoal do Direito ajuda a gente a levantar esse povinho medroso. Não, me leve até em casa, pra eu pegar minha mochila; de lá, eu pego e o cavalheiro descansa, ok? Vamos".

Até o final de março do ano seguinte, a sociedade brasileira viveu os iluminados dias da efervescência política e cultural iniciada no governo Kubitschek. Eram, também seus estertores. Com a finalmente conseguida vitória da direita, sobre a complexa esquerda popular, centro populista, no décimo aniversário da morte de seu mentor mais expressivo, todo o país é redirecionado em termos estratégicos, alinhado com muito maior ênfase à geopolítica comandada de Washington. Ainda não era sua formulação mais acabada, pois seus autores internos tampouco tinham a perspectiva histórica do processo global que se estava articulando. Assim, cometiam diversos equívocos, tentando preservar uma identidade e uma autonomia nacionais, o "Brasil Grande", uma opção brasileira, vale dizer nacionalista de projeto, dentro de uma visão de mundo cristã ocidental, de um utópico concerto de nações livres e democraticamente competitivas. Seus executores por excelência, a corporação militar, devidamente depurada de dissidências de fundo, formulou e tentou, empenhadamente, realizar uma política afinada com tal plano. O que prova que não era apenas a esquerda que se confundia e se equivocava em seus projetos. O nacionalismo, até então, critério de identificação dos militares esquerdistas – filo-comunistas como eram chamados – logo pôs a cara de fora no governo militar que derrubou a democracia representativa. Muito encabulado pelas suspeitas que despertava, tratava de amenizar da, melhor forma, suas intenções de preservação identitária. Tinha, contudo, limites óbvios e, nestes casos não podia manter seus disfarces sem se descaracterizar, ou sem renunciar a seus princípios. Com esses 'generais nacionalistas' muitas facções civis, derrotadas pelo golpe militar, trataram logo de fazer alianças, começando por lhes conferir aspas desnecessárias, ou melhor, necessárias para transformá-los em 'nacionalistas como nós', isto é, como cada grupo achava que o Brasil deveria ser, desde o comunismo à Terceira Internacional, até o paraíso liberal americano, passando por todos os matizes da socialdemocracia, da Escandinávia à Iugoslávia. As diferentes concepções, no governo e na oposição, se digladiavam por manter ou conquistar hegemonia, mas no governo, entre muitas outras, havia a vantagem de que as questões práticas e de exequibilidade vinham fortemente reforçadas com prêmios de bom comportamento, o que alinhava rápida e eficazmente a maioria dos divergentes em torno do projeto supranacional hegemônico. Isso tinha efeitos completamente diversos de um lado e de outro. A luta interna nas facções governantes era muito mais discreta e camuflada, que na oposição. A censura rigorosa da mídia garantia essa vantagem, impedindo o vazamento de sua intimidade e a divulgação dos esforços que as oposições faziam para esclarecer e ganhar a opinião pública. Nos vinte anos que se seguiram, com recuos táticos e avanços estratégicos a Direita Internacional colocou o país nos seus eixos, podendo inclusive devolver o poder formal ao aparelho civil-democrático já, a esta altura, mais competente para tocar o barco da globalização econômica, porque menos contaminado com as resistências nacionalistas do aparelho militar. O controle da Amazônia, abertamente reivindicada pelos Estados Unidos, é uma ótima ilustração do incômodo latente representado por essas correntes. A indústria nuclear e o interesse militar em seu desenvolvimento foi, e ainda é outro exemplo nodal. A centro-esquerda e a centro-direita liberais acabaram produzindo os quadros e organismos adequados à transição, valendo-se do espertíssimo estatuto da 'anistia política controlada', de modo a poder resgatar os cérebros indevidamente foragidos, para a reformulação do projeto de inserção do país no globo recém desenhado pela metrópole imperial. Sem a capital soviética para sustentar um projeto antagônico bastava, agora, domesticar os governos vacilantes e castigar exemplarmente os recalcitrantes – como o Peru, do General Alvarado – até trazê-los ao bom senso comum. O controle centralizado da produção e distribuição no mercado de tecnologia, a administração rigorosamente fiscalizada das fontes mundiais de energia – combustíveis fósseis, nucleares, água, minério, etc. – passou, como jamais antes, às mãos dos Novos Romanos e de seus aliados mais prósperos e leais. À altura em que esses fatos são narrados, restam, ainda, algumas 'aldeias gaulesas' a serem incorporadas, quase todas no Oriente Médio, no Leste e Sudeste da Ásia. A extrema diversidade numérica, étnica, ideológica, técnica e cultural desses resistentes impede que o *'Big Stick'*, agora telecomandado e com o nome-recado – Tomahawk[12] – transforme tudo em terra seletivamente arrasada, como no Afeganistão. A própria lógica da organização imperial, com seus diversos centros escalonados de

---

[12] *Míssil americano teledirigido, de longo alcance.*

poder, impede que isso se dê pois, como disse um dos mais penetrantes analistas desses tempos:

"A guerra não é mais entre duas frentes separadas. O escândalo dos jornalistas americanos em Bagdá é igual ao escândalo, de dimensões bem maiores, de milhões e milhões de mulçumanos pró-iraquianos que vivem nos países da aliança anti-iraquiana. Nas guerras de outrora os inimigos potenciais eram capturados (ou massacrados) (...) Mas a guerra não pode mais ser frontal, em virtude da própria natureza do capitalismo multinacional. O fato de o Iraque ter sido armado pelas indústrias ocidentais não é um incidente. Faz parte da lógica do capitalismo maduro que escapa ao controle de cada Estado em separado. Quando o governo americano declara que as empresas de televisão estão fazendo o jogo do inimigo, acredita estar diante ainda dos 'cabeças-de-vento pró-comunistas' (...). Mas está na lógica da indústria da notícia vender notícias, de preferência dramáticas (...). Hoje na guerra, qualquer um tem o inimigo na própria retaguarda, coisa que nenhum Clausewitz poderia imaginar (...). Mas a informação faz mais: dá continuamente a palavra ao adversário (...) e abate o moral dos cidadãos de cada uma das partes em relação ao próprio governo (...) a informação não só faz vacilar a fé dos cidadãos, mas também faz com que se tornem vulneráveis diante da morte dos inimigos – não mais um evento distante e impreciso, mas uma evidência visual insustentável"[13].

E em outro ensaio, sobre a intolerância, afirma ainda:

"O Terceiro Mundo está batendo às portas da Europa, e entra, mesmo se a Europa – e a América do Norte – não estiverem de acordo. (...) O

---

[13] Eco, Umberto. *Cinco Escritos Morais*. Rio de Janeiro: ed. Record, 2000.

problema é que, no próximo milênio (...) a Europa será um continente multirracial, ou se preferirem 'colored'. Se lhes agrada, assim será: se não, assim será da mesma forma (...). Porém, os racistas serão (em teoria) uma raça em vias de extinção"[14].

E lembra, em seguida, que por mais intolerável que a ideia de tornar gauleses ou judeus como 'São Paulo', cidadãos romanos fosse, para muitos patrícios, acabaram tendo um africano no trono imperial[15]. Enfim, globalização quer dizer também isso; não dá para devolver os novos bárbaros às suas terras globalizadas. Eles são o corolário geopolítico da nova Roma.

Estas reflexões contudo, e outras, convergentes ou divergentes destas só se tornaram disponíveis depois de muitos anos da experiência do fazer história; ora como vencedores, ora como vencidos, mas experiência sempre dramática, cheia de alto risco e, com frequência, de perdas incalculavelmente dolorosas. E não foi só neste país, mas em todo o planeta, e em proporções ainda mais graves que as nossas, como na Indonésia, Chile, Argentina, Vietnã, Camboja, Moçambique, Angola, Somália e quantos mais. Se em 1963 um santo, ou vidente, tentasse prevenir a humanidade do que seriam seus anos futuros, seria objeto de galhofa, taxado de derrotista ou traidor, agente da contrainformação. O encouraçado Alvorada hasteava a bandeira revolucionária em todos os portos do terceiro mundo, mas desta vez, seria implacavelmente torpedeado. Com exceções episódicas, como na Nicarágua, além das derrotas humilhantes em Cuba e no Vietnã, César voltou para casa coberto de louros, aclamado como conquistador e pacificador universal. Este o mundo onde Luiz Cláudio, Lorena e todos os seus contemporâneos tiveram que viver, sofrer e aprender. Cada

---

[14] *Idem.*

[15] Lucius Septimus Severus, natural de Leptis Magna, na costa africana, aprendeu latim como língua estrangeira: foi sucedido pelo filho Caracalla.

semana, cada dia, cada hora trazia escolhas, decisões, muitas de cunho transcendente aos sujeitos que as tomavam, e que eram obrigados a tomá-las com um mínimo de informação e um máximo de fé ideológica – e desconhecimento. Foi um desastre e tanto, para ambos os lados, até mesmo para os 'patrícios'.

No retorno da festa de seu décimo novo aniversário, Lorena pediu para pernoitarem em São Carlos no Pinhal, onde precisava fazer contatos. Luiz Cláudio intuiu que seu vínculo com a 'menina' terminara. Agora, teria que redesenhar essa relação, e eles já estavam, mesmo o ignorando, empenhados nessa tarefa, desde o reencontro. Ela lhe disse que não precisavam de dois quartos; era caro. Mas era, sobretudo, desejo de dormirem juntos. Nunca comentaram esse fato natural. Nunca se perguntaram o que significava o que faziam, nem um para o outro. Aquilo era deles, e bastava; e não era só isso. Teriam que aprender e viver, sem nenhuma garantia que pudessem dar sequer a si mesmos. Os buris, ainda antes de aberto o presente que ele comprara, já esculpiam a forma futura desta união. *Porque foi uma união em tudo: quando juntos, quando separados, quando concordaram, quando discordaram, quando gozaram, quando sofreram.* O coração, derretido de amor, perfurava o estômago, em sua fusão. Essa, a glória fulgurante e a angústia de chumbo dos amantes desses tempos. Ninguém sabia as proporções entre céu e inferno. Era viver ou viver.

Lorena transferiu seu ateliê para casa de Cláudio, mas manteve seu quarto alugado onde recebia amigos do movimento estudantil para decidirem seus atos imediatos e para estudarem documentos de organizações diversas, sempre em voz baixa, pois a senhoria exigia porta aberta, para evitar que sua casa ficasse difamada. Também servia para ter um endereço oficial e para hospedar sua mãe que vinha vê-la com frequência crescente. Era sempre um estorvo, pois Lorena não podia lhe informar detalhes de sua militância. Isso gerava sempre discussões dolorosas e era comum despedirem-se chorando, amargas e culpadas. Cedo Letícia soube que a filha dormia fora e que as casas das amigas eram uma mentira gentil. Além da dor que isso produzia, havia medo real de doenças, de gravidez e até de maus tratos por parte de maus companheiros. Ela não podia controlar, e devia se conformar. Não revelava o que descobria a Rubem, pois temia que uma intemperança deste provocasse a ruptura com Lorena; ela preferia morrer. À mãe também não, pois sabia que esta abriria o sorriso de um orgulho ainda maior pela neta. Ao seu pai tampouco, porque temia que ele desistisse de continuar vivendo. Restava-lhe trabalhar nas fazendas e comer. Desse modo, tentando manter-se à tona, para salvar a filha que lhe restara dos muitos perigos deste mundo, assim, por essa via transversa e inesperada pôde, finalmente, enterrar seu menino e voltar à vida de uma pessoa singular, não mais duplicada. Perdeu grande parte da paz interior em que vivia mergulhada. Ganhou a incrível carga de ansiedade e medo que a vida externa lhe trazia. E, também, o prazer real de uma quase redenção, quando encontrava a filha à altura de seu abraço e de seu coração. Lorena, apesar de nunca ter pedido segredo em casa, logo percebeu a cumplicidade da mãe; isso a encheu de gratidão, reavivou sua admiração; e 'escriturou isso no HAVER' de Letícia com a Revolução. Sentiu-se, também, vagamente responsável pela gordura, que ela atribuía à frustração do casamento e à vida burguesa que a mãe levava; mas ela mesma estava em segurança e tinha, ao contrário, de se cuidar e se alimentar bem, para poder dar conta de sua responsabilidade social. No futuro ela seria artista, não como Camille Claudel, que consumiu seu gênio numa paixão condenada pelo individualismo mórbido de seu tempo. Não; ela seria um Orozco, um Rivera da escultura. Cobriria Brasília de grandes painéis da epopeia revolucionária brasileira, em pedra e bronze. E ainda havia as escolas e os hospitais, a serem projetados para atenderem à grande massa excluída de trabalhadores, aqui e fora, como na África e América Central. *Que bela, a generosidade dos humanos, aos 20 anos!* Que belo, quando essa generosidade resiste ao tempo e não transforma a experiência do amadurecimento em racionalização, para se deixar corromper!

Após o primeiro pânico decorrente do desmoronamento do aparelho democrático diante da fanfarra militar do ano seguinte, após os primeiros meses da profunda depressão e incredulidade que abateu todas as organizações e parcelas da sociedade democráticas brasileira, esta começou lentamente a reunir os cacos e a se levantar para o balanço do estrago. Era difícil, pois a cada dia, a cada momento eram obrigados a engolir a arrogância da força e o insulto da prepotência daqueles que, apesar de vitoriosos, sentiam-se intelectualmente menos dotados que os vencidos. Características típicas da cultura militar: o simplismo ingênuo e o reducionismo consequente obrigam-nos a uma visão de mundo maniqueísta. Uma ética do bem e do mal, fundada em textos essencialmente *justos* – códigos e regulamentos provenientes da Autoridade Legal. Esta, por sua vez, funda-se na tradição e no senso comum. Tudo que põe isso em questão é essencialmente pernicioso: a filosofia, as ciências sociais, a economia política, as artes e demais produções do espírito e do intelecto são originariamente suspeitos, porque partem do 'princípio da dúvida', quando o certo seria partir do 'respeito à experiência'. Quando aquelas disciplinas convergem para o que já é sancionado, elas são 'saudáveis' e aumentam o respeito ao bom senso e à autoridade. Mas o intelectual, o cientista e o artista são, por natureza, vaidosos e inconformados. Desenvolvem a inteligência para formular teorias e obras de difícil compreensão e refutação, tornam-se respeitados pelo saber e pela erudição, para furtarem-se à *Norma* e para justificar o descaso pela *Regra*.

Esta sinopse da ideologia espontânea que medra na organização militar também é simplista. É claro que há cientistas e artistas competentes dentro dela. É claro que essa mentalidade não é exclusiva da categoria militar. Veja-se as ordens religiosas, as seitas, as instituições verticais e todos os grandes aglomerados de população destituída e desorganizada. E, sobretudo, essa ideologia apesar de espontaneísta, é tudo menos espontânea. Nem é produzida nos caldeirões dos sábios que cuidam para que o mundo marche na linha, nem dos que trabalham para as elites beneficiárias. Tampouco produz seus resultados segundo uma lei natural, própria da humanidade. Esse é um típico e agudo problema da Ciência Política e da Sociologia. Nada simples; nada redutível a uma formulação clara e consensual; nada óbvio. Por quem, de onde, de que modo a maior parte da humanidade é mantida nos eixos de uma sociedade autofágica e auto predadora? A tentação de dividi-la em bons e maus é imediata; e apaziguadora; e falsa. Bons e maus, generosos e mesquinhos, inteligentes e estúpidos, egocêntricos e altruístas somos todos, em todas as nações, em todas as raças, em todos os tempos. E esse ecletismo do caráter humano "é filogenético". Nada mais equivocado, nem mais prejudicial que o postulado de Engels[16], de que o comunismo faria surgir um 'homem novo'. Se há de haver algum comunismo, terá que ser com este sapiens e não com outro, *engenheirado geneticamente* por alguma revolução científica, marxista ou pós-marxista. Uma sociedade engenheirada já parece possível (mas isso já será uma intervenção na ordem do filogenético). Já se ela poderá ser comunista, está completamente em aberto.

A enorme complexidade histórica, geoeconômica, técnica, política e cultural da sociedade brasileira passou ao 'comando militar'. Essa instituição dispunha de quadros para exercer o poder de polícia, inerente a todo aparelho de estado (fiscalizar, controlar, investigar, inquirir, dissuadir, submeter); isso, contudo, era absolutamente insuficiente para a tarefa que assumiram. Não dispondo de outros meios, fizeram aquilo que sabiam. Não por má fé (embora houvesse, também ali, muita má fé); não por crueldade (embora houvesse, também ali, muito sadismo e crueldade); não por burrice (embora houvesse, também

---

[16] *Friedrich Engels, filósofo e sociólogo alemão, companheiro e amigo de Marx.*

ali, muita truculência e ignorância). Fizeram aquilo que acreditavam ser necessário e bom para o país. À medida que essa simplicidade ia sendo rompida de dentro para fora, os militares foram aceitando e convocando a participação dos quadros civis, treinados na administração pública, na política e nos assuntos jurídicos e técnicos que eles priorizavam. Também entre esses quadros, podia-se encontrar mais concupiscência e mais perversão que entre os militares, pelo menos enquanto esses eram, ainda, noviços na *Ars Política*. Mas havia também gente honesta, juristas, economistas, administradores, políticos e trabalhadores que acreditavam estar ajudando a construir um país mais justo e democrático. À medida que essas convicções iam-se embatendo com as duras realidades dos bastidores, o governo foi sendo deixado, cada vez mais nas mãos do fundamentalismo de direita, que passou a se enfrentar com seu corolário nos oposicionistas de esquerda.

O ano 1968 foi um divisor de águas em todo o mundo. Nenhuma convivência civilizada seria mais possível entre as facções antagônicas. As guerras de guerrilha pululavam em todo o Terceiro Mundo e difundiam grandes esperanças em todos que lutavam contra as tiranias policiais governantes. O trabalho de um intelectual militante francês, *Revolução na Revolução*[17], também ajudou a dividir as águas, não só entre esquerda e direita, mas entre esquerda política e esquerda político-militar, aquela que propunha e preparava a luta armada para derrubar a ditadura.

Entre 64 e 68, milhares de cidadãos brasileiros, em milhares de repartições e instituições da sociedade foram submetidos aos IPM, inquéritos policial-militares, chefiados por oficiais das forças armadas, de patentes que variavam, de acordo com o status dos acusados. Da prefeitura mais insignificante até os altos escalões da administração anterior, tudo foi bisbilhotado e varrido, atrás dos perniciosos e sempre ocultos comunistas. A imprensa, os quartéis e clubes militares e os

---

[17] Regis Debray, preso na Bolívia, tornou-se mais tarde ministro do governo socialista francês de F. Mitterand.

órgãos da administração pública e as universidades foram esquadri-nhados com mais cuidado, mas todas as demais instâncias receberam as atenções do *pan-óptico* militar. Era o império da paranoia: lutadores sociais degradados à posição de delinquentes, defendendo-se da mão pesada da justiça; inquisidores assustados com a tarefa, sentindo-se obrigados a descobrir os maliciosos e ardilosos subversivos, todos treinados por Moscou e Havana a enganar, mentir e escapar ilesos, deixando-os de mãos vazias. Só após o Ato Institucional nº 5, de 1968 é que se descobriu que essa brincadeira de gato e rato se generalizaria realmente em horror e aniquilação.

Lorena viveu esses anos numa ciranda de reuniões, passeatas, greves, mobilização popular, comícios-relâmpago, tudo que a van-guarda estudantil pôde levantar como arma de resistência e defesa da legalidade, tendo sempre as ciosas polícias militar e civil pela frente, a tentar desmobilizá-los com bombas de gás, jatos d'água, tiros de borra-cha e até de chumbo, batendo, ferindo, expulsando-os dos campus, das residências, prendendo, processando. Simultaneamente, os inquéritos administrativos dentro das faculdades expulsavam sumariamente as lideranças e tentavam manter o controle do restante, pela ameaça de chamar a polícia. Enquanto isso, toda a mídia noticiosa aliada ao governo, ou submetida a rigorosa censura, mantinha a população geral criteriosamente contrainformada, fazendo crer que estavam no melhor dos mundos, e que o combate aos ratos subversivos era limpo, legal e bem-sucedido. Breve a sociedade estaria livre desses desajustados!

Luiz Cláudio foi chamado à OAB e advertido de que estavam investigando sua vida profissional e pessoal. Sabiam de suas ligações com diplomatas suspeitos, com departamentos jurídicos estrangeiros e que era consultor do ministro da Fazenda deposto. Começaram a observar seu escritório, desde que encontraram seu nome citado em documentos apreendidos com prisioneiros políticos e gente submetida a inquéritos policiais militares, IPM's, junto aos de outros advogados que poderiam ser contratados para defender os acusados. Embora não tivesse sido procurado por nenhum deles, e seu nome não constasse em nenhuma ação de defesa criminal, estranharam que ele fosse sempre citado. Era da confiança da 'comunada' e, no mínimo, simpatizante dos subversivos. A Ordem fora informada para que, advertindo ela própria seus advogados membros, transferisse a eles a ameaça e ajudasse as novas autoridades a exercer pressão sobre o importante setor que representavam. A ameaça atingia, assim, também a OAB, que poderia sofrer uma intervenção e ser eventualmente dissolvida. Esse foi um dos mais enérgicos e inteligentes ataques do governo ao Estado de Direito. A defesa do cidadão frente a seus acusadores – peça mestra de qualquer regime democrático – recebia, assim, um rude golpe. Apesar, contudo, do profundo mal-estar que isso produziu na categoria e dentro de sua organização, esta deixou seus associados livres para exercerem sua função pública, de acordo com sua consciência pessoal, com sua disposição de enfrentar a prepotência do Estado, e de defender quem quer que necessitasse um representante jurídico legal. Mas o golpe abalou a muitos profissionais, que não tendo convicção democrática muito arraigada, preferiram afastar-se do fogo, para não se queimarem. Mas houve, também, exemplos notáveis de advogados que, ainda que ideologicamente simpatizantes dos vencedores e anticomunistas notórios, revoltaram-se contra a truculência repressiva e passaram a oferecer abertamente os serviços de seus escritórios aos perseguidos, atuando assim em defesa, não só desses, mas de toda a sociedade civil, ameaçada de volta à barbárie pelo arbítrio do governo. *Heráclito Fontoura Sobral Pinto*, no Rio de Janeiro, foi apenas o mais citado, pelo prestígio nacional de que gozava, pela coragem e ênfase de sua condenação à ditadura, e pela idade avançada que tinha àquela altura. Assumiu, pública e gratuitamente a defesa dos mais cobiçados reféns da polícia política e foi a espinha encravada na garganta da autoproclamada "Revolução de 31 de março". Foi o estandarte, mas teve uma legião de pares, em toda a Federação, a lhe fazer companhia e lhe agradecer, por ter garantido à profissão o respeito público internacional, por saber manter-se à altura de seu juramento e de sua responsabilidade.

Luiz Cláudio, entre incrédulo pela malignidade infantil do adversário e indignado pelo despudor da ameaça que sofria, perguntou-se pela primeira vez se tinha algum papel legal e profissional a exercer, no contexto de enfrentamento que o país vivia. Ele era citado como passível de ser procurado, para defender os acusados pelo governo, mas, com certeza, ninguém entregaria um processo político a um especialista em tributação. E começou, aí, a pensar em fazer jus a suspeita honrosa que levantavam contra ele. Com certeza encontraria um modo de auxiliar seus colegas criminalistas. Entrou em contato com eles e lhes expôs sua intenção. Foi bem recebido, mas sugeriram-lhe atuar em conjunto com colegas familiarizados com aquele tipo de processo. E o informaram que receberia pressões desagradáveis de setores radicais do governo, inconformados com os escrúpulos legalistas de muitos de seus superiores. Naquela mesma noite encontrou uma carta em sua casa, prevenindo-o de que havia riscos sérios em defender prisioneiros políticos, pois a polícia não podia dar proteção a todos os cidadãos que a solicitavam. E vinha encaminhada por uma Associação de Defesa dos Profissionais Liberais. Luiz Cláudio, mesmo sem hábito de suspeitar, a priori, de fatos como este, estranhou que a carta tivesse sido enviada para sua residência. Era estritamente profissional e seu endereço privado não constava na lista telefônica. Nunca ouvira falar da ADPL, tampouco a encontrou no catálogo. Soube, no dia seguinte, pelos colegas, que vinha de gente do DOPS[18]. Enviavam para as residências, para que a ameaça atingisse também as famílias. As forças armadas americanas e a CIA há muito treinavam os oficiais e policiais do Terceiro Mundo americano, nas sofisticadas técnicas

---

[18] Departamento de Ordem Política e Social.

de guerra psicológica, da contrainformação e da contrainsurgência, verdadeiro curso internacional de terrorismo de estado, em defesa da democracia. Dois gigantes do 'mundo livre' nesse período: John F. Kennedy e Henry Kissinger (mas esta é apenas uma ilustração entre muitas possíveis).

Lorena Lugano Franchini, acusada em dois IPM's[19] logo nos primeiros meses do golpe militar, foi expulsa da Faculdade de Arquitetura dois meses antes da formatura: por insubordinação, incitação à greve e participação em organismos estudantis postos fora da legalidade. Era acusada também, de pertencer à seção universitária do proscrito PCB. Rubem e Letícia, chocados com a notícia, viajaram para São Paulo, a fim de contratarem a defesa da filha e de a levarem para casa, onde ficaria protegida. A moça, bastante assustada com a energia com que a repressão atacava o movimento estudantil e com a determinação com que insistiram em sua expulsão, aceitou o retiro, para se dar tempo de avaliar a melhor reação que poderia opor àquele ataque. Seus colegas de faculdade mobilizaram-se rapidamente para reagirem às expulsões; convocaram nova greve, paralisaram a faculdade até o ano seguinte, quando foram surpreendidos com mais expulsões. Por se tratar de um segmento social dos mais combativos, organizados e lúcidos, o Ministério da Educação foi instruído a usar a força. Ainda assim, os universitários e secundaristas das grandes capitais mantiveram o assédio ao governo com energia, articulação e mobilização crescentes durante cinco anos, forçando-o a revelar, a cada momento, aquilo que era: ditadura militar, e não governo revolucionário, "defensor da liberdade, frente ao Partido Comunista". A farsa democrática do novo regime ruiu totalmente com o assassinato de um estudante, Edson Luís, no Rio, numa manifestação junto ao restaurante da UNE, cujo nome dava uma irônica e triste referência ao que seria o destino desses jovens lutadores: "*Restaurante do Calabouço*". O choque nacional produzido por

---

[19]   *Inquérito Policial Militar*

este fato encorajou, ainda mais as imensas manifestações de massas, lideradas pelos estudantes em todo o país, pelo restabelecimento da legalidade.

Em 1968 os militares encerram esse período e, com o beneplácito de seus mentores americanos, editaram um Ato (AI-5), que põe fim a qualquer veleidade jurídica de caráter liberal. Legalizaram o arbítrio, o fim dos direitos do cidadão, e implantaram a legalidade da força bruta, da força que não devia satisfação a ninguém. Daí para frente, a oposição que ainda havia no país tomou quatro rumos: o calabouço; a clandestinidade (para tentar iniciar uma luta insurrecional); o asilo político em países amistosos; a adesão ao MDB, partido 'de oposição', criado pelo governo para conferir legitimidade à sua fachada internacional.

Lorena entregou seu quarto em São Paulo e regressou com seus pais para o interior, de onde acompanharia o andamento de seus processos. Suportou essa situação por quatro meses. Por fim, mesmo seus pais já admitiam que não daria para ela permanecer nesse isolamento, sob pena de adoecer. Conseguiram hospedá-la em São Paulo, na casa do irmão mais novo do Dr. Leopoldo, um físico demitido da universidade logo em 65. O Dr. Sílvio Kopp era conhecido internacionalmente como autoridade em física quântica e, de fato, vivia mais tempo na França que no Brasil. Ficara viúvo e, ao contrário do que viu acontecer com sua mãe, decidiu não casar uma segunda vez. Seu pai era brutal e sentia desprezo pela mulher e pelo filho que tiveram. Ele, por sua vez, decidiu não os ter e retirou do seu o sobrenome paterno, mantendo apenas o da mãe. E manteve as melhores relações com os filhos que ela tivera no casamento anterior. Assim, quando Leopoldo o consultou sobre a possibilidade de hospedar a sobrinha, foi imediatamente aceito, desde que ela, de seu lado, aceitasse algumas condições: não revelar seu endereço a terceiros e não receber amigos no apartamento, pois ele era observado, de tempos em tempos, por agentes policiais e não podia arriscar ser impedido de sair do país e perder seu passaporte. Seus compromissos internacionais eram o que lhe restava, em sua vida profissional e pessoal. Lorena, que mal o conhecia, ficou orgulhosa e grata por sua acolhida, e lhe prometeu retribuir a confiança.

Nas suas primeiras vindas, geralmente rápidas, a mãe a acompanhou e, naturalmente, dificultou qualquer encontro privado com Luiz Cláudio. Lorena sufocava por vê-lo a sós e acabou convencendo-o de que era inútil manter seus encontros desconhecidos para o pai de Cláudio. Este não era nenhum bobo e devia estar farto de saber da história. Luiz Estêvão talvez se julgasse demasiado velho para compreender o mundo que deixaria em breve. Talvez isso não tivesse mais importância para ele. Talvez seu interesse nisso fosse, agora, tão pequeno que ele, de fato, nunca tenha chegado a saber. O fato é que jamais inquiriu o filho acerca disso. Lorena tratou de reativar seu trabalho no ateliê, onde podia, também, estar a sós com seu amado. Ao tio, no entanto, ela confiou seu segredo, na esperança de que ele autorizasse a visita do advogado Donada. Silvio Kopp, complacente, confessou rindo sua inveja de Luís Cláudio. Quanto ele não daria para namorar uma jovem de 20 anos, linda, militante política e de caráter?!... Daria sua autorização, assim que ela lhe apresentasse sua melhor amiga, e que esta também fosse morar com eles. Lorena soube ali, naquela brincadeira, que sua confiança no tio não a enganara; riram juntos, cheios de mútua admiração, mas Silvio pediu-lhe que fosse muito discreta e que não recebesse seu amigo à noite; de dia poderia passar por uma visita profissional à cliente. Já dormir com ela pareceria um 'excesso de zelo advocatício'. E o riso amenizou o peso da restrição. Mais tarde ela soube que ele protelara seu regresso à Europa por todo o mês de julho, para deixar a presença dela, na casa, bem assentada para a zeladoria, e a vizinhança do prédio. Também, porque achou que podia deixar seu descanso anual na chácara que tinha na Áustria, próxima a Linz, para gozar o surpreendente entusiasmo que a moça trazia à sua vida,

A LETRA L

já tão carente de alegria e juventude. E, pela primeira vez pensou se não deveria reconsiderar a solidão amorosa a que se recolhera. Toda tentativa que fazia de encontrar outra companheira esbarrava em seu total desinteresse pelas mulheres que ele conhecia. Era convidado por universidades de todo o mundo; era hospedado, com honra, por famílias de colegas, que o apresentavam à nata acadêmica de seus países; em nenhuma ocasião, no entanto, ficara seduzido por alguém; de fato mesmo, não encontrava interesse nas pessoas de sua geração. Afora o estritamente profissional, achava-os terrivelmente conservadores e cansativos. Com raras exceções, eram mentalmente velhos, moralistas, quando não abertamente religiosos ou esotéricos. Há muito tinha desistido de questionar o abismo, entre a ciência de primeira grandeza que esses homens faziam, e a absurda e inacreditável ingenuidade de suas crenças ideológicas. Perdera um grande amigo, por isso; e nunca deixava de colocar aspas, nessa ingenuidade. Agora devia pensar se, também ele não era um moralista, tal a sua incapacidade de descobrir, por si, o caminho que sua sobrinha e seu amado lhe esfregavam na cara. De repente, uma ideia muito simples entrou, como uma iluminação, e o fez abrir seu riso franco e empoeirado de rapaz: o amor deve ter suas melhores chances quando se dá entre pessoas de idades muito diferentes. É lógico: as jovens têm tudo a admirar no parceiro culto, experiente e amadurecido; o amante tranquilo, que pode admirar sua trajetória e sabe aguardar por sua chegada. Os maduros se beneficiam da ejeção, pela qual suas vidas são relançadas à órbita da beleza, da alegria e da entusiasmada confiança no futuro. E imaginava que isso se dava entre os corpos enlaçados, como uma *transfusão de espíritos*. E Silvio entregou-se à suave correnteza, que o ancorou, de novo, naquilo que ele sepultara antes de a si mesmo, para poder continuar vivo: o devaneio sobre a beleza extasiante de um corpo jovem de uma amante; a firmeza muscular, a lisura da pele ao longo do torço, sua mão deslizando até a comprimir firmemente suas nádegas contra seu púbis. A fulguração que o branco do colo produz ao olhar, o calor do seio que o envolve... Passou o resto da tarde recostado na rede, em paz com essa fantasia vivificante, tangendo as cordas que ele, há muito deixara de afinar. Quase desacreditava de que, a simples presença da sobrinha, pudesse tê-lo sacudido tanto. Nem conseguia mais se lembrar de que modo passara a ver a vida, como se *Humbert Humbert*[20] devesse ser sepultado e esquecido para sempre. Quantas vezes se obrigou a ignorar o interesse que despertava em uma estagiária sua e, pior, o que ela despertava nele?!... Sem explicar para si mesmo, tornara-se tão fariseu quanto os colegas que ele criticava: seu universo limitava-se à sua família e seu trabalho – seu mundo era pequeno, como o das partículas subatômicas que ele estudava. Subitamente, os personagens 'perversos' de Schnitzler e Nabokov, que sempre lhe produziam repulsa, passaram a merecer comiseração e, mais que isso, admiração. Queria relê-los logo, e descobrir o que lhe escapara. O que fazia o par Humbert-Lolita depravado não era, senão a perversa moralidade de seu mundo. Sentia-se feliz e alforriado, por alcançar um tempo em que essas coisas, elas sim eram sepultadas. E o eram pelas mãos dos jovens, que atiravam pás de terras sobre as mentiras que herdaram dos pais. Estava emocionadamente grato a Lorena. E decidiu lhe fazer uma surpresa.

À noite, quando ela chegou do ateliê, encontrou sobre a cama seu velho exemplar francês de *Lolita*. Dentro, uma folha de papel rasgada, onde ele a convidava, e a Luís Cláudio para jantarem com ele, no dia seguinte. Pedia que não faltassem, pois precisava falar-lhes, sem dizer que iria comunicar-lhes seu agradecimento.

Esses foram tempos felizes para Luiz Cláudio e para Lorena. Uma felicidade quase onírica, como um lençol de *stratus* sob luar. Sua única turbulência provinha das vibrações sexuais e políticas que viviam. Luiz Cláudio tinha trabalho redobrado, com sua participação em processos políticos e a confusão entre as antigas e as novas leis

---

[20]   *Humbert Humbert, personagem do romance "Lolita", de V. Nabokov.*

tributárias, que enchiam sua mesa de recursos a serem impetrados. Quase não tinha tempo de cuidar de seus meninos, e menos ainda, da administração doméstica. Felizmente para todos, seu pai assumiu essas tarefas, deixando a cozinha para empregada e cuidando da dispensa, uniformes dos netos e dos pagamentos e bancos. Passava as horas entre a entrada e a saída da escola, fazendo o trabalho de rua; e tinha nisso um grande prazer: era como se estivesse atendendo, finalmente, às solicitações de Cláudia, quando ela se desdobrava sozinha, entre a casa e sua oficina de costura. O que mais o encantava em suas novas funções era assistir o desbravamento da escrita e da leitura, por parte dos netos. Filipe, com 9 anos, lia seus livros de lição e de histórias; fazia sozinho seus trabalhos de casa, antes do jantar; de vez em quando, pedia ajuda para uma operação mais difícil, mas só depois de tentar bastante resolvê-la sozinho. Para a Matemática solicitava o avô, mas para o resto: Português, História, Geografia e Ciências, usava subterfúgios para esperar o retorno do pai. Suas pequenas dúvidas geravam, quase sempre, divertidos e esperados passeios pelo mapa múndi, por culturas estranhas, povos e hábitos que enchiam os meninos de curiosidade e encantamento. No aniversário de 10 anos, ganhou de Lorena, *Simbad, o marujo*, e no de 11, *O homem que calculava*[21].

Marcos, um temperamento mais lúdico, exigia muito mais do avô. Aprendeu a tabuada com enorme esforço para domar o impulso de escapar para o brinquedo mais próximo. Na quarta série primária ainda tinha que pensar antes de efetuar um produto, e errava facilmente uma divisão. Seu português era quase fonético: *esercicio, ezercissio* se equivaliam e podiam aparecer juntos. Luiz Estevão pressionava Cláudio para mudá-los de escola, e não conseguia entender que método era esse, que deixava o menino à vontade com sua gramática particular. Cláudio tampouco podia explicar, mas confiava em que a escola montessoriana, com sua sofisticada pedagogia, sabia o que mudar,

---

[21] *Simbad, conto de As 1001 Noites; O Homem que calculava: Malba Tahan.*

e por onde levar suas crianças. Marcos, embora seu avô não percebesse, mostrava um desenvolvimento pouco comum nos trabalhos de desenho, construção com blocos, escultura em barro e pintura. Ali, sua geometria era mais que aprendida: era conceitual, bem como sua liberdade no uso de linhas, cores, espaços, onde o grafismo era sempre de uma beleza surpreendente. Vivia às voltas com instalações, pistas para jogos que ele mesmo inventava, e para os quais estabelecia regras muito engenhosas, que deviam ser respeitadas. Ele tinha sua gramática e muita dificuldade em compreender por que necessitaria de outra, que ele mesmo não criara. Era filho de seus pais; era *gauche,* e visto assim pelas demais crianças, mas isso não parecia incomodá-lo em nada. Encantava todos os adultos que lidavam com ele e fazia pouco esforço para ter amigos de sua idade. Quando acontecia, era sempre com outro menino considerado bizarro pelas demais crianças.

Desde sua expulsão da Faculdade de Arquitetura até a ruptura institucional – a segunda – representada pelo Ato n. 5, de 1968, Lorena viveu anos de relativa tranquilidade; respondia aos processos, que continuaram a correr na justiça militar e, como já tinha sido punida, antes mesmo de que qualquer sentença a condenasse, podia escolher, quase livremente, o grau de perturbação que o regime causaria em sua vida privada. Se tivesse aceitado ficar no *studio* e esculpir seus trabalhos em reclusão voluntária, o governo não teria por que gastar recursos policiais com ela e a teria deixado em paz, como a muita gente que se aquietou com a derrota. Mas o mundo tinha, ainda, uma grande volta a dar, e até mais que uma, para que o caráter daquele momento histórico fosse se configurando com alguma clareza. Enquanto isso não se consumava, os humanos o interpretavam como os "seres das cavernas" de Platão: interpretavam sombras. É possível conjecturar que os dirigentes da União Soviética, dos Estados Unidos, e de demais potências mundiais estivessem um pouco mais próximos da entrada da caverna e dispusessem de algo além das sombras, para desenhar estratégias; mas a multidão restante apalpava o escuro e tecia vaticínios e prognósticos sobre o que acontecia e sobre o que deveria acontecer. Não que errassem sempre; pelo contrário, acertavam bastante, a julgar pelos meios de que dispunham; houve sempre gente competentíssima nessas análises. Viam através das paredes da caverna, como imagens de raio X; e sabiam interpretá-las com agudeza; seus acertos, contudo, eram fragmentários e seus resultados programáticos sempre conflitantes. E ninguém saberia prever quais desses programas tinham alguma probabilidade de vingar, no longo prazo. As surpresas foram brutais em muitos casos, e incrivelmente promissoras, em outros poucos. O processo de reordenação política, econômica e militar do planeta, a partir de 1945, foi, e continua sendo cataclísmico. Mas não, ainda, apocalíptico. Pelo menos por ora.

Lorena não se conformou com a derrota. Ao contrário, esteve todo o tempo convencida de que a vitória do regime militar só era retrocesso num sentido estritamente dialético, isto é, que ela marcava o início das mudanças que fariam eclodir a Revolução Socialista; não só aqui, mas em muitos pontos da América, da África e da Ásia. E citava "Um passo à frente, dois atrás" de Lenin, para justificar sua opinião. Ela dizia que o parafuso histórico do capitalismo dava suas últimas voltas. E tinha bons motivos para crer nisso. As guerras de libertação nacional eclodiam e encostavam no muro todas as potências coloniais 'democráticas', que ainda mantinham seus ferrões cravados nas colônias: Angola, Argélia, Moçambique, Indochina, Cuba, Cabo Verde, Nicarágua, Coreia, Indonésia e Filipinas, e todo o cone sul-americano. Todos se levantavam e expulsavam, com maior ou menor êxito seus ocupantes, explícitos ou implícitos. Muito se pensava no 'passo à frente' revolucionário e no 'passo atrás' imperialista. Ainda faltava assistir aos massacres ocorridos no Chile, na Argentina e no Brasil, para perceberem que a dialética que invocavam tinha mão dupla: sua revolução, também tinha seu passo atrás.

Enquanto não se podia, sequer, imaginar um desastre das proporções do que veio, Lorena, e toda a cúpula efetiva do movimento estudantil brasileiro, empurrou, com determinação obsessiva, a sociedade civil para o caminho da resistência e do retorno à democracia. Abandonaram as direções formais do PCB e do PCdoB, consideradas reformistas, isto é, não-revolucionárias, subordinadas ao PC da URSS e à Terceira Internacional, empenhada em impedir um 'boom socialista' global insustentável. Foi uma luta interna encarniçada em toda a esquerda militante. Nenhuma organização escapou à clivagem, entre aderir, para mudar por dentro a estrutura do estado militar, e forçar a ruptura do mesmo, pelo enfrentamento continuado, radical e, por fim, armado.

Lorena viveu e sofreu, intensamente, esse processo de implosão da esquerda nacional. Desde seus anos de universitária, quando teve que aprender os rumos e os significados da luta interna ao PCB, até a fragmentação total de todas as organizações em dezenas de grupos e subgrupos rivais, isolados e incapacitados para resistirem à reação implacável que o governo moveu contra eles. Cinco anos se passaram, período que marcou definitivamente seu caráter e seu ingresso no mundo adulto. Nesse período desligou-se de todos os vínculos conhecidos, endereços, família, trabalho e viveu numa semiclandestinidade, que preservava seus movimentos físicos, e sua conturbada trajetória ideológica. Esteve, até o último momento, com a Dissidência do Comitê Universitário do PCB, participando de todas as suas discussões e resoluções, redigindo seus manifestos, debatendo-os com aliados e adversários, viajando para organizar a luta em capitais menores, do Sul e do Nordeste. Defendeu, energicamente, a tese de Régis Debray, sobre a inevitabilidade da luta armada, enquanto esta era, ainda, apenas uma tese em debate. Os aspectos práticos, contudo, dessa estratégia implicavam em imensas dificuldades; esquematicamente: dinheiro, armamento, treinamento, líderes político-militares e base popular de apoio e de luta efetiva. Lorena sofreu agudamente esse conflito pois, quanto mais se convencia de que não havia outra saída, menos solução encontrava para colocá-la em prática. Achava-se, muitas vezes, tão desesperançada que punha em dúvida seu fervor revolucionário; vivia uma profunda angústia, por não conseguir iniciar sua participação, partindo para uma clandestinidade aberta, porque não se convencia de um mínimo de viabilidade prática em nenhuma das facções que se apresentavam. Era, muitas vezes, acusada de vacilante, pequeno-burguesa, e se dilacerava na dúvida: sua avaliação das possibilidades era justa, ou uma racionalização engendrada pelo medo e pela covardia? Enquanto não se decidia, aguardava o momento em que alguma das vertentes da luta armada se revelasse viável. Antes disso, ainda que cheia de culpa, ela se negava a saltar no escuro. À medida que o governo militar enrijecia suas posições no confronto e fechava quaisquer portas de negociação, à medida que sofisticava sua manipulação da 'oposição legal' e da opinião pública nacional, à medida que imobilizava toda a reação que identificava, a luta armada foi se impondo como única saída, para aqueles que insistiam em resistir. Focos insurrecionais, ou tentativas, no Araguaia, na serra do Caparaó, Espírito Santo, na serra paranaense, guerrilha urbana, rural, ALN, PCBR, VPR, VAR Palmares, PCdoB, além das dissidências do PCB, todos com suas estratégias, suas táticas, seus programas, todos inconformados e decididos a tudo, inclusive a morrer pela revolução. Caíram todos, sucessivamente, nas mãos vingativas das Forças Armadas. Muitos morreram torturados e/ou assassinados. Muitos "desapareceram". Outros escaparam, pelo asilo oportuno, ou porque sobreviveram nos cárceres, até que cumpriram suas penas ou foram, afinal, anistiados quando conveio, a partir de 1979, devolver o comando do país às organizações políticas civis que, com as mãos limpas, e livres da esquerda militante, podiam devolver o mesmo, mais depressa aos braços da democracia ocidental-cristã.

Luiz Cláudio, desde o desaparecimento de Lorena, manteve-se ativamente ligado aos processos políticos e procurava falar com todos os prisioneiros aos quais os militares, por algum motivo decidiam autorizar visitas. Quando não conseguia, por não ser advogado do caso, visitava as famílias e seus colegas encarregados, a ver se rastreava alguma notícia, ou pista de onde buscá-la. Todos os recursos judiciais que obrigavam a autoridade policial a informar o nome dos detentos eram cumpridos, somente quando e se interessava divulgar o fato, ou quando isso já não importava. Mantinham, então, uma fachada de legalidade muito conveniente para imagem pública do governo. Durante três meses ele andou em todos os locais onde poderia encontrá-la, sem resultado. No começo não podia perguntar diretamente, pois não tinha certeza de que ela estivesse realmente presa e uma indiscrição sua informaria à repressão que ela se encontrava desaparecida; logo, porém ficou sabendo que 'Anita' estivera no DOPS. Diziam que parecia ter sido levada para Porto Alegre, para acareações. Anita era o nome de guerra que ele conhecia há muito. Não havia mais dúvida. Agora era requerer aos órgãos de informações e esperar que eles admitissem estar com a tutela de sua cliente. A situação era paradoxal; pelo menos agora podiam esperar que ela estivesse viva. Ele sabia que ela não entraria para a clandestinidade sem avisá-lo. Sabia que ela não desejava isso. Seu desaparecimento, portanto, era muito preocupante, pois poderia ter sido morta, sem que ninguém soubesse. O horror cotidiano de pensar essas hipóteses era, por si só, torturante. Letícia ligava diariamente, ou ia ao escritório para saber da filha. Não poder dizer-lhe nada de concreto era demonstrar-lhe a impotência da justiça e desesperá-la ainda mais. Uma tarde ele foi informado por um colega que Anita tinha regressado aos DOPS. Ele foi imediatamente ao Departamento. Não lhe permitiram vê-la, antes de demonstrar que era seu advogado, mas agora, pelo menos, o governo dizia oficialmente que ela estava viva. E isso era melhor que nada.

Quando voltou com a procuração da família, já não a encontrou ali; tinham-na removido para a PE, Polícia do Exército. Fizeram-no saber que ela estava muito implicada, mas que 'estava bem'. Isso o aliviou tanto, que ele quase agradeceu.

Na PE disseram-lhe que teria que falar com o chefe do Serviço de Informação. O Major nunca podia atender, pois estava conduzindo uma investigação fora da cidade. Ou estava na reunião do Comando. Ou saíra para ir ao QG. Ou... Ou...

Luiz Cláudio munia-se de paciência e voltava. Uma hora teriam que atendê-lo. Ao mesmo tempo pediu a ajuda do cônsul italiano. Este entrou em contato com o Secretário Geral do seu ministério, embaixador Ludovico Bonfiglioli, que falou pelo telefone diplomático com Cláudio e lhe disse que acabara de ser informado do caso pelo genro do Dr. Leopoldo. Já enviara o documento confidencial ao cônsul, autorizando-o a emitir, de imediato, passaporte para Rubem e Lorena Franchini, deixando a documentação de credenciamento sob exigência. Recomendou que o diplomata entrasse em contato com Brasília, *onde o embaixador estará instruído a requerer informações oficiais ao Itamaraty*. Ainda se passaram dez longos e angustiosos dias até que o advogado constituído pelo consulado italiano em São Paulo, Luiz Cláudio Donada, fosse autorizado a ver sua cliente, Lorena Franchini, no QG do Segundo Exército, onde a encontrou isolada em cela especial, no alojamento do sargento da guarda, devidamente adaptado.

Com exceção dos dias em que lhe diziam que ela estava fora, para acareações, podiam se falar por uma hora em todos os demais. Também os pais e o cônsul foram autorizados a vê-la, sempre individualmente, com um soldado armado à porta.

Dada a extrema aflição em que viveu, até poder ver Lorena novamente, Luiz Cláudio assumiu o cuidado oficial do caso, pois não suportaria deixar que ninguém a procurasse em seu lugar. Agora, porém, que sabia onde ela estava, preferia deixar o caso para um colega experiente, treinado nas manhas do poder militar e, sobretudo, mais distanciado e menos ansioso que ele, com os muitos percalços que encontrava para organizar a defesa. Por fim, conseguiu convencer um colega para que recebesse os honorários, pagos pelo pai da cliente, em nome dele, Donada; esse colega se responsabilizaria por todas as decisões, redigiria as peças da defesa, tudo assessorado por Luiz Cláudio que, além do mais, assinava as petições como encarregado, para não perder o acesso a Lorena. A ela tentava transmitir da melhor forma as demandas do colega, suas perguntas escritas e suas orientações. Lorena concordou a contragosto, pois achava tão imprescindível continuar a vê-lo, que sentia aquele estratagema como uma ameaça a interrupção de suas visitas. Por outro lado, continuarem se vendo sob aquela formalidade era cruel, pois ela desejaria, e muitas vezes tentou, abraçá-lo como sua mulher, mesmo que tivesse que desistir do advogado. Acabaram acertando que, tão logo ela fosse libertada pelo *habeas corpus*, eles dariam a público sua relação, e ele passaria formalmente o caso para o advogado de fato. Àquela altura, quaisquer pruridos éticos ou morais frente aos pais de Lorena pareciam descabidos e sem significado.

A informação do paradeiro e situação de Lorena só chegou à família por interferência da diplomacia italiana que, nesse entremeio, acionada pelo pai, Franchini e pelos amigos de Luiz Cláudio na Itália, concederam cidadania a Rubem e à filha, transformando-a num caso diplomático. Isso garantiu a Lorena um salvo-conduto provisório, tempo à inteligência militar de esclarecer mais suas responsabilidades reais, como militante. E como ela, de fato não aderira a nenhuma facção militar da esquerda, acabaram liberando-a, no ano seguinte, para responder ao processo, em liberdade. A sobrevivência era tão crucial que tornara a questão do namoro de Lorena com Luís Cláudio irrelevante. Acabaram percebendo seu engano, quando tiveram que relevar seu amor a Rubem. Este sentiu-se traído por todos, inclusive por Letícia, que ele julgava saber do caso e tê-lo omitido dele. Esta, por seu turno, não pôde revelar a enorme surpresa que teve, reforçada por outra, que foi o prazer incompreensível, e enorme, que a notícia lhe trouxe. Como dizer ao marido que Lorena a estava substituindo no coração de Cláudio? Ficou feliz, mas obrigou-se a escondê-lo, pois sentia pudor de confessá-lo a si mesma. Parecia imoral. Mas ela e Cláudio não ficavam obrigados a relatar seu antigo amor à filha, sob pena de que ela também se sentisse traída? Ou ele já lhe teria contado? Talvez ela soubesse desde os anos infantis, apenas não podendo colocá-lo em palavras. Tudo que ela pensava parecia tão provável, que ela logo admitia como a verdade. Por fim, concluiu que nada disso tinha qualquer importância, desde que Lorena estivesse com ela, sã e salva. Parece que Rubem sentiu algo parecido pois, passadas as primeiras semanas, voltou ao comportamento normal que mantinha com os familiares e até se dispôs a receber a quem ele denominou 'genro', com um misto de ironia e humor. Lorena agradeceu de coração a generosidade do pai, mas preocupou-se com o que significariam aquelas aspas. Sabia que estavam, ainda, muito longe de poder falar sobre isso, mas aquela ambiguidade deixou-a desconfortável. De todo modo, decidiu que não se encontraria com seu homem naquela casa; não importava que título lhe dessem, seu assunto era somente seu e dele. Evitou que o pai a acompanhasse a São Paulo para as diversas audiências do seu processo. Aceitava a companhia de Letícia, mas hospedava-se e dormia no hotel com ela. Só saía e só retornava acompanhada de Luiz Cláudio, ou de ambos, da Auditoria Militar, onde seu processo corria. Afora isso, passava todo o tempo no ateliê, conversando muito com seu amado que, naquele momento, era um depósito de sua compulsão de relatar, relatar e relatar tudo que ela vira acontecer com os companheiros de prisão. E o horror que tomava a todos, quando algum deles não retornava à cela. Dela, porém, não falava nada, além daquilo que tinha admitido conhecer aos inquisidores. Era o suficiente para a defesa. Cláudio desde o início respeitou essa reserva, pois para ele também era um alívio ignorar os fatos que constituíram a experiência pessoal de Lorena na prisão. Sabia que, por mais que se dispusesse a partilhar essa angústia, era vivência apenas de quem estivesse na mesma situação. Tratava-se de pudor: ninguém externo a ela poderia julgar-se incluído. Assim, todas as vezes que se encontraram, Luiz Cláudio ouviu, pacientemente, as longas horas de horror e desesperança que ela tinha visto e vivido na cadeia. Desconfiava, acertadamente, que ele era ali a testemunha de um expurgo catártico, e se comprazia no papel terapêutico em que ela o colocava. Fora dali ele não citava, em quaisquer circunstâncias, fatos, pessoas ou opiniões. Lorena só encerrou sua participação ativa na luta, quando não teve mais com quem se reunir, discutir, planejar a resistência.

A pressão para que ela fosse para o Chile foi grande. Acossada pela polícia ela admitiria asilar-se mas, agora, sob controle como se encontrava, não via mais sentido em se submeter a um isolamento tão radical de tudo o que ela tinha, social e afetivamente. Sentia-se frágil para encarar a solidão estrangeira, e estava abalada psiquicamente, pela experiência da prisão, para se afastar da família. Experimentou viver com os pais na fazenda de Potrinhos, uma grande e bela casa que Rubem tinha restaurado; ficava no ponto mais alto das terras, onde se chegava por uma aleia de enormes velhos eucaliptos. Ali, na paz sussurrante do alpendre, vendo de sua rede a amplidão do planalto ondulado, Lorena pensou que tinha chegado ao fim de sua luta e de suas andanças. Tinha visto e ouvido demais; tinha mais experiência do que aquilo que podia aproveitar.

Uma manhã tomou o café e pediu um cavalo de trote, para dar uma circulada pela região. Colocou laranjas e uma faca de cozinha numa sacola, e atrás da sela amarrou uma toalha de banho enrolada. Seguiu, sempre de pôde, para oeste, pelos caminhos já traçados no solo. Não queria desbravar, mas conhecer e estar só. A casa perdeu-se atrás das elevações do relevo.

Letícia, que sentia o retorno da filha como uma nova ressurreição, calculava cada passo antes de dá-lo, e tinha prazer de verificar o quanto acertava no ritmo, entre aproximar-se e manter-se à distância da moça, de modo a fazer-lhe companhia e a deixá-la convalescer do modo, e no tempo que ela própria escolhesse. Ainda assim, pegou o jipe e foi atrás de Rubem, na serraria que havia depois do curral, junto a uma pequena queda d'água. Contou-lhe que temia que Lorena se perdesse, mas não queria impor-lhe uma companhia. Achava que Rubem acharia alguma solução. Este, depois de pensar um tempo, mandou o jipe buscar o filho do tratorista, Rafaelito, enquanto selavam o cavalo árabe, que Letícia chamava de Tristão. 'Lito' era o único que exercitava o animal, na ausência de Rubem. Foi instruído a seguir rapidamente a patroinha, mas não podia se aproximar e, de preferência não devia ser visto. O moleque, tão baixo quanto atilado, foi guindado até a sela do cavalo e partiu para sua tarefa, imbuído da elevada responsabilidade que lhe davam. Aqueceu Tristão por um tempo e logo galopou na direção que lhe deram. Sabia que andava certo pelas marcas frescas do trote de Lorena. Cuidou para não ser surpreendido; se ela tivesse subido o Pico da Freira, vê-lo-ia chegar. Uma meia hora mais tarde atingiu o "Fim do Mundo", um terreno plano, largo, forrado de uma gramínea baixa e espinhenta sobre uma capa de cascalho. Era uma formação bizarra para quem chegava por esse lado, pois ao fundo acabava bruscamente, apenas uma linha horizontal contra o céu. Impressionava, porque não deixava ver nada adiante, até próximo a sua borda. Quem chegava ali pela primeira vez, entendia de imediato o nome que lhe davam. Quem se aproximasse pela direção oposta, encontrava uma alta e retilínea falésia, com uma frente de quase cinco quilômetros de extensão, rasgada, de quando em quando, pelos riachos do planalto, que abriam gargantas, de largura e profundidade proporcionais à força de suas águas. Do alto podia-se ouvir essas quedas como um ruído sedutor e traiçoeiro, pois nesses barrancos, cheios de umidade, a vegetação era densa e pouco iluminada. A mente do menino, apesar de conhecer bem a região, se entregava, excitada, a todas as fantasias que o cenário suscitava, e quase esquecia do que viera fazer. Na garganta do Capivara encontrou as marcas fundas de Lorena, que descera em direção à depressão que se percebia ao fundo, formando um pequeno lago. O riacho era bastante caudaloso nas chuvas, e cindia a falésia formando um barranco com inclinação quase segura, na seca, para um cavaleiro descer pela lateral. O garoto amarrou Tristão e continuou a pé, para não ser ouvido. O barranco terminava na lateral de uma espécie de ferradura, um arco de pedras muito irregulares, ao centro da qual o riacho despencava, formando uma queda de uns 3 metros; o fundo do arco era uma bacia com água clara e tranquila, onde se podia nadar e até mergulhar em segurança. Pedras, areia e vegetação cercavam o lago natural muito reservado, iluminado apenas pelo sol do zênite. Deste ponto em diante do córrego descia numa corredeira mansa, de uns 500 metros, até desembocar na planície, ao pé da falésia. Lorena deixou o animal preso a um arbusto e desceu com as laranjas e a toalha. Lanchou e acabou adormecendo encostada nas pedras, cansada pelo longo percurso. Seu sono profundo lhe trouxe à mente cenas que ela queria exorcizar. Sonhou com seus companheiros numa grande assembleia que se realizava num antigo cinema. Ela acaba informando-os de que não seguirá com eles. Sente um mal-estar intenso, com gosto de covardia, de medo incontrolável, de culpa por abandonar o barco com seus melhores amigos, em meio ao abismo. Estão presentes as direções de toda a esquerda, unidas e confiantes na vitória da revolução. Ela, no entanto, intui o desastre. Despede-se de Rui cheia de dor (é seu melhor amigo, do qual nada se sabe, há muitos meses. Evita jornais e TV por temer muito que já esteja morto, ou que o noticiem. Ele nunca teve uma palavra de reprovação, por ela manter-se fora da guerrilha; ao contrário, parecia admitir que ela podia estar certa, em sua decisão). Vai sair do cinema, mas descobre que já era tarde. Estavam cercados pelo exército, que começa a invadir o prédio. A angústia se torna intolerável e a acorda.

Passa o primeiro momento, a boca ressecada, o pulso latejante e faz um esforço quase físico para se ligar ao local e à realidade, muito aliviadores. Tira a roupa rapidamente e entra na água; mergulha, nada na pequena extensão do lago, torna a mergulhar para manter a cabeça submersa, e lavar seu horror na água muito fria. Repete esta operação por algum tempo; ao fim, pára ofegante no fundo raso. As mãos cruzadas na nuca forçam o giro do crânio sobre a cervical, várias vezes, com esforço, até tombar a cabeça para trás; começa a abrir lentamente as pálpebras, para habituar-se com os raios filtrados do sol, que começam a chegar ao fundo da bacia. Força-se, até mirá-lo de olhos abertos. Quando não pôde mais continuar, permaneceu ainda um tempo imóvel, os braços caídos, a cabeça pensa. Só então reparou no seu corpo; aprendera a viver sem gilete, na prisão; agora se achava bonita assim, coberta de uma penugem fina, o pelo negro, cheio e alto do púbis e das axilas, contra o branco da pele. Era uma espécie de troféu que a identificava, como uma tatuagem. Nunca entendera por que os artistas clássicos e da Renascença esculpiam as mulheres depiladas. Parecia um despojamento arbitrário, talvez uma estética machista. David conservava seus pelos; Afrodite, não. Ainda bem que Cláudio gostava dela assim, pois não conseguia mais se imaginar sem eles. Era sua marca.

Tateia, finalmente, com os pés o leito até a pequena cachoeira, onde se recosta por mais uns longos minutos, expondo a face ao jorro frio, protegendo os seios do impacto doloroso da água. Subitamente, como que explode num longo ganido: POOOOORRA!!!... e cai no choro convulsivo que a rondava há dias, ali mesmo, agachada sob o jato d'água, como se assim potenciado, o pranto atingisse as proporções de sua dor.

Deitada de bruços sobre a toalha chorou ainda muito tempo. O sol já abandonava o fundo da garganta, e o ar frio a arrepiou, e a fez reagir e levantar-se.

Lorena subiu de volta até a pitombeira onde deixara sua montaria. Teve um sobressalto quando viu Lito sentado junto do animal, cabisbaixo, trêmulo, ansioso pelo que viria. Aguardou imóvel, até que Lorena passou-lhe a mão na cabeça, beijou-lhe a testa e chamou-o para irem embora. Voltaram à fazenda sem necessidade de palavras. Ela só lhe pediu o nome. "Obrigada, Lito".

Letícia e Rubem só saíram da atmosfera irreal para os fatos verdadeiros da vida da filha, quando a ouviram responder às perguntas da promotoria e da defesa, nas audiências do julgamento. Para o pai, foi um choque que o levou a tratamento. Ele era uma dessas boas pessoas, para que bastava ser honesto no trabalho, provedor da família e piedoso na fé. Para mais, nem haveria tempo. Para isso havia o casamento; para isso, existiam as mães, com seu cuidado íntimo e carinhoso dos filhos. O mundo sempre fora assim, e não fora ele quem o criara. Agora não podia compreender que sua filha quisesse modificá-lo, até o ponto de precisar ser presa.

Menos mal, graças a Deus, pois assim ela não se meteria mais com esses terroristas e assaltantes de banco. Como pudera ela ficar amiga dessa gente? Não via o crime que eles cometiam? Será possível que ela acreditava mesmo em suas belas intenções? Seria tão ingênua, tão sonhadora que acreditava num mundo igual para todos? E que tinha ela a ver com isso? Era arquiteta ou transformadora do mundo? Não seria esse advogado que a atirara nessa enrascada e que agora bancava seu defensor? Esse 'namoro' não era a prova de que ele era mal-intencionado e ela, uma boba que se deixava manobrar por qualquer um? Ele não era metido a intelectual, exótico, o único menino que estudava piano no colégio? Mas, apesar das suspeitas, nunca achou que ele fosse 'viado' e, menos ainda, comunista. Não conseguia acreditar no que ouvia, ela própria, confirmar: que organizava greves na faculdade, que pleiteava a demissão do diretor, que os alunos votassem para a direção da escola.

Por que, então, reclamou quando foi expulsa? Devia saber os riscos que corria; malandro não estrila, menina! Vai ver que ela andava fumando maconha com esse bando de playboys, fazendo besteira por aí. Agora ela vai aprender; Deus queira! Isso é o que os comunistas ensinam aos filhos da gente. É na cadeia mesmo, que todos eles deviam estar.

Ela admite que ouvia falar que o Partido Comunista tinha uma célula em sua faculdade. Nega que pertencesse a esta célula. Diz não ter conhecimento de nomes de membros do Partido. Admite que entre seus colegas de Diretório poderia haver comunistas. Por que, então, não se afastava do movimento? Porque acreditava que suas causas eram justas. Ela não perguntava o time, nem a igreja, nem o partido dos colegas.

Pra boba, essa menina não serve! Por que Júlio de Souza Santos, Albertino Marques e Marieta Prado Mendonça, todos seus colegas de faculdade, declararam ser ela membro do PCB? Isso ela não poderia responder, porque não assistiu aos depoimentos, nem conhecia as circunstâncias em que foram obtidos.

Menina danada, essa! Ela vai acabar sendo condenada, só por essas respostas...

A audiência foi interrompida após a fala da Defesa. Quando o advogado, com o paletó empapado, o suor pingando do vasto bigode terminou sua fala, a sala toda se levantou e aplaudiu, emocionada. Os cinco juízes da Auditoria Militar, quatro oficiais do Exército, sorteados, e um juiz togado, único profissional e chefe nominal da equipe se retiraram, para emitirem a sentença. Lorena sabia que sua sorte estava sendo decidida, e isso a deixou excitada. Conversava nervosamente com muitos amigos e pais de companheiros que ainda aguardavam julgamento, com o secretário do Consulado. Abraçava a todos, rindo e pedindo-lhes que não chorassem: ela estava viva, Se fosse condenada, continuaria viva e eles todos iriam visitá-la. De repente, ela viu que seu advogado acenava, chamando-a; pegou-a pelo braço e retirou-a para um canto, onde estavam as garrafas vazias de café. Cláudio a esperava ali, com Rubem e Letícia, nervosos. Ele lhes pediu calma e serenidade, pois era questão delicada e reservada. Um funcionário da auditoria viera informá-lo, confidencialmente, de que ela seria condenada, e que discutiam um período de seis a doze meses de reclusão. Se ela desejasse, era o momento de se ausentar discretamente da sala e evitar seu recolhimento à prisão naquela mesma noite. E ganharia tempo para decidir se se apresentaria mais tarde à justiça, ou se sairia clandestinamente pela fronteira, em direção ao Chile. Foi um momento em que a angústia assumiu seu sentido etimológico: apertamento, asfixia, opressão. Precisavam decidir imediatamente; Lorena não poderia voltar para casa, pois seria procurada ali, antes de tudo. Podia ser uma armadilha; por que os avisariam com antecedência sobre a sentença? Quereriam vê-la fugir, para incriminá-la ainda mais? Ou tinham amigos reais, se arriscando para ajudá-los? Eram dias em que todas essas hipóteses eram plausíveis. Letícia quis sair imediatamente com a filha. Iria para o Chile com ela. Rubem suava, sem conseguir entender a situação. Luiz Cláudio aguardava uma demonstração de Lorena, mas optava por saírem agora e por negociar, através do advogado, a apresentação de sua cliente a uma unidade de elite, onde ela teria prisão especial e poderia ser visitada pelo cônsul italiano e pela família. O advogado de defesa apesar de conhecer as condições dos presídios femininos, omitiu-se de opinar pois, dizia, isso escapava a seu papel.

Lorena abraçou a mãe por um longo tempo, puxando o pai para junto delas. Letícia sentiu que a angústia relaxava o laço de seu peito. Rubem começou um soluço mudo, abraçado às duas. Por fim, Lorena deixou-os, abraçou Cláudio com intimidade e sussurrou-lhe: "Veja para onde me levam. Eu o espero lá. Diga que é meu homem".

Cláudio beijou-a, trêmulo, por longo tempo.

Ela, então, deixou-o deu o braço a seu defensor e dirigiu-se para o local onde ouviria sua condenação: doze meses de reclusão. Quatro votos a favor e um contra – o 'voto declarado' do juiz de toga. A guarda, cerimoniosamente, conduziu a prisioneira para a condução que aguardava no pátio, de onde partiu para as dependências do DOPS. Era 1:45 da madrugada de doze de fevereiro de 1973.

Descontados quatro meses e meio em que esteve detida para investigações, entre 1969 e 1970, Lorena tinha, ainda, sete meses e meio de pena, a cumprir. Não era tempo demasiado, dadas as circunstâncias; e ela aproveitaria esse tempo para ler e trabalhar.

Pouco tempo depois de ser recolhida à prisão, ficou sabendo que a Justiça havia recusado o recurso para que ela fosse transferida para uma prisão especial, pois fora expulsa e não havia obtido o terceiro grau. O Itamaraty deu uma resposta evasiva ao embaixador, e selou a sorte de Lorena: sem prisão especial! Ali poderia ser visitada diariamente e teria direito a cela aberta. De modo como estava, receberia visita às quartas, sábados e domingos, entre treze e dezoito horas. Nesse horário, as detentas podiam andar pelo pátio ou usar a mesa dos alojamentos para receberem suas visitas. Eram seis mulheres em cada cela, algumas já condenadas e outras acusadas de crimes comuns – roubo, aliciamento de menores, assassinato, latrocínio, aguardando julgamento. A prostituição era praticamente constante, ou passava a ser ali dentro: trocavam sexo por favores dos guardas, como fazerem vista grossa para visitantes não-autorizados, troca de cela para encontros íntimos entre companheiras, entrada de álcool e maconha. Era um clima dominado pela ética da marginalidade.

Ao fim da primeira semana, Lorena já conversava com suas colegas sem muita preocupação. Pensara que podiam ser olheiras da polícia e talvez, sendo necessário, alguém se prestasse ao serviço; naquele local, contudo, isso parecia completamente supérfluo, dado que elas sequer entendiam de que se tratava crime político. No começo acharam que ela matara algum deputado, o que lhe valeu respeito inicial das companheiras de cela. E ninguém parecia interessado em informações confidenciais sobre as já condenadas. Os carcereiros, tampouco, sabiam direito o que aquela moça fazia naquele antro. Com rara exceção, isso livrou-a também do assédio sexual dos funcionários do presídio. A exceção não ocorreu entre eles, mas com a chefe da carceragem, uma espécie de feitora e matriarca, encarregada da sessão feminina do departamento. No início, isso valeu alguns pequenos privilégios a Lorena, que não os notava nem interpretava; até que, alertada pelas colegas, deu-se conta de sua eleição e da 'honraria'. Passou a recusar, quando podia, a sobremesa dobrada, a troca de roupa de cama mais frequente, chocolates, cigarros, revistas femininas e coisas do tipo. Era objeto de gozação das mulheres, que apostavam por quanto tempo ela resistiria à sedução. E a preveniram de que o melhor era aproveitar a oportunidade, pois 'A Chefe' não aceitava recusas e a faria dobrar-se, quando desistisse de sua anuência. Lorena preocupou-se seriamente, pois imaginava que suportaria bem quaisquer endurecimentos menos restringirem as visitas de Cláudio, que afinal não era, oficialmente, seu marido. Por fim, a encarregada, num gesto quase dramático de desprendimento ofereceu-lhe seu alojamento, para que ela recebesse privadamente suas visitas. E lhe ofereceria a fuga, se isso interessasse a Lorena, ou a si mesma.

A vingança caiu pesada em cima dos visitantes, que passaram a ser revistados com rigor inusual, sendo expropriados dos objetos que traziam para ela e para as colegas e filhos destas, como balas, bolo, maquiagem, cadernos e livros. Recolheram todo o barro que ela usava em seu trabalho, levando inclusive algumas peças que ela dera para as moças. Suspendiam suas visitas sob o falso pretexto de que ela se rebelara com a comida, ou que reclamara, por não trocarem sua roupa de cama. Numa tarde de sábado, o próprio cônsul verificou, junto com Luiz Cláudio, o castigo a que Lorena estava sendo submetida; não os deixaram entrar e recusaram o pedido de entregar os livros que traziam para a detenta. Disseram-lhes que ela estava ameaçando a disciplina, recusando alimento. A punição estava prevista no regulamento.

Novamente Bonfiglioli obteve que o embaixador, em Brasília, se encarregasse de obter a transferência de Lorena para outro local. Ela nem desejava isso, pois temia pelo desconhecido e criara amizade por algumas mulheres que estavam lá. Preferia terminar a pena ali mesmo, sem as humilhações extras a que estava sujeita. Daí até setembro, quando foi posta em liberdade, sua situação mudou radicalmente, pois a guarda começou a bajulá-la, com receio de que lhes acontecesse o mesmo que à Chefe, transferida para um presídio feminino, no interior do estado.

Lorena voltou a receber seu material e ainda conseguiu licença para trabalhar com ferramentas metálicas e perfurantes num depósito de rouparia, onde ficava isolada das companheiras. Passava ali muitas horas do dia, quando não recebia visitas. Por fim, deixaram-na recebê-las no depósito, quando ela o desejava. Teve sua visita íntima, há tanto esperada. Na cela teria podido fazê-lo, do mesmo modo como suas colegas, que se revezavam para permitir que um ou dois casais permanecessem a sós, enquanto as outras passeavam no pátio. A prisão anterior lhe havia ensinado que, justamente porque tudo que é humano pode ser feito à vista de observadores, muitas dessas coisas podem ser retiradas das vistas do público e entregues ao domínio privado do pudor, quando é essa a preferência. A possibilidade do aberto legitima a escolha do fechado, quando isso é possível. O que não passou despercebido para as outras mulheres mas, fosse porque elas tinham pouco interesse na questão, fosse porque valorizavam seu status moral de 'prisioneira política', aceitaram o fato com naturalidade. Lorena não se importou de desfrutar de mais esse pequena gentileza da ditadura. Sabia que era irrelevante para as demais detentas. Para ela e para Cláudio, no entanto, foi uma expansão enorme na qualidade de vida que a reclusão lhes impunha. Se ele desejasse poderia, mediante suborno, entrar em dias diferentes dos normais, mas não quiseram abrir essa frente de confronto, também porque não lhes parecia justo estimular mais inveja nas colegas da prisão. Contentavam-se em ver-se a sós somente quando outros amigos, ou os pais, não vinham visitá-la. Dispunham, então, de um recolhimento que não podiam desfrutar em liberdade, salvo fora de casa onde, mesmo na hora das aulas, sempre havia a empregada, o pai Estêvão, o telefone, que não respeitavam nenhum horário de visita. Riam do que chamavam seu paradoxo predileto – sua máxima liberdade se dava na prisão. E tinham mais isso para agradecer ao regime militar – gozavam, assim, de um *sursis* invertido – e o aproveitaram do melhor modo. Luiz Cláudio remanejava todos os horários de atendimento que podia, ou procurava ser substituído nas audiências que não implicassem decisão final para o caso. Passavam longas horas deitados na rouparia, fazendo um amor manso e essencial como não conheciam. Cada toque, cada pequena região do corpo do outro era sobrecarregada por uma atenção concentrada e uma fruição quase ritual. Eles já percebiam que provavelmente jamais seriam tão felizes, nem tão sintônicos, porque tão artificialmente isolados das distonias naturais da liberdade. Ela ria: "Mim Chita, you, meu Tarzan!" Lorena, desde a primeira reclusão, começara a sentir forte a necessidade de gerar filhos, o primeiro desejo instintivo de quem sente a vida ameaçada e tem, ainda, tempo para desejar. Por muito tempo, esperou com avidez o primeiro reencontro com Cláudio. Imaginava-se trepando ali mesmo, de pé, em frente aos guardas tal a urgência que sentia. Com o tempo, e com o drama tenebroso que viveu e assistiu todos os dias daquele período o instinto retirou-se para uma área ainda mais essencial – sobreviver, simplesmente – Depois, quando aguardava o julgamento em casa, isso voltou-lhe à mente, mas modificado. Acreditava que resistira e que podia esperar o final daquele episódio de sua vida, para então ter um filho, não da necessidade, mas do desejo. Sabia, agora, que esse filho precisaria não apenas de seu desejo. Saído do peito, ele buscaria o olhar do pai. E ela não voltara a falar disso com Cláudio, até o dia em que tiveram que discutir, se e qual método contraceptivo deveriam usar. Era, nessas horas mansas de seu recolhimento que o assunto voltava. E era gostoso pensar que tinham esta liberdade: agora, ou depois? Quando? Adiavam a decisão, para protelar o encantamento que a discussão lhes trazia: menino ou menina? Nomes. Padrinhos. E se abraçavam demorada e silenciosamente. Ela gostava de beijar com a boca muito aberta, a língua exposta, como se dividisse uma pera com uma única mordida. Ele adorava a exação desse beijo, como sendo a mais saborosa reparação que eles se deviam. E nunca mais pagara, nem retribuíra com tanto prazer, desde que Carmen se fora do Brasil. Às vezes se perguntava onde ela estaria; que tipo de pessoa ter-se-ia tornado; Estaria viva? Durante muito tempo, fantasiou que veria seu nome, na programação de concertos do Theatro Municipal; por fim, reconheceu que era inútil, mas nunca deixou de lembrá-la, com um calor no peito. Mesmo agora, com Lorena repousando em seu ombro, a perna dobrada sobre seu ventre, sentindo o arfar leve de seu peito contra o dele, sabia que isto era a continuação daquilo que aprendera outrora. Era sua Epifania. E riu do termo: não era um Messias estavam projetando? Com o braço que a apoiava, puxou-a, delicadamente, para cima de seu corpo. Era o sinal da despedida, de que o tempo ia terminando. Encaixavam-se funda e demoradamente nessa posição; movimentavam-se minimamente, apenas para sustentar, cronificado, aquele gozo, enquanto ele, rebelde, não eclodia, lançando-os num frêmito unificado e espasmódico. Era comum que Lorena chorasse nesses momentos, como outra expressão de seus paradoxos. Um dia, ela lhe disse que não sabia por que chorava, mas que nessa hora se lembrava sempre do choro que sua mãe lhe relatara ter tido, frente ao túmulo de Ilária del Carreto, em Lucca. Cláudio lembrou que Letícia também chorara, abraçada a ele; era uma repetição estranha e comovente. E enxugou as faces dela com a mão, do mesmo jeito, como fizera há mais de 15 anos. Depois buscou-lhe a boca e partiu.

Foi nessa época que Lorena começou a conceber, não ainda seu filho, mas aquele equivalente semântico que o trabalho artístico representa para o autor. Não tinha ainda qualquer ideia do como seria, mas continha as noções de contradição e paradoxo: liberdade, confinamento, contingência, transcendência, tudo relacionado com nascimento e esgotamento da vida. Era uma ideia confusa, demasiado abstrata para tomar forma em barro ou pedra. Mas logo decidiu que deveria tomar corpo em pedra, dada a natureza de seus elementos. Foi se entusiasmando aos poucos com sua ideia, à medida que conseguia avançar; depois, angustiava-se por não prosseguir; a ideia tão promissora, esfumava-se no limbo das formas. Achava-se impotente para dar um passo tão pretensioso. Afligia-se, sem conseguir se livrar da 'coisa', que a perseguia até nos sonhos. Outras vezes sentia-se eufórica porque uma solução começava a se esboçar na mente; corria então para o depósito, onde passava o resto do dia lutando com o barro, até que a chamavam de volta à cela. Era prenúncio de noite mal dormida, pois ela não podia trabalhar no escuro e não se arriscava a dormir sozinha no depósito. Mas o mau sono podia dar bom resultado, pois na fronteira, às vezes entressonhava-resolvia problemas com a perseguida forma, que ia se tornando, muito aos poucos, 'sua forma'. Aí, era conter a excitação, até o café da manhã, para poder voltar a lutar com o barro. Às vezes era gratificante e a deixava feliz, rezando para que não houvesse visita para ela. Com Cláudio, embora temesse cansá-lo e frustrá-lo, podia passar as horas trabalhando, e dizendo a ele de que modo suas ideias iam sendo elaboradas, tomando forma no material. Ela adorava fazer isso, pois sabia que teria toda a escuta de que necessitava, e que não podia, nem desejava ter de mais ninguém. Ele a ouvia realmente interessado e curioso, tentando descobrir que diferenças poderia estabelecer entre ato da criação e aquele com quem se enfrentava, da interpretação. Sabia que eram coisas distintas e correlatas mas, dizer correlatas não é, ainda, entender a natureza da correlação. Riu e contou para ela que tinha uma nova dupla para compor o trabalho que ela fazia: criação-

-interpretação; em certa medida, ela também interpretava ideias e conceitos; em certa medida, ele recriava a música em sua interpretação e, no entanto, havia uma ruptura ontológica entre o trabalho dele e o do compositor; e provavelmente, entre o compositor compondo e interpretando seu trabalho. Lorena ria; era complicado, mas muito sedutor. Teriam que correr de Kant a Marx. Assim, quando ela saísse, iriam fazer seu curso de filosofia em Heidelberg e escreveriam uma tese a quatro mãos, que os tornaria famosos e ricos. Ele observava que, embora lentamente, ela ia recuperando sua melhor característica: o humor. Mas a sombra desses anos permaneceria até o final sobre o olhar de Lorena. Ela voltava a rir, mas não mais a mesma risada aberta e juvenil que o tinha cativado, desde o batistério, em Florença. E essa área de reserva que o riso não atingia estaria, fatalmente, presente em seu trabalho futuro. Ela achava, com Marx, que a história não era para ser repetida, mas incorporada como conhecimento; e, nos casos como o dela, como experiência vivida, tornando-se parte mesma do sujeito.

Dor e Redenção, talvez este fosse um nome para seu trabalho. Depois recusou-o, por soar religioso. Mas este era, sem dúvida, um par privilegiado do seu projeto. Isso a remetia a uma concepção, ainda imprecisa, de uma concavidade se abrindo para fora. Depois pensou que, como dentro-fora, sombra-luz eram também pares de opostos, duas formas concêntricas, como grandes cabaças abertas em polos opostos forneceriam as bases interna e externa para seus outros pares, interligados através das paredes espelhadas da instalação. Uma estrutura grande, em fibra de vidro onde o público teria que entrar-sair-reentrar, terminando no ponto inicial, expressava bem sua ideia, mas temia que resultasse demasiado óbvia. Estavam em moda trabalhos performáticos, interativos, em que o público participava. Mas ela tinha uma certa antipatia, por eles merecerem grandes espaços na mídia especializada sem, necessariamente, terem valor. Sabia que boa parte do que acontecia em Paris e Nova York era supervalorizada, por um mercado-indústria muito lucrativo. Gostaria de obter sucesso e reconhecimento públicos, mas não queria arriscar ser confundida com essa corrente de negócios.

Esse avanço na concepção geral do que desejava expressar foi decisivo, pois ela percebeu que a obra seria uma composição de muitas peças independentes, a serem montadas sobre o dentro-fora de suas bases. Descoberto o modo de articular os apoios, suas dimensões e o material, o resto dos componentes ficaria balizado, quanto às proporções, por aquelas bases. Podia passar muito tempo produzindo suas duplas, dedicar-lhes toda atenção que necessitassem, pois era nelas que estariam depositadas as oposições particulares, enquanto os apoios e a iluminação representariam a oposição geral, de fundo.

O juiz assinou o alvará de soltura de Lorena Lugano Franchini no dia 9 de setembro de 1973. Luiz Cláudio correu para conseguir entregá-lo a tempo e obter a soltura dela na mesma tarde. Retirou-a do DOPS com todo seu material e recolheram-se ao Splendor, um luxuoso motel na rodovia de Campinas. Cláudio pediu ligação para Potrinhos, para avisar os pais de Lorena, mas esta pediu-lhe que se dessem aquela noite de real clandestinidade, e cancelou a chamada. Gostaria de poder esticá-la por todo um mês de isolamento com ele, mas sabia que não era justo para com sua família, nem com o trabalho, nem com as crianças dele. Ele replicou que era justo sim; tão logo ela visse os pais e ele organizasse o trabalho do escritório, sairiam de férias. Seus filhos estavam em aula e não podiam mesmo viajar. E depois de tudo que ela tinha passado, esse era o menor privilégio que ela podia esperar.

Passaram seu retiro numa casa alugada, em Noronha, durante todo o mês de novembro. Deixaram trabalho e filhos administrados e viveram sós e desocupados, pela primeira vez em sua relação. Tinham se reencontrado na festa dos 19 anos Ele tinha, então, quarenta e seis.

Contra a opinião geral, ele estava convencido de que os muitos anos que havia entre eles só podiam favorecê-los. Mas ... de que falava ele? ... Ainda hoje, ela parecia ignorar que a questão existia; "era evidente que o amor não tinha idade..."

É provável que Cláudio, (como o tio Sílvio, que a havia hospedado em São Paulo), tivessem razão em muitos sentidos: a juventude, a beleza corporal, a agilidade da inteligência, a disposição pronta e positiva para enfrentar dificuldades, a limpeza da mente ainda pouco corrompida, a transparência das atitudes, o olhar, que fixava a mirada do outro desarmadamente, eram coisas que enchiam seu coração de uma ternura emocionada; lembrou-se dela aos 11 anos, em Florença, nas termas de Lucca, em São Pedro. Eles já sabiam que se amavam. Mas não puderam saber que o amor já era este. Que estranho! Agora, quando ela podia somar a graça de uma sensualidade franca e brincalhona, divertindo-se em escandalizá-lo com gestos e palavras, ele sentia a vida no limite do suportável; era o paroxismo de um prazer que ameaçava ser terminal. Sentia o medo, mas não vacilava: aceitaria aquele fim, de bom grado. E quando disse, um dia, que seria um fim 'glorioso', o termo o alertou: ele o desejava. E quando, um dia ela, gozando, lhe gemeu no ouvido: "eu vou morrer, eu estou morrendo", soube que ela também o queria. A forte emoção que os tomou fê-lo entender por que ela chorava no gozo. Eram coisas equivalentes.

IV

As férias em Noronha marcaram, para ambos, a passagem para um novo tempo e um novo quase-tudo; não haveria retorno. Lorena teria que incorporar a casa ao ateliê; a casa e seus habitantes: Filipe, fazendo 16 anos; Marcos, com 14; uma servente aposentada do Conservatório, D. Mosa; Seu Estevão, envaidecido porque ninguém acreditava nos seus setenta e cinco; D. Mosa, que por bons motivos se achava a dona da casa; isso tudo, acrescido de móveis, faqueiros, louças e cristais que pertenceram a D. Cláudia – cama, mesa e banho – talvez fosse necessário, mas não justo. Nem ela, nem Cláudio, contudo, percebiam a diferença; parecia natural que ela ocupasse o espaço; parecia bom que ela se encarregasse do posto; ambos queriam isso, sem poderem justificar; afinal era isso que se esperaria em qualquer sociedade. Essa expectativa social, por mais generalizada que seja não é, contudo, garantia senão de que o desejo de se apossar do lugar dos pais é constitutivo do humano. Há, entretanto, muita coisa mais que nos constitui; e uma das mais certas é o sentimento de culpa que aquele desejo provoca quando chegamos lá, mesmo que da forma mais normal, como a morte do antecessor. Diz-se que é a marcha natural das coisas. É, sim, mas não sem estranhamento, pois é a consecução de um desejo que já nos habita desde muito antes que o tempo natural faça o seu trabalho. Nem Lorena, nem Cláudio escaparam dos miasmas que lhes subiam dos porões infantis. Esse tempo de suas vidas foi o de se embater com o conflito, reconhecê-lo, compreendê-lo e administrá-lo com os recursos que puderam encontrar. Foi o tempo de desmonta-rem as fantasias que faziam sobre o outro. Foi o tempo da decepção e da dor. Dor que só teve alívio quando começaram a desfazer-se das fantasias sobre si mesmos para, assim, poderem admitir a realidade menos dourada do outro. Isso, porém, que dizemos em dez palavras, consome bons anos da vida; e que seriam melhores, se estivéssemos preparados. Infelizmente a cultura ocidental, para esses efeitos, ainda essencialmente romântica, mantém-nos apegados ao mito infantil, transformado no ideal do amor adulto mais valorizado: o casal feliz é o casal do cinema americano, um casal de proveta, sem rivalidade, sem inveja, sem ódio, sem decepção – bonito, gentil, terno, harmônico, pragmático e cooperativo. Que não dá certo apenas nos cem minutos do filme, mas em todo o resto do tempo em que nossa fantasia, nossa convicção e nosso desejo são regidos por Asmodeus[22]. Não por acaso a construção de um lar feliz, que faz crescer e progredir seus membros é, por excelência, o cerne da problemática do indivíduo ocidental. O fracasso nesta área assume tais proporções, que encobre os insucessos decorrentes dos determinantes sociais da existência. A família feliz é um ideal tão pregnante, que cega os indivíduos para suas profundas e complexas interações extra domésticas, políticas, econômicas e cul-turais. Um casamento feliz deve propiciar sucesso em todas as demais instâncias da vida; inversamente, todo infortúnio social tende a ser justificado pelo insucesso conjugal. E isso é tão arraigado, em todas as classes, que é a expressão mais prestigiada da 'ordem natural dos fatos'. Ordem da obsessão. Na contramão deste raciocínio, também não é hábito pensar-se que relações sociais felizes – segurança, moradia, saúde, trabalho prazeroso e lazer – devem oferecer melhores condições para uma vida familiar feliz; ou que sua ausência deve afetar aguda-mente a família. Tudo recai sobre o casual e improvável encontro do 'parceiro certo', e único, como bem ilustra a frase do caminhoneiro: *"Na cabine cabem muitas, mas no coração só uma".*

---

[22] Demônio do casamento, na tipologia medieval.

Lorena tratou de cumprir seu papel. Delicada e diplomaticamente pediu auxílio a D. Mosa para lhe ensinar tudo que ela ignorava da casa. Pediu-lhe, também, que resolvesse todas as falhas, até que ela mesma pudesse fazê-lo. D. Mosa, enciumada mas esperta, dispôs-se a ajudar em tudo. Não sabia exatamente, mas desconfiava que ainda teria muita margem de liberdade, antes de ceder sua autonomia à outra. Com o tempo, ela descobriria que sua situação não era tão precária. Também Lorena teria muito o que descobrir, não só sobre a casa e as sutis relações que vigiam entre seus membros, mas sobre as áreas em que ela tinha interesse real, e ainda, o que necessitava mesmo dominar. Seu reino tinha feudais poderosos, e ela cedo descobriu como lhe eram necessários. Mesmo os jovens baronetes tinham sua autonomia garantida e sua palavra ouvida no Conselho da Corte. A questão contudo, que ela demorou mais tempo a resolver, era *quanto estava interessada naquele reino*. Nem o território, nem os vassalos, nem os bens eram seus de origem. Cláudio ali era o suserano inconteste; mas ela, que tinha a ver com tudo aquilo? Quanto o desejava? Quanto estava disposta a pagar por sua coroa? Por fim, decidiu-se por um critério antigo e universal: daria um herdeiro seu ao soberano, consolidando assim a legitimidade de sua pretensão sucessória.

Nada disso foi pensado, e menos ainda decidido por qualquer dos personagens; foi vivido por todos, cada qual de sua perspectiva particular. Quando, em março, a gravidez foi anunciada, todos souberam que a questão era irreversível. A balança do poder favorecia a nova soberana. Presasse a Deus que fosse benigna!

Agora Lorena transitava, sucessiva ou simultaneamente pelos três mundos em que habitava: o ventre, o trabalho e a casa. Migrava de um para o outro, ora com facilidade e até prazer, ora com relutância e até revolta. Sair de um momento decisivo com o barro, para discutir o cardápio do jantar com D. Mosa era quase brutal. E ela não ousava, ainda, gritar o que lhe ocorria: "Porra! Não encha o saco! Faça o que

quiser!" Ao invés disso, forçava uma participação polida e quase interessada. E voltava a fechar a porta, sentindo-se injusta e imatura. Mosa,
por sua vez, ressentida com a rival, não a poupava de nada, sabendo,
com a santa sabedoria popular, que os poderes ainda não estavam
repartidos; consultava-a por todos os motivos: "devia regar as plantas
hoje? Mesmo as violetas? Quem faria as compras no supermercado?
O que devia comprar? Quando devia passar a roupa? E os uniformes
dos rapazes? Sabia que eles estão quase sem cuecas?"...

O escritório Donada Caldeira Brant andava a todo vapor e Luiz
Cláudio dizia que tinham que resfriar um pouco a caldeira; e o sócio
concordava, dizendo que tiraria férias para refrescar-se um pouco.
Embora ainda fosse uma brincadeira, isso era também um anúncio.
E Cláudio já se via trancado no escritório nos fins de semana. Sabia
que sua casa não funcionaria bem sem sua presença já rarefeita. Seus
filhos estavam iniciando um período delicado na escola e já tinham
vida social própria que ele precisava acompanhar – amigos, festinhas,
baladas, clube. Marcos continuava pouco interessado nos estudos e
passava de ano sempre no limite; ficava horas, mesmo as de estudo,
ouvindo os discos do pai. Cláudio sugeriu-lhe pegar umas aulas de
piano, já que, mesmo leigo, dedilhava o seu com habilidade. Recusou.
Queria fazer Belas Artes, gravura, escultura. Recusou as ofertas que
Lorena lhe fez para amassar o barro junto dela, e procurar uma forma
que ele gostasse. Às vezes, passava toda a manhã vendo-a trabalhar,
em silêncio, e ela julgava que ele acabaria aceitando sua ajuda. Depois
desaparecia do ateliê e se afastava, de um modo que parecia hostil;
um dia lhe disse que aquelas figuras que ela fazia eram muito feias,
pequenas, e que o barro era um material muito 'porcaria'. Lorena estranhou, pois diversas vezes lhe tinha explicado que eram apenas estudos,
que ela fazia para desenvolver, depois, em outro material; ele parecia
duvidar que aquilo desse em alguma coisa melhor. Queria começar
com o bronze, e não com aquela brincadeira. Lorena, que sentia um

afeto fácil por ele, relevou o sorriso arrogante, e prometeu levá-lo aos ateliês da Escola, para ele ver como os professores trabalhavam, até mandarem seus moldes à fundição.

Filipe, que já cursava o segundo grau, falava que faria filosofia, e queria que o pai o mandasse para a França. Cláudio se orgulhava da ambição intelectual do filho, e prometia mandá-lo fazer uma pós--graduação em Paris; mas não o deixaria ir, antes de terminar a faculdade, pois era ainda muito novo para ficar longe da família. E teve que aguentar todo o ano de argumentações e ameaças de que ele não faria vestibular para nada e que ia procurar trabalho e pagar seus próprios estudos. Aos 18 anos, o pai não poderia mais impedi-lo, e os tios baianos o ajudariam a viajar. Cláudio aproveitou a ideia e mandou-os passar o mês de fevereiro com a mãe, que estava na Bahia, instalando sua banca de advogada. Filipe voltou desvirginado e apaixonado pela prima; daí para frente afrouxou a pressão sobre o pai e começou a pensar em um cursinho, para fazer os exames em Salvador.

Amor – ambrosia – esse o verdadeiro néctar olímpico, sem o qual o homem não sobrevive (não, pelo menos, como humano). Ou seja, fundante do *sapiens* é o mito. Não como mentira; mas como a mais eficaz das 'verdades' – a imaginária.

Cláudio, que chegava em casa atordoado pelo volume de processos, recursos, petições e audiências que enfrentava, encontrava a expectativa de todos por sua atenção. Não tinha tempo para se envaidecer com essa demanda, pois era sempre premente e quase nunca manifesta. Mesmo os rapazes guardavam distância, até que os procurasse, mas ele sentia a solicitação no ar. Beijava os filhos, cumprimentava D. Mosa e dirigia-se até onde Lorena estava, em geral no ateliê, concentrada no trabalho; quando era o caso, ficava com ela algum tempo, sabendo do que ela queria lhe contar. Se ela não puxava conversa, ele ia descansar no quarto dos filhos; recostava numa das camas, tirava o sapato e a gravata, pedia que Filipe lhe preparasse um drink, e esforçava-se para não cochilar; quando o gin chegava era abandonado, aguando na mesinha da cabeceira. Deixavam-no ali, apagavam a luz e o esperavam na calçada com algum colega, até que ele os chamasse para a mesa. Quase sempre, o avô Estêvão chegava depois que tinham jantado, e recusava o prato que D. Mosa punha, invariavelmente, na mesa. Nunca comentava de onde vinha e ninguém perguntava, embora todos soubessem que ele estava vendo a novela na casa da viúva Margarida, ou jogando damas com o libanês da loja de tecidos. Conversava pouco e dormia cedo, pois na manhã seguinte ia cobrar os trabalhos dos meninos, ver suas mochilas, uniformes e preparar as tarefas da tarde.

A cena era a do mais estrito naturalismo, mas nisso também estava inscrito que ela se modificaria, inevitavelmente, e sem muita demora. No pior ou melhor dos casos, o bebê de Lorena era aguardado para outubro ou novembro; tinham, ainda, muitos meses para ajustarem atitudes, expectativas e estratégias adequadas às suas demandas pessoais; havia que fazer alianças para algumas e abrir conflitos para outras. Havia habilidades e temperamentos muito desiguais para interagirem naquele ambiente; e ainda havia hormônios e fatos aleatórios que teriam que ser absorvidos. O que, no entanto, sobredeterminava todo o desenvolvimento dessas relações era completamente inacessível para eles; ditava-lhes desejos, suspeitas, bondades e maldades, culpa e ciúmes de que todos ali eram afetados, sem poderem se explicar e, mais das vezes, sem sequer advertirem sua posição, na dinâmica de que participavam. Ou seja, eram o mais acabado exemplo de universalismo familiar. Os resultados de curto e médio prazos, também, eram os previsíveis e inevitáveis.

Marcos, à medida em que o tempo passava, foi mudando de atitude para com Lorena e sua barriga, a que passou a medir com os olhos, diariamente. No início mais tímido, foi mostrando uma solicitude quase protetora com aquela entidade complexa que o seduzia. Antes de sair verificava se ela precisava de algo da rua, e quando voltava, ia direto, conferir se estava tudo de acordo. Enquanto não a via, não sossegava, e depois que a via, sossegava ainda menos. Um dia em que o bebê se mexeu, excitando sua mãe, ela aguardou a volta do rapazinho e, quando o viu, pegou a mão dele e apertou-a contra a barriga, cujo calor e tensão vibrante ele sentiu pela primeira vez em sua vida. Marcos foi, assim, o primeiro a saber do fato, sendo admitido àquela íntima emoção antes mesmo que o pai. Era uma credencial e tanto naquela corte. E se alguém maldasse, ele podia dizer, como Eduardo III, fundando a Ordem da Jarreteira[23] "Honi soit qui mal y pense".

Pela altura de agosto, Lorena tinha produzido uma pequena peça com quarenta centímetros de alto, uma figura mista, de estátua e baixo relevo, não vertical, mas tombada sobre uma base de que emergia inclinada, dando a impressão de estar de pé. Era mista, também, porque representava, dependendo de que lado se observava, duas figuras enlaçadas; de frente, viam-se três olhos e três mãos fechando um abraço, boca, nariz, comuns a dois rostos, não totalmente de perfis. Não tinham sexo definido pelos traços, e podiam ser vistos como se preferisse. Deu-lhe o nome provisório de O Amor. Quando buscava uma forma que expressasse o Desamor, suas mãos e ideias se chocavam e divergiam, nunca chegando a nada. Ela pensava numa forma provisória que pudesse evoluir para um produto mais acabado, mais sintético; mas nada do que iniciava prosseguia. Nesses momentos seu humor caía; achava-se inchando; e se sentia muito só. Lembrava-se da insônia na escuridão da cela; todas em muda angústia, aguardando o grito que rasgaria em duas sua noite. Solidão e desamparo. Agora que seu bebê se movia dentro dela, não tinha mais como escapar desse isolamento radical. Era um silêncio como aquele, em que estabelecer contato – efeito da fala, ou do olhar – não tinha qualquer chance.

---

[23] Jarreteira: liga de segurança das meias femininas.

Cada qual encara sozinho sua própria morte, que é, também, morte da palavra. Talvez descobrisse nisso o sentido da dor de morrer: "a dor que não se pode dizer". Talvez ela descobrisse ali, o significado do dito bíblico: "No princípio era o Verbo": no princípio há a vida, e a vida é a palavra. Mas não era ela, naquele momento, o lugar de duas vidas simultâneas? De que falava então, ou melhor, que silenciava então? Que era ela, uma pessoa? Duas? Continha ela uma vida não-palavra, uma vida-morte? Lembrou-se da história que sua mãe lhe contara: de novo Ilária; seria essa, a morte-vida de que tanto se sentia investida? Nesse momento, ocorreu-lhe algo que estranhou só acontecer agora, e não muito antes: ler o romance que Cláudio e sua mãe liam juntos.

Ela se lembrava de que era algo forte, que os unia e do qual falaram por muito tempo. Ela pensava, na época, mas sem sabê-lo, que estavam todos na Itália para que eles visitassem Lucca, o túmulo e *I Bagni*. Descobria, agora, que se sentira responsável por fazer companhia a ele, quando sua mãe o surpreendeu com a recusa ao passeio; representou, então, uma cena meio artificial, para que ele a deixasse substituir Letícia. Depois, sob a parreira daquele restaurante, ele lhe contara sobre um amor passado. Ela se lembrou de que ele tinha um ar meio desligado do relato, como se pensasse em outra coisa, e de que ela se sentira afortunada por estar só com ele, porém não ousara lhe dizer isso. Mas agora, nem diante de todos os fatos, ela concluiu que seu amor era o mesmo desde então. Essa passagem não abria caminho em sua mente.

Quando Cláudio a procurou no studio foi informado por D. Mosa, como se fosse uma denúncia, de que ela se encontrava na biblioteca; não entendeu seu ar expectante e foi ver o que Lorena podia estar querendo. Encontrou-a no tapete, pernas esticadas, recostada contra a poltrona, livro e mãos apoiados sobre a barriga; vendo-o, leu para ele:

Amorosos e moços vida em fora

Também já fomos como és agora.

Oh, tu que te aproximas tem piedade,
Que aqui se acaba amor e mocidade;
Enquanto fulge a tua primavera,
Lembra-te que o frio do inverno inda te espera.

Ele, que conhecia o trecho de cor, acompanhou-a, a partir do terceiro verso "Oh tu que te aproximas, tem piedade". Lorena, que esperava surpreendê-lo, ficou tão surpresa quanto ele. Não era, talvez, grande poesia, mas tinha uma verdade forte, e uma invejosa advertência. Cláudio disse-lhe que não queria estragar-lhe a surpresa, mas que ela prestasse atenção ao verso seguinte, do último descendente da família. Ela, que já lera e marcara a página, leu:

Algum mortal em meio à humana lida
Lamenta, acaso, quem aqui repousa?
Chora teu próprio exílio e não a minha vida.
...
Quem é que hesita? Um imbecil.
Quem bate? O Rei.

Lorena entrava, sem perceber, no teatro mágico que regera o amor de Cláudio com sua mãe. Ele, completamente irresistível, foi tragado de volta ao palco do qual nunca se afastara totalmente. Sua mulher grávida não era, ela mesma, a recorrência mais palpável do amor atávico que o unira a Letícia? Talvez devesse, mas ele não queria nem arriscaria renunciar a revivenciar essa nova volta do parafuso. Iria até o fim. E ela, que sabia muito menos sentia tanto quanto ele que ali não haveria recuo. Uma emoção isenta de qualquer texto diluiu seus olhares, fundindo-os numa só imagem: do bem e do mal, do novo e do velho, do que nasce e do que morre: *da menina da bicicleta, a primeira luz na sombra de seu bosque infantil; de Carmen, que afogava sua paixão juvenil no seio de sorgo que os tragava; da moça da rua do Senado, que pela vez primeira sorveu seu corpo, mas não seu espírito; de Suzana, que lhe mostrava como a mente podia retribuir ao corpo um gozo qualificado e totalizante, superior a sua mera biologia; de Leda, que propiciou a expansão de seu ego em Filipe e em Marcos; de Letícia, que fizera com ele a travessia inteira, do primeiro beijo até este momento – transcendência da transcendência: Lorena, a filha que acalentava no ventre a sua própria filha.*

Dessa vez, Luiz Cláudio não precisou chorar. O significante estava mais abaixo, na batida desordenada daqueles 3 corações, e na vibração invisível daquele abraço.

A vida naquela casa prosseguiu pelos meses seguintes, modificada apenas pela maior frequência dos exames pré-natal, ou um pequeno mal-estar de Lorena, que sentia os pés inchados e tonteira, quando se levantava com pressa. Luiz Cláudio, que pedira ao sócio para tirar férias antes do período final da gravidez, trabalhava em regime de pressão máxima. Reduziu sua participação em casa ao acompanhamento de exames e consultas, e entregou o restante ao pai e aos próprios filhos. Todo o pouco tempo livre que conseguia dedicava àquela outra 'expansão' sua que, por algum motivo, lhe parecia ainda mais totalizante do que a que vivera com Leda. Ele conhecia a diluição pai-feto-mãe, aquele ser triplo, fundante da espécie; e sempre ficara com a sensação de ser ali um apêndice, inevitável, mas não propriamente desejado. Agora tinha a impressão inversa, um 'over', como se dessa vez pudesse, aquela 'fusão oceânica' apagar mesmo qualquer fronteira, qualquer discriminação. Um sinal disso era a impossibilidade que tinham de pensar um nome para sua filha. No entanto, sabiam que era uma filha – 'Cláudia' atendia a ele e à avó materna; 'Lorena ou Laura', a ela e à bisavó; 'Luíza' contemplava pai e avô – Acabavam deixando a questão de lado, com a íntima convicção de que isso se resolveria por si só, sem previsão de hora. No fundo de suas almas, um nome, qualquer nome 'era mais divisão do que podiam e desejavam suportar'.

Lorena, que recusara a sugestão de Cláudio para adiantarem a data do exame médico, queixou-se com Dra. Ana Paula de que a tontura não cedia, e que se sentia horrorosa com aquele rosto inchado. A médica lhe disse que era a pressão de 14x10, que a fazia sentir-se tonta. Que isso era muito frequente em primíparas; reforçou a dieta magra e sem sal, e acrescentou uma medicação contra hipertensão. Se não sentisse melhoras, avisasse, para marcarem um novo exame. A escuta do bebê estava normal e quanto menos ela se preocupasse com isso, melhor para ela e para criança. Lorena e Cláudio saíram aliviados e passaram no mercado, para comprar nova dieta. Nessa mesma noite Lorena recebeu um telefonema de Letícia; estava deprimida, quase alarmada, com uma notificação judicial que convocava Rubem para responder processos de credores contra ele. Dizia que o pai tentava parecer calmo, mas que andava há meses nervoso, irritadiço, emagrecendo visivelmente. Não aceitava esclarecer do que se tratava, pois não conseguia sequer, falar do assunto; ela achava que ele estava muito angustiado, evitando contato com o problema. Respondia sempre que estava resolvendo o assunto e cortava a conversa. Na contabilidade da casa ela não percebia nada de diferente, mas o pai retirara grande parte dos negócios da mão dela, e dizia que o banco controlava melhor as diversas contas que tinham. Mas ela sabia que ele tentara vender algumas terras, para cumprir compromissos, e que o banco não autorizara, pois estavam hipotecadas.

Lorena e Cláudio pensaram em visitá-los, mas era quase impossível sair de São Paulo e deixar o escritório fechado. Só depois que Caldeira voltasse das férias. Ainda assim, ela teria que estar bem, para aguentar a viagem. Até lá, podiam procurar um escritório, de colegas experientes em direito comercial e cível, para darem uma assessoria a Rubem. O grau de animação que esta ideia provocou nele, deu a Cláudio uma indicação, de que a situação devia ser difícil. Letícia foi contagiada pelo humor recuperado do marido e queria acreditar que tudo estava sendo resolvido. O colega que Luiz Cláudio conseguiu identificar na região atendia em Guaxupé, uma comarca próxima a Potrinhos.

Dois dias após Filipe, que andava gripado, chegou em casa mais cedo, acompanhado pelo irmão. Do colégio, ligaram dizendo que o haviam mandado voltar, pois ele estava febril e sem condições de permanecer em sala. À noite, Marcos também se queixou de dor de cabeça e no corpo. A faringite contagiou-o e, no dia seguinte estavam ambos tomando antibiótico, retidos em casa. Lorena, apesar de preocupada, evitou cuidar dos rapazes e pediu que D. Mosa controlasse os horários da medicação. Na semana seguinte, Marcos, que reagira bem à medicação, voltou às aulas, mas Filipe reagiu mal à eritromicina, e estava sendo tratado com sulfa, medicação de efeito mais lento. Além disso, apresentava muito catarro e distúrbio gástrico proveniente do remédio. Seu Estêvão e D. Mosa se revezavam, no cuidado dos rapazes, e ele só ia à rua para o essencial.

Nesses dias Luiz Cláudio recebeu duas notícias que o afetaram muito. Primeiro, o governo estadual o convidava a compor a equipe paulista, no encontro nacional que o Ministério da Fazenda estava realizando no Rio, com todas as secretarias estaduais, para discutirem e apresentarem sugestões de alterações à legislação do ICM e ISS. Era um convite-convocação, já que, de fato, ele não tinha como recusá-lo. Não deixaria a representação de São Paulo sem seu maior nome na área. E era um encontro há muito anunciado e preparado, do qual ele se havia esquecido completamente, até a manhã em que o próprio secretário telefonou para seu escritório, pedindo-lhe que o ajudasse na preparação da equipe e na intervenção de São Paulo. Ele só pode negociar o horário de sua participação, já que a agenda estava pronta. Entrou em contato com Caldeira pedindo-lhe que antecipasse seu retorno, mas foi informado de que ele acabara de assinar a compra de um passeio turístico de duas semanas pelas ilhas gregas, Oriente Médio e Egito, de barco. E ele estava em lua de mel com a promotora Hilda, da Vara de Família; se suspendesse o programa, seria certamente processado e condenado. Mas tranquilizava-o: chegaria para o batizado do neném. Apesar do bom humor do amigo, Luiz Cláudio sentiu o pulmão opresso; faltavam, ainda, seis a sete semanas para o parto, mas ele achou prudente lembrar a data ao colega. Restava-lhe pedir todos os adiamentos de audiência possíveis e tocar o escritório sozinho. Quando fazia o primeiro levantamento sumário de seus compromissos, Lorena ligou, pedindo-lhe que a encontrasse no consultório da Dra. Paula. Não era o dia marcado, e ele imaginou que ela estivesse assustada nesse final de período.

Era meio de setembro e as azaleias já estavam cheias de sua bela cor rosa. Os salgueiros chorões chegavam quase à grama, apesar da seca dura que castigava a região. O bairro dos 'Jardins' merecia seu título e Lorena programou mudar-se para lá, depois que seu bebê fizesse seis meses e ela pudesse administrar a mudança.. Achava que merecia mudar-se para algo realmente seu e de sua menina. Tinha certeza de que Cláudio acataria e compreenderia seus motivos. Do consultório, ligou e ficou sabendo que ele já estava a caminho. Estava ansiosa e entrou logo que a médica a chamou. O sorriso bonachão da doutora tranquilizou-a logo. Ana Paula, enquanto a ouvia, tomou a pressão. O relato não variava: inchaço de mãos, pés e rosto, obesidade e tonteira. Vamos cortar o sal e aumentar o Aldomet. Se a pressão não baixar, vamos internar a mamãe. Isso é muito comum, e em geral se consegue resolver sem cirurgia. Só não podemos perder a calma; se a pressão não ceder como o esperado, a gente põe essa mocinha para fora, e pronto. Cláudio tinha entrado na sala e avaliava como organizaria seu trabalho, com o acompanhamento de Lorena. Estavam a uma semana do treinamento e a três no encontro no Rio. Pediu a Paula que lhe desse estimativas; ela pediu-lhe uma semana; e novo exame de urina.

Em casa, as coisas se estabilizaram. Marcos comparecia às aulas, embora isso fosse apenas um esforço seu para não piorar a situação. De fato, tinha cada vez menos interesse nos estudos; alheava-se quase todo o tempo das aulas e tinha pouca consciência disso. Se lhe perguntassem em que pensava, diria: 'em nada'; se fizesse um esforço sincero, talvez encontrasse uma ideia, uma imagem sem movimento, um nome: "Lorena... Lorena e sua barriga, seu duplo."

Quando a coordenação do colégio procurou saber de Filipe, pediu também uma reunião com o pai, para conversarem sobre Marcos. Luiz Cláudio pediu que falassem com o avô, pois só estaria disponível em outubro.

D. Mosa ofendeu-se, quando ele disse que ia chamar uma auxiliar de enfermagem para ajudá-la com Lorena e Filipe. Logo, porém este teve alta e pôde voltar às aulas. Lorena e ele se falavam por telefone; dispensaram a auxiliar, até que ele viajasse para o Rio. Luiz Estevão gozou, por pouco tempo o orgulho da delegação junto aos netos e ao colégio; baixou ao Hospital das Clínicas, com pneumonia. Na idade ele, era um quadro preocupante.

No segundo dia do treinamento da Secretaria da Fazenda. Luiz Cláudio recebeu um chamado da médica de Lorena. Ana Paula tranquilizou-o, mas disse que era mais seguro internar a esposa; a pressão baixara de 16 para 14x10, mas havia traços de proteína na urina e ela queria prevenir o risco de uma eclâmpsia. Luiz Cláudio começou a rir nervoso, andar de um lado a outro da sala, as mãos no bolso, pra lá, pra cá: "Mas porra, o que ainda falta me acontecer?" ruminou, tentando esconder seu humor dos colegas da Secretaria.

Os estatísticos atuariais são encarregados pelas companhias de seguros de, mediante uma estimativa da ocorrência de sinistros, calcularem o fluxo de indenizações com que terão de arcar. Assim projetam os valores a serem cobrados dos assegurados, de modo a resistirem aos desembolsos e preservarem seus lucros. O aparente segredo reside no fato, de que fatalidades não correm de qualquer modo, mas sempre acumuladas num intervalo de tempo, após o qual elas tornam a desaparecer. Os aviadores dizem, quando cai um avião, que a bruxa está solta. Com isso expressam sua experiência de que um acidente nunca ocorre isolado; vem sempre acompanhado de diversos outros, até que param de acontecer por um longo período. Acidentes com aviões, trens, barcos terremotos, erupções, toda sorte enfim, de eventos raros cumprem essa espécie de 'regularidade aleatória', isto é, de imprevisibilidade 'previsível'. É um paradoxo semântico, mas uma realidade empírica bem conhecida dos estatísticos. "Desgraça pouca é bobagem", é um dito popular para o mesmo fenômeno.

Luiz Cláudio estava às voltas com esse ciclo de má sorte quando soube que o médico de Filipe achava que ele estava com sinusite. Precisavam radiografar e prevenir para evitar um quadro crônico. Agora tinha que internar Lorena numa maternidade da confiança da Dr.ª Ana Paula e contar com que tudo corresse bem daí pra frente. Ele já nem pensava nas dificuldades do trabalho, achava normal ir e vir diariamente do Rio. Dormiria na maternidade e pegaria a ponte aérea na manhã seguinte. Filipe já podia fazer seu raio-X e levá-lo ao clínico, comprar a medicação e se cuidar sozinho. Dois dias mais tarde, ele pôde ir até em casa e fazer uma mala e, então, voltou para passar a noite com Lorena e pegar o avião na manhã seguinte.

Com a pressão arterial estabilizada em 14x10, foi tranquilizado por Dra. Ana Paula, que insistiu para ele viajar; à noite eles se encontrariam novamente durante a visita noturna que ela faria à paciente.

Agora, era esperar para saber como evoluía o pai, no Hospital das Clínicas. Por enquanto, estacionário, mas devia começar a reagir logo; o perigo com gente idosa, é a infecção hospitalar e demais sequelas de um internamento prolongado, como depressão, escaras e outras. A auxiliar de enfermagem, Jussara, uma negra séria e áspera que cuidara dos meninos, quando em casa, ligava todo final de tarde, do HC, e informava detalhadamente o dia do Seu Estêvão. Quando conseguia, levava-o, à noitinha, até o saguão do andar, de onde ele falava com o filho; era sempre o mesmo: "estou bem, não precisa vir me ver, nem se preocupar comigo. A Jussara não deixa faltar nada, e não dá moleza pras enfermeiras. "Se eu não tivesse medo dela, casava-me com ela quando sair daqui". Já era algum alívio ao coração de Cláudio. Marcos provavelmente perderia o ano, mas ele não podia fazer nada pelo filho, naquele momento. Era deixar correr; quem sabe uma reprovação não o acordaria para uma atitude mais madura? Ali na maternidade, encontrou uma oportunidade de estar próximo do rapaz e saber um pouco do que se passava com ele. Na verdade, pouco entendeu; apenas que ele não parecia estar ligado em nada mais que em Lorena, no parto, no bebê que já era seu irmão; e explicou ao pai que, para ele, ou é irmão ou não é nada; meio-irmão não existe. Cláudio, surpreso, teve que admitir o refinamento do raciocínio e agradeceu, comovido, aquele cuidado que levava Marcos à clínica após as aulas, aquela companhia silenciosa e solícita à sua mulher. Era evidente o ar protetor e preocupado do filho para com ela. Ele estava longe de imaginar o que levava Marcos ali, mas agradecia a ele, sentir-se representado diante dela, enquanto estava fora. Poderia acontecer um ciúme entre eles, mas ele não sentia isso em si, ou no filho. Tomava seu cuidado como uma lealdade, um ato de amor, não só a Lorena, como a ele. Faltava compreender mais?

Lorena, desde que baixara à maternidade, se encontrava de ótimo humor. Aproveitou para ler *Sparkenbroke*, até o momento em que, após a morte da cunhada, em Lucca, Mary despede-se de Piers, deixando para trás a paixão, para retornar ao abrigo do amor do marido, George, à Inglaterra. Neste ponto, Lorena, confundida por aquela decisão, resolveu consultar alguém que, dada a indiscutível pureza na matéria talvez soubesse melhor que ninguém, que partido tomar. Passou o final da tarde relatando a Marcos o enredo do livro, tendo cuidado e delicadeza com a personagem de Mary, para que o rapaz não a julgasse precipitadamente. Quando Cláudio chegou, ela lia para ele a cena do passeio que os amantes fizeram aos *Bagni*; neste ponto ocorreu-lhe que ela fora ali com o pai dele, para retificar uma história que sua mãe não ousara. Também Letícia voltara para o amor do marido. Faltava que alguém rompesse esse ciclo, que parecia aprisionar todos os personagens. Ela e Cláudio estavam fazendo justamente o que o poeta Piers e Mary tinham evitado. Literariamente fora uma solução sábia, pois impediu que um livro bem realizado terminasse caindo na banalidade. Para a vida real, porém, os critérios estéticos eram muito insuficientes.

Lorena pediu a Cláudio que, enquanto a doutora não chegasse, a deixasse terminar sua consulta com Marcos, sobre o romance. Embora ele tivesse a fantasia de ficar sozinho com ela, beijar-lhe os seios, assentiu de bom grado. Isso lhe dava tempo de relaxar na poltrona reclinável; e podia substituir o desejo e o gin tônica, pelo inesperado deleite que a cena continha.

Embora Marcos nada entendesse de platonismos, surpreendeu a ambos com um raciocínio irrecusável, o mesmo que parece ter orientado o escritor: ele disse que, como Mary e o marido se amavam, seria loucura trocar isso pela morte. Morte? Como? Por que, quiseram saber. E ele poderia ter argumentado, conhecendo o final do livro, que ela, a morte, estava presente naquela paixão, como na de Tristão e Isolda, e mesmo nos personagens, desde o começo do livro, conforme se veria em seu desfecho; mas ele e ela desconheciam esse final. Somente Cláudio sofreu o aperto no peito. Via o filho confessar a incapacidade de explicar sua convicção; via-o numa imagem de contornos líquidos, só harmônicos com os que ela também o via. Como podia, aquele menino, intuir tão fundamente o de que se tratava?

Pelo telefone consultaram se Cláudio já chegara. Vinte minutos depois a Dra. Ana Paula, depois de pedir que Marcos saísse, informou que tinha marcado a cesariana para o dia seguinte, em virtude de uma taxa inesperada de proteína na urina da grávida. Era uma situação de risco bem conhecida e a solução era sempre aquela. Cláudio maldisse em silêncio aquela onda de agouro; ele estava agendado para defender a proposta da equipe paulista logo após sua apresentação pelo Secretário, na manhã seguinte. Podiam protelar por vinte e quatro horas? A médica foi clara: a cirurgia estava marcada para o meio-dia: não era, medicamente, seguro protelar. Luiz Cláudio ligou para o hotel da delegação de São Paulo e deixou a espoleta armada para quando o Secretário regressasse.

Lorena ficou aliviada com a antecipação do parto, pois queria muito ver-se livre do mal-estar que a afligia. E estava ansiosa por ver logo a cara de sua menina. Tranquilizada pela firmeza da médica, tratou de liberar o marido; ele iria ao Rio e voltaria no avião das treze horas, quando ela já estivesse no quarto. Se ele não pudesse falar naquela manhã, falaria na seguinte. Com certeza seriam coisas acomodáveis, dadas as circunstâncias.

Luiz Cláudio, alertado pelo Secretário de que conseguiria uma protelação de sua apresentação, dando a vez a Minas Gerais e Rio Grande do Sul, aguardou junto a Lorena sua entrada no centro cirúrgico. Meia hora depois um enfermeiro o informou de que a paciente tinha recebido anestesia geral. Cláudio não entendeu a mudança e ficou aguardando pela médica.

Marcos chegou às treze horas e encontrou o pai nervoso e pouco comunicativo. Filipe viria depois da aula. Dra. Ana Paula passou rapidamente por eles; disse que Lorena estava saindo para o quarto. A menina estava bem, mas requeria cuidados. Estava apressada, mas voltaria à tarde.

Com o retorno da mulher ao quarto, Cláudio relaxou um pouco; tentou conversar com o filho, mas este não respondeu ao esforço. Filipe entrou às cinco e meia; matara a última aula para ficar com o pai e conhecer sua irmãzinha.

Lorena retornou da anestesia ainda muito pálida e pediu o bebê; quando o colocaram sobre seu peito, após um silêncio emocionado de todos disse, com esforço: *"Laíse Lugano Donada"*.

Ele, que nada tinha de esotérico, se perguntava o que isso significava, antes mesmo de pegar e beijar sua pequena Laíse. Soube, pouco depois, que Marcos já fizera seu avô saber a novidade. E quando, mais tarde, foi ver sua menina no berçário, encontrou imóvel, a cabeça apoiada à vidraça Filipe, que não percebeu sua chegada. Disse-lhe, depois, ter achado a irmã parecida com a mãe de Lorena. E completou: embora estivesse feliz, faltava agora uma menina que viesse da mãe dele. Ele achava que assim completaria nele, o lugar da irmã.

O enfermeiro alegou o horário e retirou o rapaz, deixando Luiz Cláudio em sua solidão. Ele estava, novamente, em seu bosque. Queria ver a vagina de Laíse. Imaginava-a esmero esculpido pelo amor, sem se dar conta de que estava unindo duas extremidades de um ciclo inteiro de sua vida.

Às 5:15hrs do dia de seu aniversário, Lorena, com pressão ascendente e contínua hemorragia, entra em choque; Luiz Cláudio aciona pessoalmente o atendimento, com uma frieza surpreendente. O plantonista manda vesti-lo e colocá-lo no centro cirúrgico, onde Lorena já estava entubada, ressuscitada de uma parada cardíaca.

Ao final do dia, com a histerectomia total e a paciente na UTI, ele recebe duas visitas inusitadas: o Secretário de Finanças, que viera do Rio para avaliar de perto das condições da participação dele no evento, e Jussara, que viera oferecer-se para substituí-lo, enquanto ele descansava à noite. "Seu Estêvão logo teria alta e o Dr. Luiz precisava dormir umas horas." Quando ele se livra da situação e volta ao quarto, encontra Marcos e Filipe que haviam conseguido licença para pernoitarem nas poltronas, juntos ao pai. Entreolharam-se, mas não conseguem falar. Não saberiam o quê. Cláudio dormita e desperta regularmente a cada meia hora; vai à UTI e constata que a pressão oscila; permanece ali, de pé, até assistir ao corre-corre do ressuscitador; era 3h05. Seu espírito desaba por poucos minutos. Precisa estar inteiro para atrair Lorena para a vida, com sua força. É ele quem a manterá flutuando, resistindo ao naufrágio; era a segunda parada. Às 10hrs da manhã, o terceiro choque elétrico no tórax de Lorena é imponente. A pupila não reage e suspendem as manobras de reanimação. Ele ainda pôde ver que Dra. Ana Paula era retirada da sala sem olhá-lo.

Ele acordou de um sono cinza e vazio. Estava no quarto dos filhos, que o observavam de pé, junto a seu pai. Onde havia a cama de Marcos, um antigo berço de balanço era embalado, delicadamente, em silêncio, por Letícia.

FIM